高陽說詩

史筆文心系列

新校版

高陽

增訂本序

拙作《高陽說詩》，在七十一年年底，由聯經出版公司印行。我自己對這本小書頗為喜愛，但說實話，是因為印得很講究、也很漂亮，上手賞心悅目，忍不住想翻一翻，觸及我熟悉的詩句，回想當時的心得，每有猶可補充的感想。

《高陽說詩》再版過一次，這回是出增訂本，順便改正了一些錯字。增加的稿子，一共三篇：〈「無題」詩案〉、〈董小宛入清宮始末詩證〉、〈「詩史」的明暗兩面〉。最後一文是為中山文藝獎金委員會，以「文藝論著」頒予《高陽說詩》而作，表達我接受中山文藝獎會對我的鼓勵與感謝。

我在詩上的一點淺薄工夫，無論是「作」還是「話」，都頗得周棄子先生的教益；遺憾的是棄子先生竟不及見我因說詩獲獎。

在我說詩的文字中，尚有一篇〈吳梅村的七夕詩〉，乃為余英時先生談陳寅恪先生之詩而作。但以內容不脫〈「江上之役」詩紀〉及〈董小宛〉一稿的範圍，故未收入。余英時談陳寅恪先生詩中所藏的玄機，發人所未發，正見得詩史有明暗兩面，而古人詩中暗的一面，尚待發掘者尚多。但願這本小書能引起同好發掘的興趣。是為序。

高陽　七十三年十一月十七日

目次

附錄

說杜甫詩一首——生長明妃尚有村

杜甫〈詠懷古跡五首〉，每首不單獨立題。因為所懷古人五，所詠古跡不止於五。或問：何不逕云「懷古」曰「詠懷古跡」？則緣此五首七律本以寫景為主，觸景生情，鎔情入景，別寓寄託，不欲明言。周棄子先生曾謂：凡大詩人必講究「製題」，務期允當，一字不可更易。又：杜甫自謂：「晚節漸於詩律細」；即於製題亦然。我今說此五首中的一首，但釋〈詠懷古跡五首〉一題，就有許多話可說；正見得杜甫詩律之細。

先說杜甫所懷的古人五：庾信、宋玉、王昭君、劉先主、諸葛武侯。以此五古人的遺跡次序言，自荊州、歸州至夔州；彷彿杜甫經三峽入蜀時所作。但杜甫入蜀，乃自同谷（今甘肅成縣）經劍門至成都；出蜀方自成都南下，經渝州、忠州而至夔州，逗留兩年有餘，迄代宗大曆三年正月始去夔出峽，三月至江陵，秋發荊南至公安。〈詠懷古跡五首〉，我斷為是年居江陵數月時所作。由遊庾信故宅，聯想到此地亦即宋玉舊居；復又感懷頻年足跡，循峽而西，想到歸州的昭君村、夔州的永安宮，以及密邇永安宮的武侯廟。這就是何以五首詩的次序與其行蹤相反的緣由。

庾信在荊州的遺跡有兩處，一為「庾臺」；《嘉慶一統志》載：

在枝江縣東百里洲北。《輿地紀勝》：相傳庾子山宅。

枝江在江陵以西；杜甫出峽後，有〈宿青溪驛〉、〈泊舟松滋亭〉等詩，松滋已過枝江；此後自暮春至秋移公安，不見復有西遊之詩。事實上詩中已明明道出，所遊庾信古跡，乃其作〈哀江南賦〉之處。此詩後半首：

胡羯事主終無賴，詞客哀時且未還；
庾信平生最蕭瑟，暮年詩賦動江關。

無疑地，是杜甫藉以自況其心境。庾信仕北周，位望通顯，而常有鄉關之思，因作〈哀江南賦〉以寄其意，自傷欲歸不得。其時杜甫歸思正深，但田園寥落，生計短絀，不能不遊食川楚，亦有欲歸不得的苦悶。〈哀江南賦〉：「將軍一去，大樹飄零；壯士不還，寒風蕭瑟。」用大樹將軍馮異，及荊軻入秦的典故；馮卒於軍中，荊死於咸陽，並皆不還。杜甫後兩年道卒於耒陽，「庾信平生最蕭瑟」竟成語讖。

庾信作賦之地，在江陵城西三里的宋玉故居。〈哀江南賦〉有「誅茅宋玉之宅，穿徑臨江之府」之句，「誅茅」典出《楚辭・卜居》，為庾信開府荊州，葺宋玉故宅以居的確證。

此地既為宋玉舊居，則以杜甫的欽服宋玉，何得不深有所懷？相信前兩首是同時同地所作；

因兩處古跡，實為一地。原作如下：

搖落深知宋玉悲，風流儒雅亦吾師。
悵望千秋一灑淚，蕭條異代不同時！
江山故宅空文藻；雲雨荒臺豈夢思？
最是楚宮俱泯滅，舟人指點到今疑。

上半首自擬才思同於宋玉，復自悲境遇類似宋玉。下半首「江山故宅空文藻」是本地風光；此下三句中，有荒臺、有楚宮，皆在夔州巫山，見《寰宇記》。是則此一首所詠懷的古跡，就有三處了。徵宋玉之典，自當首及雲雨高唐；而興感實在其江陵故居，欲別立題，應作一短序加以說明。否則即不免文題不副；故不如不別立題，可以兼懷宋玉舊宅、荒臺、楚宮，無所拘束。此亦詩律之細又一證。

第三首詠懷昭君村，即我欲細說的一首。杜甫詩集今所傳者，有錢謙益本、仇兆鰲本、楊倫本；三本於此首均無異文：

群山萬壑赴荊門，生長明妃尚有村，
一去紫臺連朔漠；獨留青塚向黃昏。

畫圖省識春風面，環珮空歸月夜魂。
千載琵琶作胡語，分明怨恨曲中論。

這首詩兩處有問題，一是「月夜」，或以為應作「夜月」，與「春風」相對；而且倩魂伴夜月以俱來，意境上更得淒迷之美。我不以此說為然；理由詳後，此不贅。

二是「明妃」之明與「分明」之明犯重。近體詩中固不乏犯重之字，但以兩字用法不同，聲韻各別為限，如造作與造就、馮婦與馮河、窒塞與邊塞之類。明妃之明與分明之明，意同韻同，則犯重自為瑕疵。如「明妃」必不可改，則「分明」必當改去；既存「分明」，可知原作必非「明妃」；當是「昭君」！第二句為「生長昭君尚有村」。請試言其故。

按：「明妃」一詞，誕妄之極！昭君在漢，本無封號；遣嫁朔方，若必欲予以封號，應為公主。豈有漢宮嬪妃而作胡人之婦之理？但「明妃」一詞雖誕妄，卻非不典；江淹〈恨賦〉：「若夫明妃去時，仰天太息。」據我所知，此為用「明妃」之始；但不知是江淹才氣將盡，誤用「妃」字，還是後來傳抄的筆誤。總之，在彼時當用「明君」，絕非「明妃」，則可斷言。

稽諸史籍，王昭君的姓名，有不同的記載，王嬙以外，《漢書．元帝紀》作王檣；〈匈奴傳〉則作王牆。不過字昭君，則無異詞。入晉以「昭」字觸太祖司馬昭之諱，所以昭君改為「明君」。自晉至南北朝，大致皆以此稱，如石崇有〈王明君詞序〉；張正見、王褒有〈明君詞〉；而陳後主則以〈昭君詞〉名篇：因為陳叔寶也是一國之主，生在梁元帝承聖二年，並非晉室舊臣，無須避晉太祖之諱。同樣的道理，到了唐朝，大致自貞觀以後，皆稱「昭君」；如盧照鄰、李白以下十幾家，或用「昭君曲」，或用「昭君嘆」。以字字講究的詩聖杜甫，豈得獨違正則，而用誕妄可笑的「明妃」？故可斷言：原作應為「生長昭君尚有村」。

然則，何以改「昭君」為「明妃」，何人所改？不得不從宋初說起。按〈綠珠傳〉：「歸州有昭君灘、昭君村、昭君場」云云。〈綠珠傳〉為歿於宋真宗景德四年的樂史所作，可知宋初尚沿用「昭君」之名；至歐陽修、王安石、皆有〈明妃曲〉之作，則改「生長昭君尚有村」為「生長明妃尚有村」，當是大中祥符以後至神宗朝這七、八十年間事。說得更具體些，當是仁宗大中祥符元年至寶元二年這三十年間之事。其說後詳；這裡先解決為何改「昭君」為「明妃」的問題。答案很簡單：這句詩的音節上有毛病。因為「君」字十二文，「村」字雖在「該死十三元」之內，唸起來卻與「君」字相近。沈約的「八病」說，其三曰「蜂腰」，即第二字與第五字同聲；「八病」雖指五言詩而言，但七言掐去首兩字，作「昭君尚有村」，則第二字「君」與第五字「村」字即犯「蜂腰」之忌。

至於到底是何人所改，現已無法考查。所可斷言者，宋仁宗寶元二年，王洙所輯的二十卷本，必已改成「明妃」了。

王洙生平見《宋史》卷二百九十四；但其不朽的盛事，乃是集杜詩的大成。杜甫的集子，在他身後即印行者六十卷，王洙所謂「今秘府舊藏，通人家所有」，即此本，而簡略殊甚；故六十卷本印行不久，即有潤州刺史採遺文二百九十篇，分為六卷，命名《杜工部小集》。此後各有所獲，自炫其秘；自唐經五代至宋初，杜集的版本，極其複雜，王洙搜羅無遺，除其重複，得詩古體三百九十九，近體一千有六，總計一千四百有五篇，分輯為十八卷；另以賦筆雜著，輯成兩卷，合之為二十卷。從此杜詩有了定本，後世各杜集，皆以王本為祖本。不過自茲以後，仍有佚詩發現，今傳杜集較王本多出十九首，共一千四百二十四首。

我現用的杜集是錢注本；〈詠懷古跡五首〉列於卷十六，緊接〈秋興八首〉之後。卷十六收近體詩九十七首，下注「居夔州作」；其〈秋興八首〉在夔州所作，固無可疑；〈詠懷古跡五首〉如我在前面所作的分析，則絕非在夔州所作，因為夔州並無庾信的遺跡，何由而懷？

因此〈詠懷古跡五首〉，應置於卷十七「起峽中至江陵及湖南作」。杜甫去夔，自有生計上不得不然的苦衷；至江陵亦無既定的計畫，無非荊州為楚之大邦，想找機會弄到一筆錢，得以回鄉。此一時期的詩，屢見「漂泊」的字樣。但自春徂夏，遊宴酬酢，興致還不壞，〈詠懷古跡五首〉，以位置於卷十七〈暮春〉諸作之間為得當。

以上釋題，已嫌詞費；但仍有不能不就「五首」概括而言者。即「詠懷古跡」，乃出於一種感觸，寄託同樣的情懷；詩雖五首，納入「詠懷古跡」這個總題之下，渾如一首。借多樣史實，從多種角度，去描寫他的心境，此亦為不必另列分題，而益見詩律之細之又一端。

杜甫的感觸是很明白的，如庾信當年，有家難歸；所寄託的情懷則五首皆然：傷漂泊，悲失志！

首先，我要為讀者指出杜甫所懷五古人，無不客死他鄉。庚信以外，宋玉如〈招魂〉中所說：「路貫廬江兮，左長薄……與王趨夢兮，課後先」；似是出雲夢澤至楚國最後一個都城的壽春。他是鄢（今湖北宜城）人；至壽春已在暮年，並無理由可以相信他生還故鄉。此外，劉先主崩於白帝城；諸葛武侯歿於五丈原軍中，皆非應死之地，亦皆非願死之地。

庾信「蕭瑟」，事胡原非本意；宋玉「搖落」，悲秋亦傷邦家；昭烈則「蜀主窺吳幸三峽，崩年亦在永安宮」，伐吳無功；武侯則「運移漢祚難恢復，志決身殲軍務勞」，鞠躬盡瘁，凡此無一而非失志。但失志之甚，漂泊之遠，無過昭君；所以以「傷漂泊，悲失志」，主題一以貫之的〈詠懷古跡五首〉，實以第三首為中心，亦以第三首為最得風人之旨。

杜甫自道：「晚節漸於詩律細。」此一「律」字，主要的是指聲律。杜詩七律之所以超凡入聖，於聲律之細，關係極大。此為古今詩話中的定評。細到如何？我要說的一首，即是很好的一個例子；開頭第一個字就有講究。

「群山萬壑赴荊門」；或問，何以不用「千」字，回答是「千」字啞，「群」字響。誠然！但再問：為何「千」啞而「群」響？我有一點心得，或者說是發現，不知前人可曾道過？

如果開頭第一字用平聲，應用上平。「群」字十二文，上平；「千」字一先，下平。謂予不信，請看〈詠懷古跡五首〉之前的〈秋興八首〉，除第一首以外，其餘七首起句第一字皆用平聲：

夔府孤城落日斜。

千家山郭靜朝暉。
聞道長安似弈棋。
蓬萊宮闕對南山。
瞿唐峽口曲江頭。
昆明池水漢時功。
昆吾御宿自逶迤。

除「千」以外，「夔、聞、蓬、瞿、昆」都是上平。

《文心雕龍．聲律篇》：「異音相從謂之和，同聲相應謂之韻」。韻者押韻；和者調和。押韻不難，難在如何配置「異音」得抑揚頓挫之妙？所以劉勰又說：「韻氣一定，故餘音易遣；和體抑揚，故遺響難契。」所謂「遺響」，我認為有兩解，一是與「餘音」相對而言，一句終了如押平韻，自然就會拖長，此為餘音；除這最後一字外，其餘照四聲去唸，出口即逝，故謂之遺響；遺者招之即來，揮之即去，毫無停滯之意。另一解是指仄聲而言。但不論那一解，所要求的都是調和，亦即是契合之「契」。

何以「遺響難契」？這就要講聲律了。近體詩如果字只講平仄；句則一三五不論，必不能臻於至善之境；或者說得質直些，一定啞而不響，甚至拗口得不可卒讀。倘是這樣的詩，再好亦流傳不廣。為易於上口，唸出聲來有一種音樂感，則唸詩自然而然地就會變成吟詩。「新詩改罷自長吟」，在這長吟中，便獲得了如同唱歌一樣的趣味；我相信杜甫改詩，最後必是鍊字，鍊到能長吟方始罷手。

聲律之律，最基本的自是「八病」說；其實「八病」皆可歸納為「異音相從謂之和」一語。錯綜複雜，變化多端，即是「異音相從」；但有個條件，一定要「和」。「和」與「從」語意相近，而有程度上的區別，「異音」能「相從」，至少應不犯衝突，這是消極的約束，不衝突且能調「和」悅耳，才是積極的效果。

打個譬喻，做詩如烹調，「從」是配搭，「和」是掌杓，而「異音」是材料。材料當然越多越好，所以僅分平仄兩聲是不夠的。沈約作《四聲韻譜》，以為「在昔詞人，累千歲而不悟，獨得胸臆，窮其妙旨」。自謂「入神之作」。其實宮（上平）、商（下平）、角（入聲）、徵（上聲）、羽（去聲），自昔便有五聲；所謂「引商刻羽」，一個「引」字，一個「刻」字，就將平聲與入聲的特性，形容得恰到好處，何嘗「累千歲而不悟」？但話要說回來，沈約將只是作為辨聲的一種符號的宮商角徵羽，化作望文生義，自能省悟其唸法的平上去入，畢竟是一大功德。不過「異音」應不止於四聲；至少應有五聲，黃九煙〈論曲詩〉：所謂「三仄應須分上去，兩平還要辨陰陽」。這不但是做好詩應備的條件；也是讀好詩應具的資格。否則，就無從瞭解杜詩聲律之何以為妙。

杜詩聲律之妙，就妙在「異音相從」而能「和」。如起句第一字平聲應用上平，即為杜甫的獨得之秘；他對聲律的體會，不僅能避「八病」，且能從「八病」中悟出變化的道理，充分運用異音之異，以求其和，當然，這也是淵源於他的家學；杜審言的五言近體，兩仄相連，不用同聲，如「雲霞出海曙，梅柳渡江春。」上句末三字為入、上、去；下句二、三兩字為上、去；杜甫可能由此啟發，創造成「三聲換用」的法則。

這個法則在七律中，有兩種用法，一是句中連用三仄字，須上、去、入互換，至少應該錯開。「群山萬壑赴荊門」的句法是「平平仄仄仄平平」，中間「萬壑赴」三仄聲是「去入去」，入聲的「壑」，短促而啞，但前有「群山」，後有「荊門」，頭尾皆平聲，則雜以一「壑」，在強弱高低之間，由對立而強調，益覺氣勢不凡。總之，此句之響，端在「群」、「壑」。試易上平之群為下平之千；入聲之壑為上聲之「水」，或去聲之「澗」，上口即知全句皆啞。

第三句以下，音節都是好的。「一去紫」為入、去、上三聲；最妙的是「紫」為抵齒音，一張口，順理成章地就是「臺」，所以格外容易唸得響。「朔漠」兩入聲，但為疊韻；與末句「怨恨」兩去聲而為疊韻，皆不應為病。以下各句，凡平聲幾無不以上、去、入三聲，參雜互用；但亦並非全然求響亮，須與情感、意境相配合。如詩句「分明怨恨曲中論」，呈低調，而卻有萬種閒愁，低徊不盡之意。

以上是談句法與聲律的關係；猶須一讀全篇的聲律。杜甫的「三聲換用」法則，對於律詩，尤其是七律，更關重要；因為七律首句即定韻；三、五、七句末字為仄聲，恰好三聲換用。同光年間，有個以軍功起家的浙江嘉興人杜文瀾，精於聲律，曾著有《聲譜圖說》，對此有很精細的分析。如三、五、七句末字用同一仄聲，即為「八病」中最宜避忌的「上尾」。明朝為「後七子」所妒的謝榛，曾舉例以明「上尾」何以無抑揚之妙。如杜牧〈開元寺水閣〉詩：「六朝文物草連空，天澹雲閒今古同。鳥去鳥來山色裡，人歌人哭水聲中。深秋簾幕千家雨。落日樓臺一笛風。惆悵無因見范蠡，參差煙樹五湖東。」這首詩並不壞，但宜讀不宜吟；即因「裡、雨、蠡」三字皆上聲，在聲律上蹈了「篇啞」之失。

「上尾」之所以為詩中大病，而須切戒者，以我的想法，乃是因為這一來形成了自我束縛。聲音的美感既來自錯綜變化、抑揚頓挫，則變化愈多，抑揚愈甚必愈妙；但漫無準繩，揚之上天，抑之入地，隨心所欲，亦不成腔調。因此詩要押韻，這個韻就是基調，猶如一條地平線，不管樓高百尺，峰欲插雲，總要有生根的地方；不然即是空中樓閣、海上仙山。根基既植，向上發展，高低參差，乃成峰巒林壑之美。此為畫理，通於樂理即是「異音相從」；亦通於文理，而所謂「文如看山不喜平」。

「上尾」所生的問題，就是不應平而偏使之平。三、五、七句末字仄聲，用同一聲，等於另加一個基調。如上引一詩，用上平一東韻，基調即是「宮」；而「上尾」之仄聲皆為上聲，則是另加一基調為「徵」，等於另加一條線畫之使平。這條線當然只有加在半空中，設一上限；要高高不上去，試問如何能響遏行雲，聲聞於天？

我這點心得，是將杜甫的這首詩與前引杜牧的一詩，並讀而體會到的。杜牧的那首，四個上下句是一個味道；讀杜甫的那首，「朔、面、語」三字，分別為入、去、上，不設上限，才談得到抑揚頓挫，音節上，一句有一句的妙處。小杜之遠遜於老杜，即此可知。

以下要說這一首詩的章法。

所謂章法，大致而言，不外起承轉合。詩有詩的章法，文有文的章法；詩的章法，往往不如文的章法來得嚴謹，因為有句法、聲韻、對偶等等的限制，常不免遷就；難得有起承轉合，段落分明的章法，而此詩即是「難得」者之一。

不過，「群山萬壑赴荊門，生長昭君尚有村」，第一句就發生了考據上的問題：「荊門」不明，則「群山萬壑」無著落。於是各逞臆說，不得正解，終於越說越糊塗。故非解決此問題，不能言歸正傳。

《讀史方輿紀要》述湖廣「重險」，有夏口、荊門山、西陵、荊江口。荊門山在夷陵（今宜昌）東南，宜都西北，長江南岸；與北岸虎牙山相對。荊門上合下開，其形如門；「江流出其間，水勢湍急。」荊門之為重險，號稱「楚之西塞」，乃地形使然；山並不高，更難當「群山萬壑」的形容，只一翻地圖便知。

再說「昭君村」。方志記載，在歸州東北四十里；且歸州在北岸，則昭君村絕非在宜都境內的荊門山，不言自明。

然則詩中的荊門何指？指荊山。黃帝方制九州；舜攝帝位，增為十二州；至夏有天下，復為九州：冀、兗、青、徐、揚、荊、豫、梁、雍。荊州即以荊山得名；此山亦為荊、豫二州的界山。唐初分天下為十道；至明皇分為十五道，其中山南東道、山南西道之山，皆指荊山；則此山之千巖萬壑，可想而知。《讀史方輿紀要》記：

「縣（湖北南漳）西北八十里……《唐六典》：山南道名山曰荊山，其山三面險絕，惟西南一隅通人徑。頂有池，旁有石室，相傳卞和宅，上有抱玉巖。《水經注》：荊山相鄰有康狼山，彝水所出。又荊山以西，岡嶺相接，皆謂之西山。」

「其山三面絕險，唯西南一隅通人徑」兩語，最可注意；歸州及相傳昭君臨流洗妝之處的香溪，都在荊山主峰的西南。至於「荊門」之名，實為當時對荊山以南及以東地區的統稱；杜甫在夔州至江陵時期，詩中數見荊門字樣，如〈奉送蜀州柏二別駕赴江陵〉七律一首；第二聯云：

楚宮臘送荊門水，白帝雲偷碧海春。

「楚宮」遺跡在巫山縣以西的陽臺古城內；楚襄王會神女之處；再往西就是白帝城了。稱巫峽一帶的江水為「荊門水」，可知北岸自夔州以東至江陵一帶，皆可稱為荊門。又〈奉漢中王手札〉五古起首六句：

國有乾坤大，王今叔父尊。

部符來蜀道，歸蓋取荊門；
峽險通舟過，江長注海奔。

此言漢中王李瑀，入蜀由鳳翔經棧道，自劍門南下；歸朝則由水路出三峽。「歸蓋取荊門」下，寫「峽險」、「江長」，豈非三峽亦稱荊門的確證？

至於荊門之門，乃荊楚門戶之意，杜甫歿後不久，於荊山以東分長林縣地置荊門縣。至此，荊州正式以荊門命名者，即有荊門山、荊門縣兩處；兩處皆為兵家必爭之地，但前者之險在水，後者之固在山，故言荊門，須視其所寫者是水、是山、或辨其方位，始知所指。張九齡詩：

東彌夏首闊，西拒荊門壯。

夏首即夏口；故知此荊門為荊門山。但溫庭筠詩中的荊門就不同了：

馬聲特特荊門道，蠻水揚光色如艸。

蠻水為蠻河的支流，在南漳縣西南一里。按：荊州本有荊山縣，開元十八年移置南漳故城，復名南漳，則南漳縣本即荊山縣。溫庭筠晚於杜甫，當其出生，荊門已經設縣；今策馬於荊門縣北百里的南漳縣道上，既不稱荊山道，復無視於荊門與縣名重複，公然謂之曰「荊門道」，可知荊山得稱荊門，由來已久，人人皆知；若與蠻水並用，此「荊門道」絕不致誤會為荊門縣道上，更不致誤會到荊門山上。

「荊門」既明，章法易曉；杜甫用的烘雲托月，步步逼進之法。「群山萬壑」與「荊門」之間，下一「赴」字，便有趨蹌朝拜之意，益見荊山之尊。進一步去想：荊山既為群山萬壑所匯，應無平疇，可成村落；而竟有一村，則此村之難能可貴，自不待言。或問：何以有此一村？則答案自在詩中：天留此村以「生長昭君」。

村為昭君而有，則昭君自高於村；村又高於荊山；荊山又高於群山萬壑。步步逼進，層次井然。若謂下句為主，上句為賓，則「荊門」為賓中之主；而「群山萬壑」為賓中之賓。下句「村」為主中之賓；「昭君」始為主中之主。但必著落於「村」者，因為畢竟是「詠懷古跡」，必須點題；此亦正是杜甫詩律之細處。

交代了「古跡」，就可以放手去寫古人了。「生長昭君」下用一「尚」字絕妙。山川靈秀，日月精華所鍾的昭君，既然將誕降於群山萬壑所匯的荊山；則上天自必早已安排了一個宜於耕作的村落，以供昭君生長。「尚」者猶也，語氣舒徐；若用「竟」字，便有驚訝意外之意，彷彿倘無此村，便無昭君，則是以村為主，本末倒置。

起句尊昭君的身分，承上的第一聯，自須敘昭君的事蹟。昭君被選入宮，誤於畫工，以致遣嫁塞外，為呼韓邪單于生子一；呼韓邪歿，子雕陶莫皋立，以昭君為妻，生女二。這些曲折的事實，以及元帝與昭君的複雜情感，用一首長歌來描寫，猶恐不盡；而要納入律詩的一聯之中，幾乎是不可能的事。而且雖陶莫皋上烝昭君，為至醜之事，胡俗固不以為非，但昭君不應曲從。此或者有和親之「和」的大關係在內，昭君乃忍辱為國。其事其情，兩難著筆，而在杜甫舉重若輕，以「一去紫臺連朔漠，獨留青塚向黃昏」十四字概括，大開大闔，昭君生前死後的一切盡皆包容；句內無不盡之意，句外有不盡之情。這樣的大手筆，在杜集中亦不多見。

紫臺用江淹〈別賦〉的典：「紫臺稍遠，關山無極」。紫臺即紫宮，言昭君一入掖庭，旋即遠嫁；著一「連」字，足徵無封妃之事。以青塚對紫臺，真是妙手偶得。由紫臺而朔漠；由朔漠而青塚；由青塚而落日昏黃，以豐富的色彩觸發讀詩者豐富的想像，歸結於「黃昏」，則更有領起下一聯的作用；章法之妙，實嘆觀止。

第二聯「畫圖省識春風面，環珮空歸月夜魂」，或作「月下魂」者非。須知「畫圖省識春風面」，固指元帝從畫圖中去回憶昭君的容顏；「環珮空歸月夜魂」，亦指元帝的單戀之情。

上一聯大開大闔，已盡昭君的生前死後，則更何處可著筆去寫昭君？於是筆鋒一轉，寫到漢宮；前四句專寫昭君，不及元帝；此一聯則專寫元帝，而實為以另一角度寫昭君。「省識」者，遣嫁時匆匆一面，只是驚豔；到底為何豔絕人寰，畢竟未能充分領略，故須憑藉畫圖，幫助記憶。

然則省識以後如何？自然有無窮的追悔，無限的相思；相思刻骨則神魂顛倒，漢宮千門萬戶，月夜宮眷往來倩影悄悄，處處環珮，在元帝只當是昭君翩然歸來，細看方知不是，故言「空歸」。若言「月下」，則空間局限於戶外；而元帝亦必對月懷人，始有此想。言「月夜」則無論何處，但聞環珮，即可產生昭君歸來的錯覺；境界更寬亦更高。

結句：「千載琵琶作胡語，分明怨恨曲中論」，有人以為鬆懈乏力。這是讀詩的一個感覺問題，我的感覺是：前六句是「詠」，結句是「懷」。前六句無我，結句有我。從群山萬壑談到元帝為昭君神魂顛倒，杜甫都只是客觀地敘述當時的故事，結句首用「千載」，一下子由說漢朝的故事，拉回到現實，截然是兩種不同的境界。昭君的故事結束了，請問聽完以後的感想如何？此即「詠懷」的「懷」。昭君的故事，令人低徊悵惘，無可奈何，則結局用低調，正合心境。倘或瀏亮激昂，直如攘臂而起，欲為昭君頌冤，反而破壞了整首詩的意境與氣氛。

昭君自然是有怨恨的，但直說昭君怨恨，傷之刻露，反覺意淺。今以琵琶的嘈嘈切切，如泣如訴；當作胡人在為昭君論怨恨，則必先有為昭君怨恨之意，方始有此感覺；猶如元帝心目中，有一昭君歸來的朝思暮想，始會因環珮而產生錯覺，皆是深刻的寫法。

然則昭君的怨恨是什麼？此則前面已經說過，乃是傷飄泊、悲失志。飄泊、失志，皆是到了塞外以後的事；未出塞以前，不知她終於未能如「解憂公主」之生還漢土；更不知她風華絕代，為元帝愛慕，本有寵冠後宮之望。是故昭君之傷飄泊、悲失志，唯有她自己及胡人方知。昭君生前既不能自陳委屈；則千載以來，唯有胡人為之代訴。明知琵琶所作非胡語，而偏強調「分明」二字，其言益癡，寄託益深。試想，有傷飄泊、悲失志的怨恨不能自陳，欲煩他人代訴；而煩他人代訴猶須有心人始能識別，其怨其恨之深為何如？

我在前面說過，〈詠懷古跡五首〉，乃杜甫「別寓寄託，不欲明言」；「千載琵琶作胡語，分明怨恨曲中論」如上詮釋，則所寄託者乃埋沒太甚之感。語淡意深，曲傳心事；謂之鬆懈乏力，如強弩之末，殊覺不然。

白日當天三月半

何處哀筝隨急管？櫻花永巷垂楊岸；
東家老女嫁不售，白日當天三月半。
溧陽公主年十四，清明暖後同牆看。
歸來展轉到五更，梁間燕子聞長嘆。

——無題四首之一（按：首、二「來是空言」及「東風細雨」七律；三、「含情春晼晚」五律；四即本篇）。

玉谿詩不難解；後世誤會李義山與牛李黨爭有何關係，以及過分強調李義山與令狐父子間的恩怨，心有所蔽，遂致穿鑿；甚至以此為不求甚解的藉口。本篇即為著例。

紀曉嵐箋此篇云：「無題諸詩，大抵祖述香草美人之遺，以曲傳不遇之感，故情真調苦。」曲傳者，間接表達之謂；而必其言直接可解，乃可進而玩味間接的言外之意。昔讀陳弢庵前後落花詩，句句詠落花，句句寓時事，這才真可謂之為有寄託。倘或字面在可解不可解之間，彷佛黃崖教派之故弄玄虛，如「十萬天童齊得乳，香花供奉小夫人」之類，豈尚得謂為詩人之詩；更何得謂為大詩人之詩？

馮浩賢者，而箋此篇云：「首言何處告哀，固惟有此地耳？無鹽自喻，溧陽公主比令狐，末二句重結歸字，聞長嘆者，只有梁燕；令狐之不省，言外託出矣。」除末兩語可以成說外，前六句皆不通，哀箏非告哀之聲，永巷非告哀之地。「東家之子」，「臣里最美」；溧陽公主，境遇奇慘，是則自喻之無鹽不存；比人為溧陽失敬。而況「白日當天」、「清明暖後」，復又何說？

詩歌每有絃外之音，聞者因心境之不同，或省或不省，此為別解；至於正解則不因人而異，說鹿是鹿，說馬是馬。他人以別解為正解；我則先求正解，再及其他。特拈此篇為箋玉谿詩之始，以示惟理是師，不襲陳說。

解此篇入手之處在永巷，錢木庵云：「永，長也；非宮中之長巷。」此自欺之談，不足辨。永巷自是掖庭長巷。櫻花為關中春來習見之花，《山堂肆考》：「秦中謂三月為櫻筍時」可證。「櫻花永巷」者，謂時當三月，永巷櫻花正開。此在宮牆之內；宮牆之外則為「垂楊岸」。《三輔黃圖》卷三雜錄：「長安御溝，謂之楊溝，謂植高楊於其上。」此即「垂楊岸」的出典。

「何處哀箏隨急管」者，只聞其聲，不見其人，故曰「何處？」若在宮牆之外，則遊目騁觀，自得其處，何勞動問？於此可知，首、二句為倒裝句法，乃永巷中有人詫問：「何處哀箏隨急管？」則三句「東家老女嫁不售」，指永巷中人，不言自明。宮女幽閉，逾年不放，遂成老女。「東家」為曲筆，〈登徒子好色賦〉：「臣里之美者，莫若臣東家之子」；則「東家老女」

不過美人遲暮，非如《列女傳》所說，「齊無鹽邑之女，極醜無雙；年四十，衒嫁不售」之比；因知「嫁不售」為隱筆。由於不便顯斥宮中無端耽誤了無數好女子的青春，乃特用曲筆、隱筆；是義山的一番苦心。

四句「白日當天三月半」。馮浩於句下評註：「言遲暮也，神來奇句」！神來之筆，信然；但此句非言遲暮，實是憤極哀極的絕望語！

何謂「三月半」，先引《唐兩京城坊考》卷三西京晉昌坊大慈恩寺注，以明出典：

寺有牡丹，《唐語林》：慈恩浴室院有牡丹兩叢，每開及五六百朵。《唐詩紀事》：長安三月十五日，兩街看牡丹甚盛，慈恩寺，元果院最先開，太平院開最後。裴潾作白牡丹詩題壁間，又有淩霄花，見李端懷舊詩序。

原來三月十五是這樣一個傾城來看牡丹的綺麗節日。不獨「哀箏順耳」（魏文帝〈與吳質書〉），且「催絃急管為君舞」（鮑照〈白紵曲〉）；欲問「何處哀箏隨急管？」恰在宮牆之外，垂楊岸邊，便有嬉遊仕女，載歌載舞，舉杯餞春。如此繁華熱鬧，如此豔陽風日；歲歲聞聲，年年隔面；幽閉永巷，恰如井蛙，舉頭唯見「當天」一方「白日」！而若非哀箏急管提醒，猶不知此日為三月十五。這「白日當天三月半」七字，真有雷霆萬鈞之力，句法酷似青蓮。

以上為一解；五、六兩句另一解。馮浩查過史書，說「年十四，史文未見。」此無非形容公主年未及笄，不典不足為病。「溧陽公主」為梁武帝孫女；我前面曾指出，她的「境遇奇慘」，如用來比令狐綯，直是詛咒。試從《資治通鑑》摘錄溧陽公主的境遇：

梁武帝太清二年十一月，侯景圍臺城。

太清三年正月，臺城破；侯景縱兵掠宮；自加「大都督中外諸軍，錄尚書事。」

太清三年五月，梁武帝以侯景裁節其飲食，憂憤成疾而殂。將死時，口苦，索蜜不得。世傳梁武帝餓死臺城。

帝殂二十六日而發喪，太子即皇帝位，是為簡文帝。

簡文帝大寶元年二月，侯景納上女溧陽公主。主有殊色，景甚愛之。

大寶二年七月，以溧陽公主於侯景心腹王偉有惡言；偉恐為所讒，說景廢帝為晉安王，幽居。殺太子大器，及諸王大鈞、大球、大昕等，皆溧陽公主同胞兄弟。

大寶二年八月，侯景弒簡文帝。

元帝承聖元年四月，侯景兵敗被殺於京口；以鹽實景腹中，送其尸於建康，暴於市，士兵爭取食之，並骨皆盡；溧陽公主亦預食焉。

按：《資治通鑑》卷一百六十四，於「溧陽公主亦預食」句下注：「《考異》曰：《典略》云『復烹溧陽公主』。今從南史。」可知溧陽公主以不善調護，以致其父被弒，諸兄弟被殺，因而不見諒於湘東王及勤王功臣；即令不致被烹，而食夫之肉，必為表明心跡，不得不爾。如溧陽公主者，真是古今大不祥人。義山引此女入詩，而意中以擬令狐綯，則竟是與令狐有不解之仇了！衡情度理，必無之事。

玩味詩意，特言溧陽公主，無非示警之意。下句「清明暖後」即指「三月半」；前解與此解為同一天所聞所見；「同牆看」中有人在。併上句而言，無非說是見一年未及笄的公主，與不知誰家郎君，並肩在牆頭看熱鬧而已。

此兩句為一解，寫所見如此，不知他要說的是什麼？但與前解並看，則在強烈的對照之下，自然而然產生了非常明確的意義，概括而言，是一個「失」字。老女不得嫁；未及笄者已有雙飛的模樣，是婚姻失時。宮女應放者不放，公主應教者不教，是宮幃失職。但主旨所在，是傷帝德之失，亦是宰輔為政之失。白居易〈七德舞〉詩；「怨女三千放出宮，死囚四百來歸獄」，自注：「太宗嘗謂侍臣曰：『婦人幽閉深宮，情實可愍。今將出之，任求伉儷。』於是……於掖庭宮西門，揀出數千人，盡放歸。」自孔孟以來，皆以「內無怨女，外無曠夫」，為天下太平的具體表徵。反是，帝德相業，兩俱有失；出現《魏志・武帝紀》所謂「家室怨曠、百姓流離」的現象，止資嗟嘆，因有最後一解。

最後一解，即七、八兩句。第一解寫所聞；第二解寫所見；第三解寫所思。歸來輾轉不寐，所感不絕於心者，即唐太宗所言：「婦人幽閉深宮，情實可愍。」而長嘆之聲，獨謂「梁間燕子」得聞；乃因玳瑁梁上，雙棲正穩，徵此典暗示所嘆者內有怨女，外有曠夫。此當是義山悼亡後，宿西京晉昌坊令狐綯宅所作。

黑格爾辯證法，有正、反、合之說；不道竟可以此理說玉谿詩。大奇！

讀李義山詩，只要不為成見所蔽，不為陳說所囿，如姚一葦先生所說的，「要連題目在內，逐字逐句，通體解得開來」；亦即每一個字都不放過，切切實實地找出根源，則亦並不難懂。難的反倒是闢那些陳陳相因，昧於事實的成見。如「牛李黨爭」這一句史學上習見的成語，本身就是一個有欠正確的說法。前中央研究院院士岑仲勉先生說：「牛有黨、李無黨」，實在是很高明的見解。細細想去，彼時引進士類，牛僧孺、李宗閔重科舉，李德裕重門第；重科舉則師弟授受，同門相援，聲應氣求，休戚與共，自然黨同伐異。重門第則各矜家世，不但無法作有計畫地結黨，甚至互不相下，豈非「牛有黨，李無黨」？

岑仲勉先生還有兩段話。一段是：

論者又謂商隱一生有關黨局，夫德裕會昌秉政五年餘，商隱居母喪已超其三分之一。德裕微論無黨，就謂有之，然商隱二年書判拔萃，官止正九品下階之秘書正字，無關政局，何黨之可言？抑開成前王茂元四領方鎮（邕、容、嶺南及涇原），均非德裕當國時所除。……若曰德裕素厚遇，則白敏中與綯何嘗不為德裕所厚？是不特商隱非黨，茂元亦非黨。善哉馮氏所云：「下此小臣文士，絕無與於輕重之數者也。」

又一段是：

> 楚既去世，綯復居喪，且官不過補闕，無如何提挈力；商隱孤貧，一家所託，自不能不憑其文墨，自謀生活；擇婚王氏，就幕涇原，情也，亦勢也。然論者必曰「心懷躁進，遽託涇原」，然則將令商隱全家坐而待斃，以俟乎渺無把握之令狐提挈？是責人出乎情理之外也。……箋詩之流，常自詡得玉谿三昧；詳其實，則毀辱之、謾罵之而已。依其所言，乃為一患得患失輩，念念不忘子直（綯字），無絲毫自樹力量，「一不得當，則煩冤莫訴，如醉如迷；偶假顏色，則又將喜將懼，急自剖白」，直如小孩哭笑，刻畫得不成樣子，商隱何取乎後世之「鄭箋」？（見《玉谿生年譜會箋》平質）

此皆精當不易之論。我認為還可以補充的是，自李德裕於武宗接位後入相，始逐漸形成黨爭。在此以前，李既無黨；牛黨亦並無若何鮮明的色彩；而其時李義山已婚於王氏數年，則退一步言，李即有黨，王茂元亦為李黨，義山以外舅的關係，成為李黨，亦是環境支配使然，無可厚非。必謂之「叛牛投李」、「忘家恩」；持論毋乃過苛？

將李義山「刻畫得不成樣子」者，以撰《玉谿生年譜會箋》的張爾田為最。張有《李義山詩辨正》之作，向弗為詩家所重，因為臆說太多。臆說生於穿鑿；穿鑿起於誤解；誤解之最嚴重者，是以為同樣題目的幾首詩，為一個題目之下，同時所作的幾首詩。玉谿生詩最早的是「三卷本」，既非編年，亦非分類，只是隨手輯錄；遇題目相同，而又同時所蒐集，即繫於一題之下；以致張爾田誤為不同體裁的幾首詩，皆詠一事。

如「無題四首」，實為三個「無題」，即「來是空言」、「東風細雨」兩七律為一題；「含情春晼晚」五律又一題；「何處哀箏」古風別是一題。三題皆為「無題」，而實不相關；乃張爾田於此無所「辨正」，由誤解而穿鑿，謂「首章（七律）記子直來謁，匆匆竟去之事。……次章（七律）盼其再來……三章（五律）記往謁令狐不見空回之恨……四章（古風）歸來無聊之況……。」自詡「四章各有線索，如此解之，詩味倍長矣。」為破其妄，因試箋「何處哀箏」古風一首，如讀者以為不謬，則試與前面兩首七律，一首五律比較，當會同意我的看法，「無題四首」，實為三個「無題」；甚至是四個「無題」——七律兩首，詠懷的對象不同，故非一時之作。兩個不同的對象，一為李義山的小姨；一似為王茂元的家伎。容當細考另箋。

釋〈藥轉〉

玉谿生〈藥轉〉一詩，水晶先生以為「不知所云」；邢杞風先生則視之為謎，又引朱竹垞所言：「題與詩俱不可解。」以竹垞腹笥之寬，何得而有此言？倒真「不可解」了。

〈藥轉〉不難索解，何義門所說「此自是登廁詩」，信然！原詩在聯副已引過兩次；但為讀者方便計，仍不得不再引一次。我所據者為馮浩箋注本，末句「歸臥」，邢文所引作「舊臥」，不知所據是否程夢星箋注本？

鬱金堂北畫樓東，換骨神方上藥通，
露氣暗連青桂苑，風聲偏獵紫蘭叢。
長籌未必輸孫皓，香棗何勞問石崇，
憶事懷人兼得句，翠衾歸臥繡簾中。

這首詩中只有兩個典；而兩典實詠一事：豪貴之家的「洗手間」。水晶說：「第二聯所吟為何，令人瞠目不知以對。」邢杞風猜「香棗」「可能是指春藥一類的仙丹。」不明典故，難怪費解。所以，釋此詩應先釋此兩典。

「長籌」者，較長的廁籌；或稱廁簡。讀者看我這篇文章，可能是在早餐桌上，我不欲多談，請自查類書。（拙作《金縷鞋》中亦曾談過。）「長籌」是孫皓的典故，出於《法苑珠林》。見馮浩所注。

「香棗」即廁棗。王敦如廁的笑話，見於《世說新語》，應該不是僻典：

> 石崇廁常有十餘婢侍列，皆麗服藻飾，置甲煎粉、沉香汁之屬；又與新衣著令出；客多羞，不能如廁。王大將軍往，脫故衣，著新衣，神色傲然。群婢相謂曰：「此客必能作賊！」王敦尚舞陽公主，如廁，有漆箱盛乾棗，本以塞鼻，敦謂：「廁上亦設食？」噉之至盡。

這是《世說新語》所記的王敦的兩段軼事，及至白居易撰《白帖》，合而為一：

> 大將軍王敦，至石家廁，取箱棗食，群婢笑之。

王敦出身世家，居然不識廁棗，可知此物非尋常富家圊廁所能有。玉谿於此聯用「未必輸」、「何勞問」，乃是強調居停的豪奢。

這兩個典是絕不能移用到別處的，指墮胎、指「婦人月事」皆不合；第七句「憶事懷人兼得句」，尤為明顯，是騷人墨客如廁的結習。若果墮胎，當性命呼吸之際，「憶事懷人」或者有之；「得句」則斷斷乎不會。

通觀全詩，乃是在極輕鬆心情下所作的一首登廁即興。然則何以謂之「藥轉」？請容我賣個關子，到最後再談；這裡按部就班，從頭說起。

「鬱金堂北畫樓東」：指明地點。「堂北」則是後園；「畫樓」為其臥處；廁所在畫樓之東。

「換骨神方上藥通」：誤人鑽入牛角尖，即在此句！玉谿是誇張得稍為過分了一點。說穿了很簡單，他患了很嚴重的便秘，服藥有效。單方得驗，即是「神方」：草藥有效，即是「上藥」。中醫發汗藥是最普通的，但「七日不汗則死」，有法子能使病人出汗，便是起死回生的「神方上藥」。何況數日宿積，一旦盡去，那種滿身輕快，栩栩欲仙的感覺，便秘患者無不經歷過；玉谿用「換骨」實在也不算誇張。至於選就韻腳押「通」字，雖嫌質直，卻亦不妨譽之為王靜安的「不隔」。

「露氣暗連青桂苑」：這是寫景，進一步證明了是後園中的廁所。「露」者露水，與「青桂」合用，可知為秋天；宵深露重，「露」而稱「氣」，便有曉煙漠漠的光景，當是五更天。「暗連」指所處之地雖非露天，亦非門戶所扃的室內，故而露氣得以浸潤，與廁所的格局相符。

「風聲偏獵紫蘭叢」：這一句好極！「獵」是形容風聲；風而有聲，可知不小。然而單寫風聲，有何意味；又與題旨何關？須知此風乃是西風，此廁乃是東廁，西風獵獵穿過紫蘭叢中，則如東廁者人在下風，王者之香沖淡了廁中的氣味，豈非妙不可言？下一「偏」字，其詞若憾，寫盡了躊躇滿志之意。

「長籌未必輸孫皓，香棗何勞問石崇」：這一聯解已如前，不過還可以補充。若果如廁而便不得解，廁所講究，一無用處；同時亦沒有閒心情去仔細看一看廁所是什麼樣子？如今能夠欣賞並讚美這一廁所，則其心情為如何輕鬆開朗？亦就不言可知了。

「憶事懷人兼得句」：解亦已如前。此時前面六句已經有了；而且如廁已畢，預備離去，則結句當寫離廁以後。論章法固應有此一轉。

「翠衾歸臥繡簾中」：全詩可議者唯此句。在我看「繡簾」不必閨閣，岑參〈玉門關將軍歌〉：「軍中無事但歡娛，暖屋繡簾紅地爐」可證。韓冬郎〈已涼詩〉：「碧闌干外繡簾垂」，則此處用「繡簾」仍在表明時間，非用珠簾的夏日，亦非用重簾的冬日，而是已涼天氣未寒時。當然，若說玉谿此時是在溫柔鄉中，亦無不可；但寫便秘得藥而解的輕鬆心情，為題中主旨，則是毫無可疑的。

最後釋題。馮浩箋曰：「此篇舊人未解，而妄談者託之竹坨先生，以為『藥轉』乃如廁之義，本道書。余曾叩之竹坨文孫稼翁，力辨其誣也。」其實「妄談者」並不妄；「藥轉」用在此處確有如廁的意思在內；典出道書，亦是很可能的，因為「轉」字有來歷。

嵇康〈與山濤絕交書〉：「每常小便，而忍不起；令胞中略轉，乃起耳。」又元稹詩：「正寢初停午，頻眠欲轉胞。」何謂「轉胞」？雖頗費解；但望文生義，知與如廁有關。「藥轉」之轉，自是「轉胞」之轉；然則以此詩內容解題，當是服藥以後如廁之義。

總而言之，即令題難索解；詩意則頗顯豁。如廁是否可以入詩，自然是一個值得討論的問題；但就詩論詩，題中應有之義，賅括無餘；不蔓不枝，章法井然，應該是一首好詩。

原載六十六年十一月十一日《聯合報》

〈錦瑟〉詳解

邵德潤先生〈試解〈錦瑟〉之謎〉一文，本何義門的主張，參以錢鍾書的見解，提出以此詩「作為李義山自悲身世，又自論其詩的詩集自序來看」的結論，已足以推翻朱長孺所倡，厲樊榭附和，馮浩強調，而張爾田竟以為定論的「悼亡」說。但自序其詩，非自論其詩，此為邵文結論中不足之處。

我作考證，師法陳寅恪先生，以窮極源流為尚；義山詩號稱難解，但本此義一字不放過，解亦不難。是故既言自序其詩集，應研究其詩成集的經過。近以一長者設觴祝郎靜山先生九十；臺靜農先生八十，奉召侍飲，此亦文酒之會，因作〈李義山詩「無題」實為闕題說〉，冀博一粲，藉為勸酒。此文主要內容，即在說明義山將死編詩集的悽涼，錄其部分如下：

義山「無題」，什九有本事，以難於著題而從闕。詩亦秘不示人；蓋已有儇薄之稱，不欲更損其聲名，致妨青雲之路也。大中十二年二月，柳仲郢以鹽鐵使調長秋官，其人固亦義山「平生風義兼師友」者也；義山從之在東川五年，復隨還朝，得充鹽鐵推官，至是竟罷廢，實非仲郢本意，乃令狐子直絢之子滈，惡義山，迫之使絕。滈之為人，略如後世之嚴東樓，號為「白衣宰相」；子直夢李衛公乞歸骨，寤而語其子，滈以為不可；子直從之而疑莫釋，遂復夢衛公，精爽可畏，謂滈曰：「不則將得禍。」乃為請於朝。衛公有恩於仲郢，故仲郢任衛公從子李從質為推官，俾以利祿贍衛公遺寡；乃竟為子直父子所嫌，方謀求解，故屈從滈，棄義山。而朝士憚滈之橫，亦無有敢為義山一援手者。時義山困寄西京永崇坊逆旅，既衰且貧而病；復攖目疾將失明，動念欲從國師知玄稱弟子，而後顧茫茫，世緣殊未易了，因不果，尋自知不起，計惟得解於子直父子，庶幾前嫌既釋，遺孤可託，乃匆匆彙錄平生所為詩，得三卷，不復編次。向之闕題者，亦不得從容補製，但苦吟一律，冠諸集首，即〈錦瑟〉也。

這是我根據義山生平事跡與他的詩，以及史書所獲知的真相。或謂：看起來倒也言之成理，但令狐子直與義山的恩怨，已歷多年，應已淡忘；令狐滈更是隔了一層，而如此痛恨李義山，竟欲置之絕地！何故？

當然有緣故。凡是喜歡玉谿詩的，都記得七律的〈牡丹〉，這首詩前面六句寫牡丹亦寫人，為義山極自賞之作，故結句云：「我是夢中傳綵筆，欲書花片寄朝雲。」不道「朝雲」二字，竟使得義山坎坷一生。

朝雲有兩解，一為家伎；一為「赤帝之女桃姬」，即自薦於楚襄王的「神女」，亦就是「小姑居處本無郎」的「小姑」。義山這首〈牡丹〉，為作客西京，住在晉昌坊令狐家所作，一時人言籍籍，都說義山私通子直的姬妾，並有人進讒於子直；此為以後不薦義山的主因。

事實上呢？義山真是吃了啞巴虧，有苦說不出。〈牡丹〉中的「朝雲」，實指後者；義山妻妹，愛才自薦，是故「欲書花片寄朝雲」。此事始末，我已從「相見時難」、「來是空言」、「鳳尾香羅」、「重帷深下」，以及後來回憶所寫的「颯颯東風」這五首「無題」詩中，鉤稽出真相，斷無可疑。義山如果要澄清謠言，只要出示那五首「無題」詩，便足可證明此朝雲為「崇讓宅」中的妻妹，而非晉昌坊中子直的愛姬。但妻妹已嫁，如果公開了這些豔詩，可能會出命案；而且這一來不但仍舊會加重他「儇薄無行」的名聲，更要被肯定為負恩——負「朝雲」愛才自薦之恩，會失去任何人的同情。倘非如此，別作解釋，則又成了「此地無銀三百兩」嫌疑更重。因為有此難言之隱，義山只好默默忍受；〈有感〉後二句：「一自高唐賦成後，楚天雲雨盡堪疑。」即詠此事。自薦於楚襄王的神女，「號為朝雲」，典出〈高唐賦〉注；則所謂「高唐賦成」，自是指〈牡丹〉詩。

誤會既深，義山不能不設法解釋。他出於「令狐門館」，與子直是「師兄弟」，子直年長於義山，因而他的解釋，都用〈洛神賦〉的典故；而又兼用神女會襄王之典，因而撲朔迷離，後人更覺難解，但既明本事，大旨可尋，馮浩分類本中，〈代魏宮私贈〉、〈代元城吳令暗為答〉、〈東阿王〉、〈涉洛川〉連在一起的四首七絕，都是為此而作；馮浩合箋「蓋義山自有豔情誣恨，而重疊託意之作」，差得真相；但只知「陳思王，則以才華自比」，不知更擬子直為子桓（曹丕）

而已。

以下解〈錦瑟〉，先錄原詩：

錦瑟無端五十絃，一絃一柱思華年，
莊生曉夢迷蝴蝶；望帝春心託杜鵑；
滄海月明珠有淚；藍田日暖玉生煙。
此情可待成追憶，只是當時已惘然。

以「錦瑟」為題，明言取瑟而歌，絃外有音。次句「一絃一柱思華年」，此絃為一年，則起句的「五十絃」，自是指舉成數而言的半百之年。衰年回首，悵觸萬端，不知從何說起；故曰「無端」。《史記・田單列傳》：「如環之無端」。又〈上林賦〉：「視之無端」。必明首句「無端」之義，乃知下句「華年」所指。

《魏書・王叡傳》：「漸風訓於華年；服道部於弱冠。」華年與弱冠之稱，則亦當是二十左右。唐文宗太和三年，義山十八歲，入天平軍節度使令狐楚幕、署巡官正當華年；思量平生，且從此始。然則絃既為年，柱又何說？勞榦所箋，最愜鄙意：

詩中以絃喻年，以柱喻事。言時日遷流，景物代謝。平生蹤跡，歷歷在目。追思疇昔，感在篇什。前言五十絃，此言一絃一柱，以見五十年來，年有悲歡離合。（見聯經版《中國文學評論》第二冊，勞榦著〈《李商隱評論》所引起的問題〉。）

按：八聲中惟革與絲之聲不定，因革有燥濕，絃有緩急之故。絃之緩急，由於柱之移動；絃有定而柱無定，是則年光依舊，境遇常新，「一絃一柱思華年」，即自華年開始，逐年細思往事之謂。

可惜勞先生探驪得珠而復失！既言「平生蹤跡，歷歷在目」，則以下所寫，自為一生經歷。中兩聯四句，每一句為一獨立之存在；亦即每一句為一大段經歷，而每一段經歷以七字概括，則唯有突出其特徵，或以宦情；或以宦轍。這四段經歷是：

一、十八歲至三十五歲，包括科舉出仕；婚於王氏。與令狐綯（子直）的恩怨締結，大部分發生在此一階段。

二、三十六、七歲，隨桂管觀察使鄭亞在桂管（今廣西桂林）。

三、四十至四十五歲，為東川節度使柳仲郢辟為節度書記。

四、四十五歲以後；柳仲郢內調為鹽鐵轉運使，李義山隨之還朝，被任為鹽鐵推官。後兩年柳調刑部尚書；義山「廢罷還鄭州，未幾病卒」（《舊唐書》本傳）。

〈錦瑟〉的兩聯四句，正就是配當此四段經歷，惟南海、東川次序互易，所以然者，「蝶、鵑」，「珠、玉」，對偶上關乎詞章者細；「迷蝴蝶」、「託杜鵑」，求解於子直父子的絃外之意，關乎義理者大。先說「莊生曉夢迷蝴蝶」；正如其十八歲至三十五歲，這段一生最重要的經歷，此為全詩中最緊要的一句；也就是引起爭議最多的一句。

李義山受教於令狐楚，始得精於牋奏制令；復藉其子之力得中進士，而當府主一死，即改投涇原節度使王茂元，並婚於王氏，致為子直所不滿，此確為事實。但亦僅止於不滿，並無仇恨，所以早年蹤跡甚密；直至〈牡丹〉詩後，有人妒才而進讒於子直之前，交情始疏，但仍有往還酬唱。

至於涉及「牛李之爭」，是進讒者如此說法，義山本人並不覺得是件嚴重的事。詩中看得出義山曾為子直疏通於李衛公；聯絡柳仲郢，所以七夕詩常強調鵲橋之功，〈街西池館〉一詩，結句「香透玉山禾」，尤為明白，鮑照詩：「誠不及青鳥，遠食玉山禾」，謂為子直作使者，將有厚酬；其下應為〈謁山〉一絕：「從來繫日乏長繩，水去雲迴恨不勝；欲就麻姑買滄海，一杯春露冷如冰。」首言子直之心難測；次言事成過去，隨人打發，但有恨而無可奈何；三句言所望甚奢；結句言所得甚薄。玉山之禾雖豐，無奈吝於供給！馮浩所箋，大致不差；惟題似未解，謂「謁令狐」亦望文生義而知；其實「山」為廋詞，指山濤之子山簡，見後箋〈九日〉一詩。張爾田亦不明「山」字云何，乃自作聰明，謂「山即義山之山，玉谿自謂。此蓋暗記令狐來謁之事。結二句我方欲就彼陳情，而不料其匆匆竟去，徒令杯酒成冰，所以有水去雲迴之恨也。首句則言安得長繩繫日，使之多留片刻乎？通篇融洽矣。」且不論令狐訪義山，可用「謁」否？而就其所釋內容而言，來「謁」何事？既來之則又何不安之？葛藤百出，令人失笑。

義山所望的「玉山禾」為何？有一首五律說得最明白：

昨夜玉輪明，傳聞近太清，
涼波銜碧瓦，曉暈落金莖；
露索秦宮井，風絃漢殿箏。
幾時「綿竹頌」，擬薦「子虛」名？

題為〈令狐舍人說昨夜西掖玩月因戲贈〉。當是宣宗大中三年秋天所作；是年令狐綯拜中書舍人，充承旨，權知兵部侍郎知制誥，開始大用。結句求薦之意極明。或以為既以司馬相如自況，則又徵揚雄之典為重出；殊不知漢武讀〈子虛賦〉稱賞，因狗監楊得意而知司馬相如，如僅用此典，則是以楊得意擬子直；故上句特用揚雄的故事：漢武帝時，直宿郎楊莊誦揚雄所作〈綿竹頌〉，帝以為文似相如的楊莊舉揚雄之名，帝即召見，拜黃門侍郎。事見《文選》注。義山先以楊莊擬子直，下句始不以為嫌。這是筆下不應有的分寸。

子直不省，義山自不能無怨，但亦全非私意，如〈九日〉：

曾共山翁把酒時，霜天白菊繞階墀，
十年泉下無消息，九日尊前有所思；

不學漢臣栽苜蓿，空教楚客詠江蘺！
郎君官貴施行馬，東閣無因得再窺。

此為懷令狐楚之作，諸家之說，皆無異詞。惟「山翁」以為指山簡，則大誤；「山翁」實指山濤，晉初為吏部尚書，所甄拔人物，各為題目，時稱「山公啟事」。山簡為山濤第五子，雅有父風，永嘉中官至尚書左僕射，疏請廣得才之路，召見大臣時少議刑罰，多議選舉。以山濤擬令狐楚，即所以提醒子直應如山簡，廣得才之路；見苜蓿一聯自明。

此詩大開大闔，收放由心，如巨匠之運斤；而章法嚴謹，隸事精切，真能得少陵神髓。首即著一「曾」字，明其為憶舊；次句七字中兼賅人、時、地，人則以「白菊」確指令狐楚；時則「霜天」，亦是重九；地則必在令狐宅。三句「十年泉下無消息」，舉成數而言；令狐楚歿於開成二年，此詩作於十二年後的大中三年，而且可以確定是「義山以盩厔射，京兆尹留假參軍事，奏署掾曹，令典章奏」時。「十年泉下無消息」者，猶言「寂寞身後名」，微有責備子直不能顯親之意；於是對以「九日尊前有所思」，憶舊感今，由父及子；領起下一聯。

「不學漢臣栽苜蓿」，紀曉嵐箋云：「苜蓿乃外國之艸，張騫移種而歸，種之上苑。義山本彭陽子弟，綯以其親於茂元，遂為敵國，故曰：『不學漢臣栽苜蓿。』此種究是迂曲。」張爾田謂：「苜蓿句祇取移種上苑之義，言令狐綯不肯援手，使之沉淪使府，不得復官禁近。」皆誤。張說尤謬；苜蓿終是苜蓿，移種上苑，仍為賤物，無非供天廄食料，不能邀宸賞，蒙眷顧。義山豈得以此自況？

按：苜蓿，馬之所嗜。此言不學張騫先種苜蓿秣馬，則雖有騏驥，難致千里。相業以獎進人才及養士為本，令狐綯既已入相，義山乃得以此相責，不能說他是私意。

六句「空教楚客詠江蘺」，方為自傷沉淪；能典章奏，何不可「知制誥」？江蘺即蘼蕪；《楚辭》：「秋蘭兮蘼蕪，羅生兮堂下。」自擬秋蘭，不在上苑，而與蘼蕪生於堂下，自然心不能平。此即「有所思」。少陵秋興八首，其四結句：「魚龍寂寞秋江冷，故國平居有所思」，錢牧齋箋註：「白帝城高，目瞻故國；兼天波浪，身近魚龍，曰『平居有所思』，殆欲以滄江遺老，奮袖屈指，覆定百年舉棋之局；非徒悲傷，晼晚，如昔人願得白帝城而已。」此解相當深刻；鄭成功江上之役，錢牧齋步原韻作前後秋興一百又八首，即本此意而來。義山逕襲此三字而不改，心事或亦如少陵，思「奮袖屈指」，創一番相業，廣種「苜蓿」，以獎馳驅；護持芳蘭，勿使淪落。如義山成為名相，則令狐楚之名必大顯；「有所思」與「無消息」合參，味更深永。

結句「郎君官貴施行馬，東閣無因得再窺」，若謂義山因子直驕倨，干求不能，實淺乎視之了。東閣典出《漢書・公孫弘傳》：既貴，「起客館，開東閣，以延賢人，與參謀議。」詩中東閣，為舊日令狐楚的東閣；義山當日固與於參謀議之列，今則雖欲建言，亦不可得，因「郎君官貴」，分隔雲泥，已不能論舊日交情。「行馬」即拒馬；所謂「施行馬」，意指子直自劃一個屬於他這種身分的交遊圈；而義山是在圈外，非謂在「晉昌」拒而不納。

如上所說，子直亦自有愧對故人之處。至於不薦義山，原因甚多，據我從載籍中了解，約為：第一，子直善疑，恐義山才出己上，薦之適足妨己；其次，義山風流多豔聞，而宣宗察察為明，倘以儇薄見斥，累及舉主；復次，是受「朝雲」這種公案之累；又次，為了整肅黨紀。凡對唐史真有研究者，如陳寅恪、岑仲勉先生等，無不認為牛（僧孺）有黨；李（德裕）無黨，殆成定論。牛、李（宗閔）藉科舉結黨，老師提拔門生；門生擁護老師，師弟相承，休戚相關，黨援乃成；此風至清末不替。義山以子直之力成進士自應為子直效力；而當子直在喪服中，竟赴涇原之辟，既未能共患難，又何可共富貴？此為古今黨援通例。子直如薦義山，則一向行走於子直門下者，將有違言；為了維持其內部的紀律，不可破例。

箋疏至此，「莊生曉夢迷蝴蝶」之義，不言自喻。莊生夢蝶；蝶夢莊生，栩栩然，蘧蘧然，皆不由自主；以喻人謂叛牛投李，而我意中但有「人生適志」之一念，初無意於背叛。無奈子直信讒而亦有此想法，難與硜硜為辯，且姑作認罪之詞。下一「迷」字，猶言一時糊塗，偶自忘其為莊生；惟「曉夢」易醒，早已迷途知返。

下句「望帝春心託杜鵑」，仍為自明其始終不忘故人。「春心」出《楚辭》：

> 目極千里兮傷春心。

是則此「春心」乃望遠思歸之心。又，《本草》：

杜鵑出蜀中，今南方亦有之……暮春即鳴，夜啼達旦，鳴必向北，至夏尤甚。

按：杜鵑一名杜宇，又名子規，互名子鵑；望帝者，蜀主杜宇；《華陽國志・蜀志》：

有王謂杜宇，教民務農，一號杜主……七國稱王，杜宇稱帝，號曰「望帝」，更名蒲卑。自以功德高諸王……會有水災，其相開明決玉壘山以除水害……遂禪位於開明；帝升西山隱焉。時適二月，子鵑鳥鳴，故蜀人悲子鵑鳥鳴也。巴亦化其教而力農務；迄今巴蜀民農時，先祀杜主。

漢帝有功德於民，故「蜀人悲子鵑鳥鳴」，有望歸之心。又，《成都記》：

蜀王杜宇稱望帝，好稼穡，治郫城，死化為鳥曰杜鵑。

此直以杜鵑為望帝所化。其說為後世所接受；普遍的解釋是：望帝自悔禪位，思歸不得，化為杜鵑悲鳴。如徐文長作昭烈孫夫人廟聯：「思親淚落吳江冷；望帝魂歸蜀道難」。望帝雙關，「魂歸」亦雙關，一言蜀吳成仇，孫夫人即令歸魂，未必為昭烈接納於泉下；一即言望帝欲歸不可。

最值得注意的是溫飛卿的詩：

杜鵑魂厭蜀，蝴蝶夢悲莊。

「溫李」並稱，溫年不可考，但當略後於李；飛卿在懿宗咸通七年曾為主試，距義山之歿已八年，當義山憔悴自傷時，飛卿正為子直門客，頗譏府主不學，因而失和。義山有寄飛卿詩兩首，皆為五律，多哀苦之音。飛卿亦累試不第，屈為下僚；又輕令狐，則同情義山，理所當然。「杜鵑」、「蝴蝶」一聯，極可能為〈錦瑟〉而詠，「蝴蝶夢悲莊」為倒裝句法，言悲莊生夢為蝴蝶，而在莊生，栩栩然自適，悲自何來？惟義山「曉夢之迷」始足為悲；此句可作「莊生曉夢迷蝴蝶」的註腳；而上句「杜鵑魂厭蜀」，則為「望帝春心託杜鵑」的註腳；下一「厭」字，益見思歸之切。

綜合上述各點，知「望帝春心託杜鵑」，乃義山輸誠之語，謂雖依柳仲郢在蜀，而終不忘子直；欲歸不得，惟有如杜鵑之北向而啼。按：東川直北，正為長安；故「一騎紅塵妃子笑」的終南捷徑，名為「子午道」。如以望帝自悔隱於西山之義推論，似乎義山悔此東川一行；果然如此，則溫詩「杜鵑魂厭蜀」的「厭」字，就更可玩味了。

次聯上句用鮫人典。鮫有多種，泣珠之鮫出南海，為「合浦鮫」，而合浦為桂管觀察使所轄。「滄海月明珠有淚」，寓義雙關，既言依鄭亞在桂管的宦轍；亦言平生所作詩文，他人看來，字字珠璣；自知為無數眼淚所化。曹雪芹「字字看來皆是血，十年辛苦不尋常」，正亦此意。

「藍田日暖玉生煙」為一頌詞，所頌者子直父子，此意從無人說過；自來言「令狐父子」皆指楚與綯；殊不知尚有綯與滈。令狐滈既能左右其父，則義山求解於子直，首須得其子歡心；「藍田生玉」雖為兼顧父子之語，而巧用「生煙」一典，尤在祝望令狐滈早達。其說應自解「藍田」始。

「藍田」雙訓而歸為一事，一事者生玉；雙訓者藍田既為美玉之名，亦為產玉之地。《穀梁傳》「此晉國之寶也」注：

玉有美惡，出處不同，周有藍田；楚有和氏；宋有結綠；晉有垂棘，各是國之貴物。

此以藍田為美玉之名。以藍田為地名，則至今猶是，地在西安東南，藍關以北；產玉之說，出於《漢書・地理志》：

京兆藍田縣，山出美玉。

玉雖出於藍田山，但藍田山並不就是玉；必須有雙關之義，藍田既為產玉之地，又為美玉之名，「藍田生玉」始為兼頌父子之語。《吳志・諸葛恪傳》：

恪少有才名，發藻岐嶷，辨論應機，莫與為對。權見而奇之，謂瑾曰：「藍田生玉，真不虛也。」

「權」為孫權；「瑾」則諸葛恪之父諸葛瑾。以後宋文帝對謝莊亦曾作此語，確定了「藍田生玉」有兼頌父子的涵義。（亦可用於兼頌母子，別有典，與本文無關，不贅。）

這本來不是一個僻典，而前人所以忽略的原因：第一是我前面所說的，只以為「令狐父子」指楚與綯；不知猶有綯與滈；第二，以為「生煙」不典。因為如此，都將「生煙」與「玉」聯繫起來，各逞臆說；高明如蘇東坡、朱竹垞、何義門亦不免，那就不用說錢鍾書了。玆先引錄邵文中所轉述的諸家解說：

一、照蘇東坡的說法……第六句「藍田日暖玉生煙」，則以藍田的日暖風薰，美玉的溫潤光彩，如霧如煙，說明瑟音之和。

二、朱彝尊評〈錦瑟〉詩，亦說「此悼亡詩也……珠有淚，哭之也；玉生煙，已葬也……。」

三、何義門評此聯時說：「珠淚玉煙，以自喻其文采。」

四、錢鍾書也有他一套說法……「『暖玉生煙』此物此志，言不同常玉之堅冷。蓋喻己詩雖琢煉精瑩，而真情流露，生氣蓬勃，異於雕繪奪情，工巧傷氣之作。若夫後世所謂『崑』體，非不珠光玉色，而淚枯煙滅矣！……。」

四說中以錢鍾書說得最具體，亦錯得最離譜，竟將「日暖」割裂，分屬上下；如「暖玉生煙」之說能成立，則試問「藍田日」三字，又作何解？

總之，若以「生煙」為不典，則小說小錯，大說大錯。上引四說，東坡庶幾得之，但仍有一大段距離；「生煙」描寫藍田玉，所謂「藍田日暖風薰」固然不錯，但並非描寫「美玉的溫潤光彩，如霧如煙」。運典原有所謂活用、死用、明用、暗用之別。義山徵「生煙」之典，為一明一暗兩典，合化而成的活用。一明見謝朓〈遊東田〉詩：

遠樹暖阡阡，生煙紛漠漠。

一暗則出於《淮南子》：

玉在山而草木潤。

草木潤而又當日麗風和的春夏之交，望之自是「生煙紛漠漠」。此「生煙」為刻劃「藍田日暖」，而非描寫什麼玉之光潤生氣，彰彰明甚。

問題在「藍田日暖生煙」中，插入一「玉」字；而妙處亦就在這裡。「玉生煙」不比少陵的「鸚鵡粒」，在句法上不能單獨成立。倘謂句法可通，而情理不通，則純就「玉生煙」而言，誠然；但作為「珠有淚」的偶句，則不但可通，且非如此不可通。珠既可有淚，玉又為何不能生煙？「珠有淚」是幻想，是譬喻；「玉生煙」亦是幻想，亦是譬喻；「克拉瑪對克拉瑪」，方見其妙。假如真個「珠有淚」，對以幻想的「玉生煙」，則以虛對實，是以《文心雕龍》中所說的「事對」對以「言對」，這在詩律上為一嚴重的「技術犯規」。

然則「玉生煙」究作何解？這應該就整句詩來分析，在兼頌令狐父子這一個命題上，有由淺入深的三層意思：

一、用藍田生玉，兼頌父子的典故是最淺的一層。

二、「日暖生煙」由於藍田山「草木潤」；「草木潤」由於「玉在山」，舉論以言此山必可生玉，此意思又深一層。

三、不明言「日暖生煙」由於「草木潤」，而認作煙由玉之所生；此為炎上之象，是則不獨此山必可生玉，而且升騰在即。這一層意思最深，亦最精。

須知當時的令狐滈，權同「宰相」而身為「白衣」，故暗用《淮南子》「玉在山」之典，更覺精切無比。在山之玉「生煙」，有炎上之象，為出土之兆；說得明白些，便是斷言令狐滈將很快地會中進士；在山之玉必成廟堂之器。「日暖」又有天子眷顧的意味在內；這便連何以能成為廟堂之器的原因，亦皆指出。「生煙」由於「藍田日暖」「草木潤」，而主觀地認作在山之玉本身所發揮的作用，兼寓有期望之意，更合父執的口吻。但成進士不一定能知制誥；祝頌他人之中，仍寓無限自傷之懷，始終不脫〈錦瑟〉題意。

「藍田日暖玉生煙」的義理如此；若就詞章，亦即藝術上的價值判斷，則須合上句「滄海月明珠有淚」併論。義山〈漫成五章〉第一首結句：

當時自謂宗師妙，今日惟觀屬對能。

這雖是牢騷，但亦可見義山自負工於對仗。《文心雕龍》論對仗云：

故麗辭之體，凡有四對。言對為易，事對為難；反對為優，正對為劣。言對者，雙比空辭者也；事對者，並舉人驗事者也；反對者，理殊趣合者也；正對者，事異義同者也。

「言對」者白描；「事對」者用典。「滄海」一聯，不獨「事對為難」，且象徵的意義，豐富而精當。「反對」者，一開一闔，悲歡、苦樂、貴賤、親疏，用對照的手法來強化所詠之情事，「正對」者兩句只詠一義，即所謂「合掌」，為律詩一病。義山「正對為劣」的詩亦有，如「春蠶到死絲方盡，蠟炬成灰淚始乾；曉鏡但愁雲鬢改，夜吟應覺月光寒。」上聯兩句只自言相思之苦；下聯兩句只設想伊人亦當為情憔悴，即所謂「事異義同」。此為義山寄妻妹的情詩，顧及對方的理解能力，只能寫得淺。此當別為之說，茲不贅。

論「滄海」一聯，則是「反對為優」。上句「滄海月明珠有淚」前已作解，言所為文字，他人看來字字珠璣，自知為淚所化，其為沉哀，不言可知；下句「藍田日暖玉生煙」，喜故人貴盛，且有跨灶之子，自是一大安慰。上下句所懷的心情，大不相同，此即「反對」。如照錢鍾書所說，「此一聯言詩成之風格或境界」，以珠玉並稱，如所謂「珠光玉色」；「淚枯煙滅」；「珠淚玉煙」，則為「事異義同」的「正對為劣」，真太褻慢了義山。

現在要談到結句了：「此情可待成追憶，只是當時已惘然。」誠如邵德潤先生所說：「為唯一不用事的兩句。」但並非「曖昧而費解」。按：「此情」兩結句，為「悼亡」派最大的憑藉；而「自論其詩」派，則往往避而不談，因「自論其詩」不當用「此情」；更不當用「追憶」。邵文中釋此兩句云：

自是義山自述編次詩集時，重讀舊作的各種感觸。緬懷少年時代的意氣風發，往日多少情懷，雖歷歷在目，有「此情可待」的遐思，但都已成追憶中的陳跡。「只是」回想當年敭歷仕途的各種恩怨得失，「當時」即「已惘然」如夢。而今追悔，亦已無從補救。

其說言之成理，差亦可通。但只是說對了「各種感觸」及「回想當年敭歷仕途的各種恩怨得失」這兩句。譬如說「編次詩集時，重讀舊作」。即與當時情事不符。以義山當時的境況心情而言，連詩題重複都未改，如「牡丹」兩見、「柳」五見、「蝶」三見、「即日」亦三見等等，那裡還有工夫，去重讀舊作？反過來看，倘曾重讀，何不順手就改掉相重的題目？至於「無題」重複的就更多了；且有格式不同，情事各異而合在一起的「無題」，此當別為之說，不必贅詞。

於此，我必須先指出詩的章法，亦如文的章法，有起承轉合，以律詩言，大致首兩句起，中兩聯承；亦就是主要內容，鋪敘情事，或以先後，或以正反，但第二聯須作轉的準備；末兩句即為轉、合。「錦瑟」的章法，尤其明顯，次句「一絃一柱思華年」，不但指明回憶往事，且是逐年細想；三、四、五皆為承，而回憶由遠而近，至第六句回到眼前，即是「一絃一柱思華年」之時。以電影手法作譬，第二句「淡出」；第六句「淡入」，故第六句由承接起而轉，是名副其實的承上啟下。此詩作為感懷來說，中四句為「懷」；首尾各二句為「感」、重點當然在結尾兩句，第七句為轉亦合，因為與末句有密切的連帶關係，不能純視之為轉。「此情」之情，非情感之情，而為情形、情況之情；「此情可待成追憶」者，謂這些情形，可以作為閒來無事，排遣心靈寂寞的資料。「可待」與下句「當時」呼應，在章法上更有搖曳生姿之妙。

但這句詩的真正涵義，亦就是他希望令狐父子讀此詩後所得的印象，亦須由下句「只是當時已惘然」反彈出來：「當時惘然」，則今日不惘！用「只是」來限制惘然的時期；用「已」這個「過去式」的字眼來表明惘然是既往之事，多方強調，心如止水，恩怨都泯，只有府主之恩，世交之情，至今猶在，既喜故人貴盛；更望郎君早達。命如遊絲，萬念俱空，所能安慰者，亦唯此一事而已。至於詩集中有關子直的訐直之語，不過當時惘惘不甘，一時的氣話，認不得真；此所以用〈錦瑟〉冠集代序，以示悔悟。既然如此，則集中凡訐直之詩，皆可廢而不觀。

這是關於「黨爭」部分的解釋；令狐滈所痛恨的「家醜」，則集中「無題」，全部公開；今在千載以下，我猶可根據前述五首「無題」，瞭解義山妻妹，如何愛才自荐；如何迫嫁；義山如何被隔離，而又如何與妻妹取得密約；以及如何在送嫁時，發覺枉拋深情？始末曲折，歷歷如見；則在當時，令狐滈只須一讀集中所有的豔體詩，就會恍然大悟，原來「朝雲」是指崇讓「小姑」；同時也會想到，當時不能公開這些詩作有力的自辯，有怕傷及無辜的苦衷在，則有再深的誤會，亦會渙然冰釋。

義山這樣做的目的是什麼？雖有託孤的意味在內，而主要的還是為了解除半輩子的痛苦。遭人誤會而無由解釋，即是所謂「沉冤莫白」為至痛之事。他的「豔情誣恨」本已可為年光沖淡；不意此誣由父及子，且更深刻、更嚴重。義山受此重大打擊，遂不能不困、不能不病、不能不動出家之念，以求解脫。「我是夢中傳綵筆」，付出了這樣大的代價；以及〈錦瑟〉中包含了如許的酸辛，恐為自宋及今說義山詩者，從來沒有想到過的！

清初詩壇「祭酒」吳梅村

明末清初，才人輩出，但學優而仕，成為顯宦，則不入「文苑傳」。以文會友，獎掖後進；砥礪氣節為立身之本、切磋學問備用世之資；不求個人的聞達，但求多士的脫穎，無形中為文壇尊為領導者的，明末有張溥，入清有吳梅村。

吳梅村，名偉業，字駿公；有別墅題名「梅村」，又築有「鹿樵書屋」，所以晚年號為梅村，又自稱鹿樵生。世居崑山，祖父一代遷至太倉；他家並未出過烜赫的大官，但卻是有德望的仕宦世族。

梅村生在明朝萬曆三十七年。在他十六歲那年，同里的張溥和張采，邀約文友共十一人，創立「幾社」；梅村從張溥問業，在同社中年齡最少，卻最受張溥器重。崇禎三年鄉試中式，北上會試；第二年春闈聯捷，以會元而為榜眼，這時才二十三歲。張溥也是這兩年同榜中舉人、成進士，所以他與梅村的關係，既是師弟、又是同年。

其時「幾社」已併入「復社」，實際領導者仍為張溥。張溥字天如，號西銘，與字受先，號南郭的張采，並稱為「婁東二張」，時人稱張采為「南張先生」，張溥為「西張先生」；兩張的性格不同，張采嚴峻，張溥寬和，為人所樂於親近，同時他又富於組織天才，所以復社在他領導之下，很快地發展為一個擁有上千社友的大文社。崇禎五年，張采到江西做官，張溥以葬親乞假南歸，在蘇州虎邱開復社大會，據陸世儀《復社紀略》記載：「先期傳單四出，至日，山左、江右、晉、楚、閩、浙以舟車至者數千人；大雄寶殿不能容，生公臺、千人石，鱗次布席皆滿，往來絲織」，「觀者甚眾，無不詫嘆，以為三百年來，從未一有此也。」於是好事者把張溥擬為孔子，門下有所謂「四配」、「十哲」；梅村就是十哲之一。

因為有此聲勢，復社由操縱選舉進而干預政治，成為東林與閹黨另一次尖銳的衝突，到崇禎十四年，彼此攻訐得正熱鬧時，張溥死了。不久，周延儒為首輔，他是張溥的座主，而且他的入閣，張溥曾出過很大的力量，當然要加以斡旋，因此，張溥得免於身後之禍；終明之世，復社亦得以存在。

甲申之變，官居詹事府左庶子的吳梅村，正請假在家，接到思宗殉國的消息，懸梁自盡，卻「不幸」地為家人所救，他的生母抱著他痛哭流涕。忠與孝的兩個觀念，在他內心中發生嚴重的矛盾；此為梅村一生遺恨，鬱鬱寡歡的由來。

等福王被擁立，梅村奉召到行在，官也陞了一級，成為詹事府的少詹事。但福王的荒淫庸愚，馬士英的貪黷自私、阮大鋮的陰險無恥，以及江淮四鎮的勇於私鬥，在在顯示了國事已不可為。梅村心灰意冷，在金陵住了一個月就回去了。當時有氣節的遺民，消極的自處之道，不外「隱」之一字；有的遁入空門，有的隱於醫、卜、星、相，有的因為老親在堂，眷口眾多，門戶需要撐持，就祇好閉門不出，梅村走的正就是這條路。

可是，他並不能真正地歸隱，因為清兵下了江南，秩序漸復，開科取士；吳中的文社復起；東林後人，再度活躍。復社的名義雖已不能存在，但各立門戶，源流相同，都奉梅村為宗主，而梅村亦「每以獎進人材為己任，諄諄勸誘，至老不倦」；同時，他「喜扶植善類」；有些事又不能置身事外，「或罹無妄，識與不識，輒為營救」，「而於遺民舊老，高蹈巖壑者，尤維持贍護之，惟恐不急。」[1]

因為如此，他才被拖下水；也因為如此，後人對他的被拖下水，才能寄以同情和惋惜。梅村一生以復出為大恨。而此恨在自縊被救時，便已注定。《清史稿》記其復出經過如次：

順治九年，用兩江總督馬國柱薦，詔至京；侍郎孫承澤，大學士馮銓相繼論薦，授秘書院侍講，充修太祖太宗聖訓纂修官。十三年遷祭酒，丁母憂歸。

這段記載，過於簡略，未得真相。梅村的復出，歸納原因，得此三端：

第一、徵召前明官員，是多爾袞一進關時，就已決定了的政策，所羅致的對象，或為前明顯宦，或負一方重望，以能幫助他建立滿清皇朝，或消除敵對態度為原則；江南文社復起，梅村隱

---

1 本節所引，見顧湄所撰〈吳梅村先生行狀〉。

為宗主，朝中自然不會再拿他與冒辟疆等人一例看待了。

第二、順治本人愛好文學，喜近文士。在滿清諸帝中，祇有他最富藝術家的氣質，同時在此方面的天分亦最高；則以梅村的詩名，必不肯輕易放過。

第三、也是最主要的一個原因：閹黨報復東林。誠然，閹黨未必皆小人，東林未必皆君子，但薦梅村的馮銓，確為小人之尤，他是閹黨的巨擘，仿北宋末年蔡京立「元祐黨人碑」的遺意，以誣陷東林，一網打盡為目標的《三朝要典》，就出於他的手筆。崇禎初年，魏忠賢伏誅，他僥倖逃脫了重典，及至清兵入關，一徵即至，成了老牌的「貳臣」之一。

多爾袞在日，足以駕馭此輩；到了順治親政，傾軋漸烈，而順治四年、六年、九年三科會試，江南士子，多得高第；東林後人，聯翩入朝，很快地成為政治上的新興勢力。閹黨餘孽，既妒且恨亦懼，於是在現實政治利益的衝突下，煽動山東、山西兩省的大僚，也是貳臣的劉正宗之流，發動南北之爭；此所以順治十四年丁酉科場案，南闈被禍獨慘，而北闈中受害的，亦以南士為多。當然，北對南爭第一個目標就是吳梅村，佛頭著糞，人皆掩鼻；偶像落水，自身不保，要這樣子才是對東林支派最利害的精神打擊。

梅村的被徵召，始則以「有司敦逼，先生控辭再四；二親流涕辦嚴，攝使就道。難傷老人意，乃扶病入都」[2]；而道途遷延，經年始達，一路傷時感事，俯仰身世，留下了不少悽涼無奈的詩，自嘆「誤盡平生是一官，棄家容易變名難」；羨慕陳其年的父親陳貞慧，「溪山罨畫好歸耕，櫻筍琴書足性情」；最沉痛的是〈過淮陰有感〉七律二首，「其一」的結句：「昔人一飯猶思報，廿載恩深感二毛」，以韓信的故事，自慚未報先朝君恩；「其二」的後半首：「浮生所欠惟一死，塵世無由識九還。我本淮王舊雞犬，不隨仙去落人間。」自傷甲申年自縊被救，不得盡殉國之志。這真是哀莫大於心死了！

一直到抵達京城之前，梅村還在作不受清朝官職的努力，有〈將至京師寄當事諸老〉七律四首，一再強調「此身只合伴漁樵」，尤以第四首辭意最苦：

平生蹤跡盡由天，世事浮名總棄捐。
不召豈能逃聖代？無官敢即傲高眠；
匹夫志在何難奪？君相恩深自見憐。
記送鐵崖詩句好，白衣宣至白衣還。

這首詩，措語平淺，是希望十六歲的皇帝能夠看得懂，白衣宣還。但語淺而意曲，自陳不敢有異心，不敢以布衣傲王侯，亦不敢說「匹夫不可奪志」；低聲下氣，婉轉陳詞，彷彿寡婦遭遇強暴時，乞全貞節的哀鳴！事實上，梅村的失節，亦當作如是觀。而縱使如此，乾隆仍舊把他列入〈貳臣傳〉中。春秋大義之辨，嚴於斧鉞，能不懍然？

2　同註1。

梅村初至京師，授官秘書院侍講，順治十三年陞國子監祭酒，不久以嗣母去世，丁憂回籍，適符所願；從此「勇退而堅臥，謂人曰：『吾得見老親，死無恨矣！』」[3]而家居生活，卻又遭受了一連串殘酷的打擊，首先是他的兒女親家，弘文院大學士陳之遴，在南北之爭中垮了下來，全家充軍尚陽堡；梅村的女婿陳直方，右眼失明，依當時法律，廢疾原可以贖罪，結果也一起充軍關外。同時，順治十四年丁酉科場案，遭橫禍的多為梅村的故舊子弟，如吳漢槎就因此充軍寧古塔。梅村的詩中，有古風三首：〈贈陸生〉和〈吾谷行〉，是送陳慶曾和孫赤崖戍尚陽堡；一首〈悲歌贈吳季子〉，是送吳漢槎戍寧古塔。吳漢槎曾受梅村的賞識，被譽為「江左三鳳凰」之一，所以此詩致情深摯；而受害的又不止吳漢槎一個人，所以此詩感慨也特深，結尾一段：「噫嘻乎悲哉！生男聰明慎莫喜，倉頡夜哭良有以，受患祇從讀書始；君不見，吳季子？」可以說是為普天下讀書人生不逢辰而放聲一哭，比東坡「但願生兒愚且魯」的牢騷，沉痛得太多了。

兩年以後，又有所謂「江上之變」，這是指鄭成功進兵江寧的一役；江南遺民在「通海」的猜嫌之下，每受無辜的株連，梅村自然是被疑者之一，所以「每東南獄起，常懼收者在門」；其時梅村的女兒，免於遣戍，住在鎮江，「北信不至，州人一日數驚，女積憂成疾」[4]，不獨是罣念充軍的夫家，實在也是她懸念著父親的安危，祇梅村不便明言而已。

到了順治十八年，世祖晏駕後不久，發生了有名的「奏銷案」。此一名為追繳錢糧舊欠的所謂「新令」，其實是新皇朝全面鎮壓智識階級的措施；而江蘇因為巡撫朱國治的甘為鷹犬，被禍獨慘，官紳士子，革黜刑責至一萬三千餘人之多，清初江蘇士林中的名人，幾乎無不牽連其中，甚至如崑山葉方藹，以順治十二年一甲三名進士，僅因為「所欠一釐」亦被革去功名，「探花不值一文錢」[5]，可以想見「新令」的嚴酷。

在奏銷案中，梅村亦被牽連，「幾至破家」。其時他已年逾五十，女兒極多，獨無兒子；五十以後，側室朱氏為他連舉三子，這怕是他晚年唯一值得自慰的事了。

梅村卒於康熙十年十二月，享年六十三歲。病中他有遺言：

吾一生遭際，萬事憂危，無一刻不歷艱難，無一境不嘗辛苦，實為天下大苦人！吾死後，斂以僧裝，葬吾於鄧尉靈巖相近，墓前立一圓石，題曰：「詩人吳梅村之墓」。勿作祠堂，勿乞銘於人。[6]

平生著作有《梅村集》四十卷、《春秋地理志》十六卷、《春秋氏族志》二十四卷、《綏寇紀略》十二卷、《樂府雜劇》三卷。當然，他自許為詩人，而客觀的評論，亦以梅村的絕詣在詩；

3 同註1。

4 見《梅村文集・亡女權厝志》。

5 王應奎《柳南續筆》：「崑山葉公方藹，以欠折銀一釐左官；公具疏有云：『所欠一釐，准今制錢一文也。』時有『探花不值一文錢』之謠。」

6 同註1。

詩集十八卷，有吳翌鳳的集注本，歷時五十年始完成。

清初詩壇，錢謙益尊宋，吳梅村宗唐，已成定論。關於梅村在文學方面的評價，紀曉嵐所撰的〈四庫全書總目提要〉，說得最為精當：

其（吳梅村）少作，大抵才華豔發，吐納風流，有藻思綺合，清麗芊眠之致。及乎遭逢喪亂，閱歷興亡，激楚蒼涼，風骨彌為遒上。暮年蕭瑟，論者以庾信方之。其中歌行一體，尤所擅長，格律本乎四傑，而情韻為深；敘述類乎香山，而風華為勝，韻協宮商，感均頑豔，一時尤稱絕調。其流播詞林，仰邀睿賞，非偶然也。至於以其餘技，度曲倚聲，亦復接跡屯田，嗣音淮海；王士禎詩稱：「白髮填詞吳祭酒」，亦非虛美。惟古文每參以儷偶，既異齊梁，又非唐宋，殊乖正格！黃宗羲嘗稱梅村集中，張南垣、柳敬亭二傳：張，言其藝而合於道；柳，言其參寧南軍事，比之魯仲連之排難解紛，此等處皆失輕重，為倒卻文章家架子。其糾彈頗當。蓋詞人之作散文，猶道學之作韻語，雖強為學步，本質終存也。然少陵詩冠千古，而無韻之文，率不可讀；人各有能有不能，固不必一一求全矣。

紀曉嵐的這一段話，自然比梁啟超「靡曼」兩字之評，要來得客觀公正。但有一點，是紀曉嵐所明知而為了怕觸犯時忌，不敢說破的，那就是梅村作詩，有意步武少陵，成一代的詩史。試看梅村詩集，懷古紀事，弔死傷別，無不充滿了滄桑之悲，身世之痛；那怕是詠物的詩，多半亦有寄託，如〈破硯〉：

一擲南唐恨，抛殘剩石頭！
江山形半截，寶玉氣全收；
洗墨池成玦，窺書月仰鈎。
記曾疏闕失，望斷紫雲愁。

詠「破硯」用李後主碎青石硯的典故，而以南唐暗喻南明，或可說是妙手偶得；但結句由破硯想到曾用此硯寫直陳缺失的奏疏，寄感慨於前期的奸佞當道，忠言不入，這就不能說不是無意為之了。

再如〈廢檠〉：

憶曾同不寐，棄置亦何心？
喜伴疏窗冷，愁添老屋深；
書將鄰火映，夢共佛燈沉。

7 見梁啟超《清代學術概論》。

莫嘆蘭膏燼，應無黠鼠侵！

所謂「黠鼠」，正指阮大鋮之流；南明原就是一盞破燈臺，剩下一點點油，維持一星星火，黠鼠偷侵，油乾燈盡，南明之滅，如斯而已！

當然，要寄一代興亡的大感慨，短章不足以盡其意，此所以歌行為梅村所愛用的體裁；亦唯有歌行才能讓他盡量發揮。劉大杰曾舉〈圓圓曲〉、〈永和宮詞〉、〈短歌〉、〈楚兩生歌〉、〈悲歌贈吳季子〉等篇，為梅村歌行的代表作[8]，而此數篇，都是本乎事實，寄託遙深，用史法的曲筆，辛苦經營，而又抒寫了史書中所無法表達的深厚情感的詩史。如〈楚兩生歌〉，名為贈蘇崐生、柳敬亭之作，實寫寧南侯左良玉，其中最要緊的是這一段：

憶昔將軍正全盛，江樓高會誇名勝，
生來索酒便長歌，中天明月軍聲靜；
將軍聽罷據胡床，撫髀百戰今衰病！
一朝身死豎降旛，貔貅散盡無橫陣。

這是深致惋惜於左良玉衰病而死；譴責他的兒子左夢庚不肖，寧南一歿，旋即降清。

又如〈短歌〉：

王郎頭白何所為？罷官嶺表歸來遲。
衣囊已遭盜賊笑，襆被尚少親朋知。
我書與君堪太息：不如長作五羊客！
君言垂老命如絲，縱不歸人且歸骨。
入門別懷未及話，石壕夜半呼倉卒！

「王郎」是指他的朋友，廣東增城縣令王子彥，此時正卸任回鄉，衣囊為盜賊所笑，其貧可知；而入門還未得一敘別懷，「奏銷案」中追索錢糧舊欠的胥吏，倒已經聞風而來。作官潦倒，頭白歸鄉，誰知在家鄉卻更不如在異鄉飄泊！這是何等哀痛的描寫？比諸少陵的〈石壕吏〉，可以說是異曲而同工。

〈永和宮詞〉，淒涼特甚。這首長歌是為田貴妃而作，寫她的恃寵而驕，寫外戚的豪奢專橫，而字裡行間，實寫思宗的憂心國事、鬱鬱寡歡。那一種惘惘不甘，莫知所歸之情，令人心酸。但這首長歌所含的本事太多，用典較僻；所以梅村下的力量雖大，卻不如他的那首〈圓圓曲〉盛傳人口。

〈圓圓曲〉的本旨，在藉陳圓圓來寫吳三桂。這首詩，大約作於順治十六年吳三桂開府昆明

---

8 見劉大杰《中國文學發展史》。

以後；當與「滇池鐃吹」七律四首合看。其時正是吳三桂為清朝力效前驅，定四川、下貴州、克雲南、入緬甸、殺桂王，「勳業」最盛之時。清朝對他亦是寵信有加，不惜曲意以徇；如果梅村得罪了他，雖在萬里之外，不難借官方的力量殺梅村，因此〈圓圓曲〉之作，在梅村煞費苦心，如第一段：

鼎湖當日棄人間，破敵收京下玉關，
慟哭六軍俱縞素，衝冠一怒為紅顏；
紅顏流落非吾戀，逆賊天亡自荒宴！
電掃黃巾定黑山，哭罷君親再相見。

以頌揚開始，而以「再相見」引起下句「相見初在田竇家」，入圓圓正文，章法固已超人一等。「衝冠一怒為紅顏」七字，自足定吳三桂的生平，但接著為他開脫，說：「紅顏流落非吾戀」，而實際上是梅村為自己的脫罪留後步。至於「電掃黃巾定黑山」七字，熟悉明史者，也能看出其中另有文章，當李自成自西安東犯，由山西入河北，真定失守，知府邱茂華殺總督降賊，京師告急時，思宗封寧遠總兵吳三桂為「平西伯」，詔徵入衛；寧遠兵有五十萬之眾，吳三桂遣步騎入關，自己在後面保留了精銳部隊，因此才讓李自成破了京師。力足以拒賊而觀望不前，所以「電掃黃巾」四字，表面看來是恭維，其實是譏刺他當時赴君父之難，猶如秦人視越。整篇

〈圓圓曲〉中，類此慘淡經營的筆法，隨處可見；而「嘗聞傾國與傾城，翻使周郎得重名，妻子豈應關大計？英雄無奈是多情！全家白骨成灰土，一代紅妝照汗青。」以揚陳圓圓來貶吳三桂，用此反襯的手法，可以想見梅村內心對吳三桂的深惡痛絕。

可惜梅村不及親見三藩之亂，否則他一定會改寫〈圓圓曲〉，或者續寫後圓圓曲，把不忠不孝復不義的吳三桂的醜陋面譜，另作刻劃。

梅村的歌行，稱為「梅村體」，清末樊樊山仿此體寫〈前後彩雲曲〉，亦頗傳誦一時。虞山尊宋而衍出所謂「同光體」，宋詩的天下中有「梅村體」獨張一幟，稍留唐音，這也算是愛好梅村詩的人的一種安慰。

「江上之役」詩紀

南飛烏鵲夜，北顧鸛鵝軍。
圍壁缸傳火；巢車劍拄雲；
江從嚴鼓斷，風向祭牙分。
眼見孫曹事，他年著異聞。

——〈七夕感事〉．吳梅村

順治十六年夏，鄭成功會同張煌言（蒼水）的浙東義師，自海入江，下鎮江，薄金陵，為明朝恢復的唯一良機，惜以戰略戰術的錯誤，功敗垂成。此為順治朝的一件大事，清人筆記中稱為「江上之役」。而與聞此役者，以「通海」罪名，被屠戮甚慘。首引一詩，即記此役。

「蔣錄」（《東華錄》）是年五、六、七月間有如下的記載：

五月壬申，浙江總督趙國祚奏官兵自永嘉、泰順、青田等處，進剿海寇，俱多斬獲。

戊寅，浙江巡撫佟國器奏，臣同總督趙國祚，昂邦章京柯魁，梅勒章京夏景梅，提督田雄，水師總兵常進功等，統滿漢兵追擊鄭逆，直抵衙前，賊渠奔遁，又敗之於定關等處，焚斬甚多。

辛巳，趙江總督趙國祚彙報官兵剿殺鄭成功，得旨，此奏內准據各官塘報，或稱砍死海賊無算，或稱打落淹水無算，及壞賊船，打死劫糧賊眾，動曰不可勝計，或稱獲刀槍旗牌等物焚燬，或稱生擒賊二三名不等斬訖，俱無的據，著確察議奏，凡各官塘報捷功，必臨陣斬獲若干，所獲馬匹器械若干，攻克城池營寨若干，確實有據，始可言功，若泛言斬獲，及城池失守，賊去即稱恢復，皆係飾詞鋪張，深為可惡。

常見明末行間奏報，輒云殺死無數，獲器械無算，掩敗為功，相為欺罔，以致誤國，今乃仍踵陋習，每多希功請敘，儻沿襲不改，必致貽誤封疆，著即通行嚴飭，以後再有此等奏報者，定治以罔上冒功之罪，不貸，兵部知道。

六月己亥諭兵部，大閱典禮，三年一行，已永著為例，數年以來，尚未修舉，今不容再緩，著即傳諭各旗官兵，整肅軍容，候秋月朕親行閱視。

傳諭舉行大閱典禮，即湯若望傳所記世祖欲親征，而且已「貼出了官方布告，曉諭人民，皇上要親自出征。」蔣錄謂「秋月親閱」，為後世所改，並非實錄。

當鄭成功的海上樓船，浩浩蕩蕩由舟山北指；張蒼水以義師相從，入晉江抵崇明島，清朝總兵梁化鳳，斂兵堅守；張蒼水以崇明為江海門戶，主張先取之以為「老營」。這是進可攻、退可守的穩紮穩打之計；但鄭成功自信過甚，貪功太切，決定逕取瓜洲，截斷梁化鳳的糧道，則崇明不攻而自破。此為一誤；及至六月中，既下京口，又有一誤。《清史稿・補編鄭成功載記一》記：

甘輝進計曰：「南都完固，不可驟攻。今據瓜洲，則山東之師不下；守北固，則兩浙之路不通；扼蕪湖，而江、楚之援不至。且分兵鎮其屬縣，手足既斷，腹必自潰，此長策也。」潘庚鍾亦曰：「未可驟進，當暫守瓜鎮，分據維揚，扼其咽喉，收拾人心。觀釁而動；北堵清兵不下，斷其糧道，兩月之間，必生內亂，此曹操之所以取勝於官渡也。」馮澄世亦言進取不易。成功獨排眾議曰：「不然，時有不同耳！昔漢祚改移，群雄分據，故曹常以勝算制人，我朝歷年三百，德澤已久，不幸國變，百姓遭殃，大兵一至，自然瓦解，恢復舊京，號召天下豪傑，千載一時也。若老其師，敵之援兵四集，前後受敵，我勢豈不自孤？昔太祖得廖永忠，諭通海水師奪采石，取金陵，破竹摧枯。正貴神速耳。」遂於七月布檄各鎮。悉師薄金陵。

《東華錄》有記七月間事：

六月壬子，海寇陷鎮江府。

秋七月丁卯，命內大臣達素為安南將軍，同固山額真索洪，護軍統領賴塔等，統領官兵，征剿海逆鄭成功。

丙子，海寇犯江南省城。唐漕辰運總督亢得時，聞海寇入犯江寧，出師高郵，自溺死。

江寧之戰經過，雙方說法不同，茲先記江南總督郎廷佐的奏報：

海寇自陷鎮江，勢愈猖獗，於六月二十六日偪犯江寧，城大兵單，難於守禦，幸貴州凱旋梅勒章京噶褚哈等密商，乘賊船尚未齊集，當先擊其先到之船，喀喀木、噶裘哈等發滿兵，乘船二十艘，於六月三十日兩路出剿，擊敗賊眾，斬級頗多，獲船三十艘，印二顆，至七月十二日，逆渠鄭成功親擁戰艦數千，賊眾十餘萬登陸，攻犯江寧城外，連下八十三營，絡繹不絕，安設大礮、地雷、密布雲梯，復造木柵，思欲久困，又於上江、下江以及江北等處，分布賊船，阻截要路，臣與喀喀木等晝夜固守，以待援兵協剿，至七月十五日，蘇松水師總兵官梁化鳳親統馬步官兵三千餘名至江寧。

援兵唯一的主力為梁化鳳的三千餘人，此外最多不過金山營的一千人；其他各路赴調者，合計亦不過千；連同八期之師，總共一萬人；而鄭成功所部號稱十七萬，這當然是有虛頭的，但即令只是半數，與清軍相較，亦為八與一之比。同時張蒼水率所部進據上游蕪湖，以扼川楚援師；除安慶外，沿江郡縣「上印」者三十七，聲勢大張。鄭成功此時如能一鼓作氣，進攻西、北諸門；從任何一點看，都無不克之理，誰知因循自誤；〈載記〉又記：

（七月）十七日，各提督、統領進見；甘輝曰：「大師久屯城下，師老無功，恐援虜日至，多費一番功夫。請速攻拔，別圖進取。」成功諭之曰：「自古攻城掠邑，殺傷必多，所以未即攻者，欲待援虜齊集，必撲一戰；邀而殺之」云云。

其時義師屯獅子山下，列營鳳儀門（今挹江門）外，清軍則以獅子山為屏障，立三營神策門之西的鍾阜門。延至二十三日，義師尚無動靜；清軍乃冒險出擊。郎廷佐奏報云：

七月二十三日派滿兵堵賊諸營，防其應援，遂發總督提督兩標，綠營官兵，並梁化鳳標營官兵，從儀鳳、鍾阜二門出剿。賊踞木柵，併力迎敵；我軍各將領，奮不顧身，冒險先登，鏖戰良久，陣擒偽總領余新，並斬偽總兵二員，擊死賊眾無算。至晚收軍，臣等又公議，滿洲綠旗官兵悉出擊賊，恐城內空虛，留臣守城，其喀喀木、噶褚哈、馬爾賽、梁化鳳等由陸路進；漢兵提督管效忠，協領扎爾布巴圖魯、費雅住巴圖魯，臣標副將馮武卿等，由水路進。各統官兵次日五鼓齊出，賊已離營，屯紮高山，擺設挨牌火礮，列陣迎敵，我兵自山仰攻，鏖戰多時，賊始大敗。生擒偽提督甘輝，並偽總兵等官，陣斬賊眾不計其數，燒毀賊船五百餘隻，餘孽順流敗遁。喀喀木、噶褚哈等復領水陸兩路官兵，疾追至鎮江、瓜洲，諸賊聞風乘舟而遁。

其實此戰全為梁化鳳的功勞，先則約降，以為緩兵之計；繼而穴城奇襲，破人家門戶作通路。余新既受其愚，復不能警惕；當此時也，居然在火線上做生日，致為梁化鳳所乘。兵敗如山倒；至二十八日，清軍已大獲全勝而回軍金陵。張蒼水所部亦受牽連，不能不向安徽霍山一帶遁走；逾年始得復歸舟山。

鄭成功曾執贄錢牧齋稱弟子，自北征之役始，至抑鬱以歿，錢牧齋先後為賦〈後秋興〉一百零八首，編為《投筆集》。細看錢詩，再看張蒼水詩文，始知鄭成功徒負英雄之名，將略頗成問題。而張蒼水於此役厥功甚偉，為鄭成功所誤，前功盡棄；而後世但知鄭成功為「失敗的英雄」；殊不知此五字惟蒼水足以當之。

關於北征之役，海上義師與金陵守卒強弱之形，懸絕霄壤；而何以由大勝而大敗，其間因果，殊不分明。此以後世記其事者，多為鄭隱飾曲諱之故；張蒼水《北征得失記略》，身在局中，所記雖不免稍有夸飾，但為實錄則無疑。亦惟有看此《紀略》，才能明瞭勝何由勝；敗何由敗？茲分段引錄《紀略》，並加解釋，以存真相，亦為埋沒已久的張蒼水吐氣。

歲在己亥，仲夏，延平藩全軍北指，以余練習江上形勢，推余前驅。抵崇明，余謂延平，「崇明乃江海門戶，且懸洲可守；不若先定之為老營。」不聽。

按《清史稿・補編，鄭成功載記》，記此較蒼水為詳，已略見前述。〈載記〉論斷：「崇明為江海門戶，進出鎖鑰，乃進退應據之地，雖費時費力，亦必力爭，因其有戰略上特殊價值之故；乃成功以清軍堅守，遂捨而不攻，繞道直取瓜洲，在當時固收勝利之速效；迨圍困金陵之際，崇島即揮兵由後馳援，此予鄭軍精神之威脅極大，北伐之敗，實先伏機於此。」大致不誤。但不攻而圍，監視梁化鳳的三千兵，使不得越雷池一步，則又何能自江南間道馳援金陵？成功將略之疏，於此可見。

既濟江，議首取瓜洲。時虜於金焦間以鐵索橫江，夾岸置西洋大砲數百位，欲遏我舟師。延平屬余領袖水軍，先陸師入。余念國事，敢愛軀命，遂揚帆逆流而上。次砲口，風急流迅，舟不得前。諸艘鱗次且進且卻，兩岸砲聲如雷，彈如雨，諸艘或折檣，或裂帆，水軍之傷矢石者，且骨飛而肉舞也。余叱舟人鼓棹，逆入金山；同艨數百艘，得入者僅十七舟，而本轄則十三。噫！危哉。次早，藩師始薄瓜城；一鼓而殲滿、漢諸虜殆盡，乘勝克其城。

此記情狀如見。「本轄十三者」，得突破防禦工事入金山的「十七舟」；十三艘為張蒼水的浙東義師，鄭部僅得四舟，清軍本以鐵索橫江，巨礮夾岸為守；此關既破，下二三燈火的瓜洲，摧枯拉朽，何足言功？

> 延平即欲直取石頭，余以潤州實長江門戶，若不先下，則虜舟出沒，主客之勢殊矣；力贊濟師鐵甕，而延平猶慮留都援騎可朝發而夕至也。余謂：「何不遣舟師先搗觀音門，則建業震動，將自守不暇，何能分援他郡？」延平意悟，即屬余督水師往，且以直達蕪湖為約。

「石頭」、「建業」為金陵別稱；「潤州」、「鐵甕」，皆指鎮江。「觀音門」在金陵城北燕子磯之西。《讀史方輿紀要》紀〈金陵記〉云：「幕府山東有絕壁臨江，梯磴危峻，飛檻凌空者，宏濟寺也；與宏濟寺對岸相望，翻江石壁，勢欲飛動者，燕子磯也。俱為江濱峻險處。」鎮江水師，經黃天蕩而來，首先到達的攻擊點即是觀音口；控制了觀音口即控制了燕子磯，金陵守軍失此險處，自感威脅，義師便達到了牽制的目的。

> 夫蕪湖，固七省孔道，商賈畢集；居江楚下游，為江介鎖鑰重地。況踰金陵、歷采石，懸軍深入，此不可居之功也。余一書生耳，兵復單弱，何能勝任！雖然，倡義之謂何？顧入中原而不圖恢復耶？余何敢辭？於是……海舟行遲，余易沙船牽挽而前。

按：「七省」者：江蘇、浙江、江西、湖南、湖北、河南、山東。張蒼水自以為不可為而為之；那知民心所向，成就出人意表。

未至儀真五十里，吏民賚版圖迎王師。蓋彼邦人士知余姓名有素，故遮道來歸。迄余抵儀真；先一夕延平已遣李將軍單舸往撫；余輒欲引去，閤郡士民焚香長跪雨中，固邀余登岸。不獲已，登江濱公署，延見慰諭之。眾以李將軍無兵，恐虜騎突至，則無以捍牧圉，咸稽首留余保障；余迄不可，遂行。

舟次六合得報藩師已於六月二十四日復潤州。余計潤城已下，藩師由陸逐北，雖步兵皆鐵鎧難疾趨，日行三十里，五日亦當達石頭城下，即作書致張茂之謂：「兵貴神速，若從水道進師，巨艦逆流遲拙，非策！」余恐後期，因晝夜牽纜，士卒瑟瑟行蘆荻中，兼程而行。

按：「李將軍」為李順，在鄭成功左右，其職司類如督撫的中軍：「張茂之」名英，為鄭成功的先鋒。

抵觀音門乃六月二十八日也。不意藩師竟從水道來，故金陵得嚴為之備。余艤棹觀音門兩宿，藩師戰船無一至者。余乃駕輕舟數十，先上蕪湖，而身為殿，泊浦口。

按：據郎廷佐奏報，「海寇……於六月二十六日偪犯江寧，城大兵單，難於守禦。」即指張蒼水的少數部隊而言；泊觀音門兩宿，而金陵清軍不敢出擊，可知兵力空虛。如鄭成功得鎮江後，能遣一軍，自陸路兼程馳抵南京，截斷要路，則郎廷佐投降，亦非不可能之事。

七月朔，虜偵我大䑸尚遠，遂發快船百餘載勁虜，侵晨出上新河，順流而下，擊棹如飛。余左右不滿十舟，且無風戰不利，幾困；忽一帆至，則余轄下犁艚也。余即乘之復戰，後䑸續至，虜始遁去；而日已曛矣。

按：此即郎廷佐奏報中，所謂「六月三十日，兩路出剿」之戰，一就出發之時而言；一就接戰之日為準，故有日期上的參差。

至於船，一謂二十；而獲敵船亦二十；一謂「快船百餘載勁虜」，而「左右不滿十舟」，皆不免炫其以寡敵眾。但規模極小，亦可想見；充其量只是百把條快艇之戰。「艚」為小船：「犁艚」即有舵的小船。當然此「小船」係與艨艟巨艦相對而言；既可張帆，大致與運河中的漕船相仿。

詰朝，整師前進，虜匿不出。余部曲馳江浦已破，蓋余方與虜對壘也，先一哨越浦口旁掠，止七卒抵江城，城中虜騎百餘開北門遁，七卒遂由南城入，亦一奇也。

以七卒而克一城，確為一奇。義師的聲威，清軍的怯弱，都可想見；這樣好的機會，輕輕放過，三百年後，猶為扼腕。

捷聞，延平止余毋往蕪關，而且扼浦口，以撫江邑。此七月初四日事也。

按：此為鄭成功仍缺乏自信，所以想借重張蒼水，在江寧外圍助戰。

翌日，延平大軍亦抵七里洲，正商量攻建康；而余所遣先往蕪湖諸將捷書至，蕪城已降矣。爾時上游聲威丕振，而留都守禦亦堅；延平謂余：「蕪城又上游門戶，倘留都不旦夕下，則江楚之援日至，知非公不足辦此。」余謙讓至再，延平但促余旋發。於是率本轄戈船以行，而幕府之謀，自此不復與聞矣。

張蒼水本為鄭成功的監軍。至此，各自為戰。據郎廷佐奏報，鄭成功於七月十二日始到江寧；而據張記，則鄭於七月五日，已到江寧對岸的七星洲。而梁化鳳於七月十五，領兵赴援。此十日之間不能攻克江寧，足以堅清軍固守之志。

七日，抵蕪城，傳檄諸郡邑，江之南北，相率來歸，郡則太平府、寧國、池州、徽州；縣則當塗、蕪湖、繁昌、宣城、寧國、南寧、南陵、太平、旌德、貴池、銅陵、東流、建德、青陽、石埭、涇縣、巢縣、含山、舒城、廬江、高淳、溧水、溧陽、建平；州則廣德，無為以及和陽。或招降，或克復，凡得府四、州三、縣二十四焉。

按：張蒼水其時所獲之地，西至舒城；西南至貴池，直逼安慶；由此迤邐往東，自石埭、太平、旌德至寧國府；凡蕪湖以南的繁昌、南陵、銅陵、青陽、涇縣、宣城都包括在內，皖南已有其半。自寧國以上，廣德、建平、高淳、溧陽、溧水，亦都在握。如果鄭成功自鎮江發兵，首取丹陽，沿茅山南下，經金壇而至溧陽，則北控長江、東斷運河，蘇常震動，不戰可下。江寧自亦無法堅守；而浙江即有浙東義師，必歸掌握；以東南財賦之區，足可自成局面。至於張蒼水，以微薄兵力，能攝此一片廣大土地，則自有道理在：

先是，余之按蕪也，兵不滿千，船不滿百：惟以先聲相號召，大義為感孚，騰書搢紳，馳檄守令。所過地方，秋毫不犯；有游兵闖入剽掠者，余擒治如法，以故遠邇壺漿恐後。即江、楚、魯、衛豪雄，多詣軍門受約束，請歸禡旗相應。余相度形勢，一軍出溧陽，以窺廣德；一軍鎮池郡，以扼上游；一軍拔和陽，以固采石；一軍入寧國，以偪新安。而身往來姑熟間，名為駐節鳩茲，而其實席不暇暖也。

此戰略即穩固沿江各郡而東取浙贛，南窺徽州，而以九江為主要目標，其得力在軍紀嚴明。相形之下，鄭成功的表現，令人失望：

余日夜部署諸軍，正思直取九江。然延平大軍圍石頭城者已半月，初不聞發一鏃射城中；而鎮守鎮江將帥，亦未嘗出兵取旁邑。如句容、丹陽，實南畿咽喉地，尚未扼塞；故蘇、常援虜，得長驅入石頭。余聞之，即上書延平，大略謂「頓兵堅城，師老易生他變；亟宜分遣諸帥，盡取畿輔諸郡。若留都出兵他援，我可以邀擊殲之；否時，不過自守虜耳。俟四面克復，方可以全力注之，彼直檻羊、穽獸耳」。無何，石頭師挫。緣士卒釋戈而嬉，樵蘇四出，營壘為空，虜諜知，用輕騎襲破前營，延平倉卒移帳。質明，軍竈未就，虜傾城出戰，軍無鬥志，竟大敗。

由此可見，鄭成功的部隊，毫無訓練；義師竟如烏合之眾。而鄭成功的統御能力，根本大成問題。結果累及浙東義師：

時余在寧國府，受新都降。報至，遽返蕪，已七月二十九日矣。初意石頭師即偶挫，未必遽登舟；即登舟，未必遽揚帆，即揚帆，必且復守鎮江。余故彈壓上游，不少退。而虜酋郎廷佐、哈哈木、管效忠等遺書相招，余峻詞答之。太平守將叛降於虜，余又遣兵復取太平，生擒叛將伏誅。然江中虜舟密布，上下音信阻絕。余遣一僧齎帛書，由間道款延平行營；書云：「兵家勝負何常，今日所恃者民心耳！況上游諸郡俱為我守，若能益百艘相助，天下事尚可圖也。倘遽舍之而去，如百萬生靈何！」詎意延平不但舍石頭城去，且棄鐵甕城行矣。

如張蒼水所言，鄭成功的居心殆不可問。就其前後對張蒼水的態度來看，始則用之為前驅；及張聲威大振，所向有功，曾未聞有一旅之援，亦未聞有桴鼓之應，妒功之心，殊為顯然。及其石頭小挫，頓成大創；果然心目中尚有一同仇敵愾的張蒼水在，亦當呼援就商，而併此亦無，已出情理之外；及至張蒼水遣使間道致書，請「百艘相助」，而竟不報；輜重舟楫，寧願委敵，不願資友，無異明白表示：「我不能成功；亦絕不能讓你成功！」按：此非張蒼水諉過之言，苛責之詞；因《北征得失紀略》作於「永曆十三年嘉平月」，即順治十六年冬天，張蒼水輾轉回至浙東時，《紀略》既成，自必傳鈔各方，倘為誣詞，鄭成功必當反駁；而遠未見有異辭，可以反證《紀略》為紀實。

以下張蒼水自記其處變經過：

留都諸虜，始專意於余，百計截余歸路；以為余不降，必就縛。各將士始稍稍色變，而刁斗猶肅然。余欲據城邑，與虜格鬥，存亡共之；復念援絕勢孤，終不能守，則虜必屠城。余名則成，於士民何辜？而轄下將士家屬俱在舟，擬沉舟破釜，勢難疾馳；欲衝突出江，則池州守兵又調未集。忽諜報：虜艘千餘已渡安慶。余慮其與虜值，眾寡不敵。因部勒全軍，指上游，次繁昌舊縣。池兵亦至，共議進退；咸言「石頭師即挫，江、楚尚未聞也；我以艨艟竟趨鄱陽，號召義勇，何不可者？若江西略定，回旗再取四郡，發蒙振落耳」。乃決計西上。

安慶未下，為清軍得以轉危為安的一大關鍵。否則直下九江；舟師由湖口一入鄱陽，浙東義師可以自成局面，一部清史，或當改寫。

八月初七日，次銅陵。海舟與江舟參錯而行，未免先後失序。余一軍將抵烏沙峽，而後隊尚維三山所，與楚來虜舟果相值。余橫流奮擊，沉其四舟，溺死女真兵無算。以天暮，各停舟。夜半，虜舟遁往下流，礮聲轟然。轄下官兵誤為劫營，斷帆解纜，一時驚散；或有轉蕪湖者，或有入湖者。西江之役，已成畫餅矣。

顧慮城破累及士民，而有不忍之心，此為婦人之仁，根本不宜於帶兵打仗。項羽以此而敗；張蒼水腹飽詩書，豈不知其理？知而終不能改；此所以書生不可典兵。一誤又有以下再誤。

余進退維谷，遂沉巨艦於江中；易沙船，由小港至無為州。擬走焦湖，聚散亡為再舉計。

適英、霍山義士來遮說：「焦湖入冬水涸，未可停舟；不若入英、霍山寨，可持久。」余然之。因盡焚舟，提師登岸。至桐城之黃金硼，有安慶虜兵駐守；此地乃入山隘口，余選銳騎馳擊之，奪馬數十匹，殺虜殆盡。遂由奇嶺進山，一望皆危峰峭壁矣。余轄下將士素不山行，行數日，皆趼；且多攜眷挈輜，日行三十里。余禁令焚棄輜重，而甲士涉遠多疲。余雖知必有長坂之敗，而赴義之眾何忍棄置；亦按轡徐行。

焦湖即巢湖。既累於眷屬，當知入山必非所宜。結果單騎突圍，由安慶、池州，經徽州入浙東，繞一個大圈子，隆冬始達舟山附近的寧海。間關百折，跋涉兩千餘里，艱辛萬狀，無復人形。張蒼水有〈生還〉五律四首，其第二首云：

痛定悲疇昔，江皋望陣雲。飛熊先失律，騎虎竟孤軍！鹵莽焚舟計，𡾰隤汗馬勳。至今頻扼腕，野哭不堪聞。

自悔焚舟失計；而以結句看，則義師眷屬，非死即被擄。而此時之滿漢，非三國之魏蜀，結局遠較「長坂之敗」為悲慘，亦是可想而知之事。

後二年辛丑，即順治十八年；張蒼水又有〈感事〉四律：

箕子明夷後，還從徼外居；端然殊宋恪，終莫挽殷墟！青海浮天闊，黃山裂地虛。豈應千載下，摹擬列扶餘？

聞說扶桑國，依稀弱水東，人皆傳燕語，地亦闢蠶叢；華路曾無異，桃源恐不同。鯨波萬里外，倘是大王風。

田橫嘗避漢，徐福亦逃秦，試問三千女，何如五百人？槎歸應有恨，劍在豈無嗔！慚愧荊蠻長，空文採藥身。

古曾稱白狄，今乃紀紅夷，蠻觸誰相鬥，雌雄未可知。鳩居粗得計，蜃市轉生疑。獨惜炎洲路，春來斷子規。

此為鄭成功取臺灣而作。全謝山所輯《張蒼水年譜》，於康熙元年記「公有『得故人書至臺灣』詩」下云：「延平以長江之敗喪師，自度無若國朝何，以得臺灣為休息之計；故不聽相國之言。」「國朝」指清朝；「相國」指蒼水。當鄭成功與荷蘭（紅夷）相持不下時，遣參軍羅綸，早返廈門；其言如此：古人云：「寧進一寸死，無退一寸生。」使殿下奄有臺灣，亦不免於退步；孰若早返思明，別圖所進哉！昔年長江之役，雖敗猶榮；倘尋徐福之行蹤，思盧敖之故蹟，縱偷安一時，必貽譏千古，觀史載陳宜中、張世傑兩人褒貶，可為明鑒。夫虬髯一劇，祇是傳奇濫說；豈真有扶餘足乎！若箕子之君朝鮮，又非可語於今日也。

〈感事〉期望鄭成功為田橫而勿為徐福，期望未免過高。原句作「童女三千笑，孤兒五百嗔」。田橫五百壯士，集體自裁，身後未聞有何孤兒；則此「孤兒」實兼用「東林孤兒」故事，意味黃黎洲輩，亦不以鄭成功的舉動為然。

順治年間用兵的主要對象為西南：經略洪承疇一直不願對永曆施以過重的壓力，意中似有所待。及至順治十六年秋，鄭成功功敗垂成，知事不可為；東南之患既解，必以全力經營西南，永曆雖已入緬，亦終難免，因而以目疾乞解任回京。原因即在不願為陳洪範第二。至於吳三桂，起先亦不大起勁；及至鄭成功思為海外扶餘，知道他已失恢復中原的大志；清朝終於可以立定了，方始與愛星河積極進兵，賄通緬甸土著，於康熙元年將永曆騙至昆明，四月間遇害。凡此銅山崩，洛鐘東應的因果關係，為論史者所不可忽。鄭成功如仍守廈門，力圖進取，不特牽制清軍，亦繫遺臣志士之望，關係甚重。此所以張蒼水力阻鄭成功入臺；而當永曆遇害的噩耗一傳，鄭成功旋於五月間病歿，殆深悔失計，抑鬱以終。全輯鄭譜，康熙元年述張蒼水〈甌行志慨〉詩，加按語云：

是詩為延平世子（按：指鄭經）而作。島事自延平歿後，世子無意西出，親族、兵將大都望風投款以封爵。於是朝議銳意南征，合紅毛夷夾攻，鄭人退守銅山。官軍入島，墮中左、金門兩郭，收其婦女、寶貨而北，兩島之民爛焉。世子入臺郡，分諸將地，頗有箕裘之志；度曲徵歌，偷安歲月，軍不滿千，船不滿百，兵甲戈矛一切頓闕。相國兩詩，深有慨乎言之矣！

總之，鄭成功生平如果脫出政治上號召的意義，純就史家的眼光來看，尚須另作評價。此處僅就張蒼水的志節、作一歸宿。全謝山傳張蒼水云：

初，公之航海也，倉卒不得盡室以行；有司縶累其家以入告。世祖以公有父，弗籍其家；即令公父以書諭公。公復書曰：「願大人有兒如李通，弗為徐庶；兒他日不憚作趙苞以自贖。」公父亦潛寄語曰：「汝弗以我為憂也！」壬辰，公父以天年終；鄞人李鄴嗣任其後事。大吏又強公之夫人及子以書招公，公不發書，焚之。己亥，始籍公家；然猶令鎮江將軍善撫公夫人及子而弗囚也。嗚呼！世祖之所以待公者如此，蓋亦自來亡國大夫所未有；而公百死不移，不遂其志不已，其亦悲夫！

文中前之所謂「世祖」，實指多爾袞。其時世祖方幼，尚未親政。己亥為順治十六年；金陵之役以後，方始抄家。而世祖之遇亡國大夫格外優厚者，因為漢化已深，基本上是同情甚至佩服遺民志士的。

於是浙之提督張杰懼公終為患，期必得公而後已。公之諸將孔元章、符瑞源等皆內附，已而募得公之故校，使居舟山之補陀為僧，以伺公。會公告糴之舟至，以其為校，且已為僧，不之忌也。故校出刀以脅之，其將赴水死；又擊殺數人，最後者乃告之。曰：「雖然，公不可得也。公畜雙猿以候動靜，舟在十里之外，則猿鳴木杪，公得為備矣。」故校乃以夜半出山之背，攀藤而入。暗中執公，並子木、冠玉、舟子三人；七月十七日也。

按：「補陀」即普陀；時張蒼水避居舟山外海，屬於浙江南田縣所轄的一小島，名為懸嶴。此「故校」，據《魯春秋》記為寧波人孫惟法；「將」則吳國華；「子木」即羅綸；「冠玉」姓楊，為張蒼水鄉人子，故家後裔。父母雙亡，從張蒼水於海上。臨刑時，當事者見其年幼，憐而欲釋。楊冠玉表示義不獨生，竟延頸就刃。

十九日，公至寧；杰以轎迎之，方巾葛衣而入。至公署，嘆曰：「此沈文恭故第也，而今為馬廄乎？」杰以客禮延之，舉酒屬曰：「遲公久矣！」公曰：「父死不能葬、國亡不能救，今日之舉，速死而已！」數日，送公於杭；出寧城門，再拜嘆曰：「某不肖，有辜故鄉父老二十年來之望！」

又「闕名」著〈兵部左侍郎張公傳〉，記此更翔實而生動：

甲辰秋，邏者獲二卒為導，突往執之。被執登舟，所畜一小猴相向哀鳴，躍入水死。

至郡城，提督張待以客禮；角巾葛衣，輿而入。張曰：「張先生何以屢邀而不至？」答曰：「父死不葬，不孝；國難無匡，不忠。不孝、不忠，羞見江東！」勸之降，不答。次日，送入赴省；前此投誠諸將卒者幾千人，齊聲號慟。煌言神色自若，出西門，曰：「姑緩！」望北四拜，辭闕也；望郭門四拜，辭鄉也。隨與岸上送者拱手而別。登舟，左右翼而行，慮其赴水；笑曰：「無庸！此非我死地！」

按：此為目擊者所記；故推斷「闕名」當為萬斯同。萬氏兄弟與張蒼水交好；斯同生於崇禎十六年，康熙三年為廿二歲，始親見張蒼水從容盡義，故所記如此。斯同復應聘入史館，恐有所觸忌，遂致「闕名」。

「闕名」又記其解往杭州的情形：

至武林，處於舊府。時總督趙勸降甚力，始終不答。自被執，即不食，日賦詩自娛。守者叩頭哀懇，煌言徐曰：「既辦一死，何苦累若等」，乃復食，亦惟啖時果數枚而已。一日，督院赴館，蹙額曰：「老先生部文到矣。」煌言即起。肩輿至官巷口，口占曰：「我年四十五，今朝九月卒，含笑從文山，一死萬事畢。」端坐於地而正命焉。會城義士朱亶生、張文嘉等葬其遺骸於西湖南屏山（杭人稱為南屏先生）淨慈寺左邵皇親墳翁仲後之左側，遙與岳武穆，于忠肅兩墓相望。煌言詩：「西子湖頭有我師」；從初志也。夫人董，先死；子萬祺，前三日亦被刑於京口。幕客句容羅綸，鄞人楊冠玉，與煌言同死；俱葬於左右，三冢巍然。楊冠玉者，大家後裔；與煌言比鄰。父母死，從之海上。臨刑，當事見其幼，欲釋之；冠玉曰：「司馬公死於忠，某義不忍獨生！」延頸就刃。今寒食酒漿，春風紙蝶，歲時澆奠不絕；而部曲過其墓者，猶聞野哭云。

「孔曰成仁、孟曰取義」；中國的知識分子，以臨難不苟免為人格修養上的基本要求；但真所謂「慷慨成仁易，從容就義難」，因為成仁常在情勢極度急迫之際，一方面不暇計及其他；一方面自我為悲壯義烈的情緒所鼓舞，輕生並不難。如果時機上有容人多想一想的片刻，往往就會遲疑躊躇，貪生之念，條焉而起，一發不可抑。明臣殉節有脫靴入水，以水冷而怯，別謀自盡之道，這一來就死不成了。

又如龔芝麓，人品是絕不壞的；但亦以未能殉節，復未能歸隱，致列名〈貳臣傳〉。當時龔芝麓常跟人說：「我原要死，是小妾不肯。」指顧眉君而言。龔對外稱顧為妾，而在家人故舊門生面前，視顧儼然敵體，稱「顧太太」。龔妻不受清朝的誥封，措詞極蘊藉；她說：「我已受前明誥封，清朝的誥封給她好了。」

其時，浙江總督為漢軍鑲黃旗人趙廷臣，順治二年以貢生初授江蘇山陽知縣，遷江寧江防同知，因催徵逾限罷職。即此便知是好官。順治十年，以洪承疇之薦，隨營委用；湖廣既平，復定貴州；趙廷臣得為巡撫。旋擢雲貴總督。康熙即位，調督浙江，張蒼水被擒，為趙廷臣親駐定海，與提督張杰所定議。《清史列傳》載：

> 聖祖仁皇帝御極，調廷臣浙江總督，彙敘督雲南荒田功，加太子少保。康熙二年廷臣疏言，浙江逋賦不清，由徵解繁雜，請以一條鞭起解之法，令各州縣隨徵隨解，布政司察明註冊，至為簡便。又請移海島投誠官兵，分插內地，杜賊人煽誘，定水師提鎮各營設兵之制，以備水戰。杭嘉湖三府毗連太湖、泖湖，易於藏奸，請增造快號兵、援兵巡哨，部議俱從其請。時海敵鄭成功死，廷臣招其黨偽將軍……獨偽兵部張煌言率眾遠遁，廷臣馳赴定海，與提督哈爾庫、張杰定議，檄水師由寧、臺、溫三府出洋搜剿，斬獲六百餘，降其偽副將陳棟。知煌言披緇竄伏海島，廷臣選驍將徐元、張公午飾為僧人服，率健丁潛伏普陀山……擒獲煌言。

趙廷臣是能臣，如世祖不崩，不能調往浙江；移浙即表示新君的四顧命大臣決意解決鄭成功的問題。順治十八年秋天，盡遷東南沿海各地之民往內地，為堅壁清野之計，此舉破家無數；清朝官書諱言其事；張蒼水《奇零草》中，有一題：「辛丑秋，虜遷閩浙沿海居民；壬寅春，余艤棹海濱，來燕無巢，有感而作」。詩為五言古風：

> 去年新燕至，新巢在大廈：今年舊燕來，舊壘多敗瓦。燕語問主人，呢喃語盈把。畫梁不

可望，畫艦聊相傍；肅羽恨依棲，銜泥嘆飄颺。自言昨辭秋社歸，比來春社添惡況；一片蘼蕪兵燹紅，朱門那得還無恙？最憐尋常百姓家，荒煙總似烏衣巷。君不見晉室中葉亂五胡，煙火蕭條千里孤；春燕巢林木，空山啼鷓鴣。只今胡馬復南牧，江村古木竄鼪鼯；萬戶千門空四壁，燕來亦隨檣上烏。海翁顧燕三太息，風簾雨幙胡為乎？

又《清史紀事本末》載：

（順治）十八年冬十月，棄降將鄭芝龍於市，徙沿海居民，禁舟出海，從降將黃梧請也。鄭氏在京者，無少長，皆被殺。下令遷界，禁漁船商舟出海，自是五省商民，流離蕩析，而萬里皆邱墟矣。

於此可知，鄭成功如堅守海濱，五省商民，不致有此流離破家之禍。是故「闕名」不以為鄭之取臺灣為延明祚；在張蒼水傳末，下一斷語：張煌言死，明朝始亡！此真力足扛鼎的史筆。

錢牧齋〈後秋興〉詩，言鄭成功攻金陵，所以頓兵不進者，是因為正在接洽清軍投降；今考其人，乃松江提督馬逢知。世祖大漸時，盡釋獄囚，惟兩人不釋，一為明朝最後的一個兵部尚書張縉彥；一即馬逢知。董含《三岡識略》記：

> 馬逢知起家群盜，由浙移鎮雲間，貪橫僭侈，民殷實者，械至倒懸之，以醋灌其鼻；人不堪，無不傾其所有，死者無算。復廣占民廬，縱兵四出劫掠。時海寇未靖，逢知密使往來；江上之變，先期約降，要封王爵，反形大露。科臣成公肇毅，特疏糾之；朝廷恐生他變，溫旨徵入，繫獄，妻子發配象奴。未幾，與二子俱伏法。當逢知之入覲也，珍寶二十餘船，金銀數百萬，他物不可勝計，及死無一存者。

吳梅村詩集中，有兩首詩詠馬逢知，一為〈茸城行〉，茸城即松江；一為〈客請雲間帥坐中事〉，是一首七律。〈茸城行〉描馬逢知的行徑云：

> 承恩累賜華林宴，歸鎮高談橫海動：
> 未見尺書收草澤，從誇名字得風雲。

據此可知，清朝用馬逢知，目的是希望他能安撫萑苻；結果一無所成。而貪黷橫暴，則較土匪猶不如：

> 千箱布帛運輜車，百萬魚鹽充邸閣，將軍一一數高貲，下令搜牢遍墟落，非為仇家告併兼；即稱盜賊通囊橐。望屋遙窺室內藏，算緡似責從前諾。敢信黔婁脫網羅，早看猗頓填溝

壑。窟室飛觴傳箭催，博場戲責橫刀索。

貪財以外，復又好色：

將軍沉湎不知止，箕踞當筵任頤指，
拔劍公收伍伯妻，鳴髇射殺良家子。

結果是：

江表爭猜張敬兒，軍中思縛盧從史；
枉破城南十萬家，養士何無一人死！

張敬兒《南史》有傳：敬兒為雍州刺史，居官貪殘，民間一物堪用，無不奪取。此輩自唯恐天下不亂，而其時四方寧謐，苦無「用武之地」，因而造一謠言，授江湖術士傳播；謠言是：「天子在何處，宅在赤谷口；天子是阿誰？非豬即是狗。」敬兒所居，地名赤谷；小名狗兒，其弟小名豬兒。此言將天子自為，事聞伏誅。吳詩徵此典，即董含所謂「反形大露」之意。由張敬兒兄弟，很容易使人聯想到北伐之前在湖南的軍閥張敬堯、敬湯兄弟；真一丘之貉。馬逢知是這樣國人皆曰可殺的人物，而鄭成功欲與通謀，即令有功，亦失民心；何況無功！計謀之拙，無逾於此；此又鄭成功須再評價的一端。

至於盧從史為唐朝貞元年間昭義軍節度使，與成德軍節度使王士真子承宗，密謀叛亂；宰相裴垍說動從史牙將王翊元，盡洩從史陰謀及可取之狀，以致從史被擒。照此典故而言，馬逢知部下亦必有人輸誠於朝廷；鄭成功既通馬逢知，則義師內部情況，亦可能為清朝所悉，其敗殊非偶然。吳梅村有〈七夕感事〉五律一首，於鄭成功頗致譏評；詩曰：

南飛烏鵲夜，北顧鸛鵝軍，
圍壁鉦傳火，巢車劍拄雲；
江從嚴鼓斷，風向祭牙分。
眼見孫曹事，他年著異聞。

此以鄭成功的「江上之役」，比擬為赤壁鏖兵。首以鄭成功擬曹操，實非恭維，而是譏其自大；「鸛鵝軍」典出《左傳》，注謂「鸛鵝皆陣名」，用於此處，謂鄭成功的部下，有如童嬉。「圍壁」不典，乃梅村自創的新詞，壁者營壘，指清軍紮於金陵西北城外的少數部隊，以優勢兵力不改而圍，計已甚左；「鉦傳火」者，士卒以鉦傳火而造飯，軍前猶如寒食，乞火而炊，這頓飯吃下來，非半天不可，何能應變；不敗何待？「巢車」典亦出《左傳》；「成十六年」：「楚子登巢車以望晉軍」；注謂「巢車、車上有櫓」。此指鄭成功的水師而言；「劍拄雲」者，將星如雲，但於樓船上仗劍觀望而已。此與「圍壁」皆言鄭軍不攻；而期望旦夕間有變，不戰而下金陵。

第二聯上句寫實；下句用借東風之典，言變生不測。「孫曹」指孫權與曹操；結句調侃絕妙，其實傷心出以詼諧，正見遺老心境之沉痛。

「江上之役」為延明祚的唯一良機；無奈鄭成功將略甚疏，以致一夕生變，竟成「異聞」。兩年以後，世祖新喪，此又一良機；而鄭成功必欲取臺，張蒼水固諫不聽；半年以後，新朝腳步已穩，於是發生一連串的悲劇：

一、清朝用鄭成功叛將黃梧之議，一方面五省遷界，堅壁清野為暫守之計；一方面殺鄭芝龍，表示與鄭成功決絕，亦即表示已不以鄭成功為患。

二、由於東南無憂，乃得集中全力解決永曆；吳三桂亦不復有所瞻顧，以重金購緬人為內應，於是年十二月初，俘獲永曆。是則殺永曆者，雖由吳三桂直接下手；等於鄭成功間接促成。

三、鄭經本為逆子，當順治十八年夏秋間，鄭成功與荷人僵持時，已有「子弄父兵」的謠傳；及至康熙元年，乃有通乳媪生子的醜聞。而「父死、君亡、子亂」之外，復有「將拒」的情事，而此皆由鄭成功自取。民國十六年顧頡剛在杭州得一舊鈔本，為崇禎十三年進士，鄞縣林時對所撰的《荷鍤叢談》，敘鄭成功死狀云：「子經，乳名錦舍，擁兵與父抗，成功驟發顛狂；癸卯（高陽按：應為壬寅）五月，咬盡手指死。」此必鄭成功命黃昱至廈門，監殺鄭經及其母董氏，鄭經擁兵相抗，予鄭成功極深的刺激而發顛狂。所謂「將拒」，殆指部隊不奉己命，而為其子所用。

因此，鄭成功的再評價，固絕不能抹殺其開臺之功，但論「反清復明」的志節，則頗有疑問。至其將略之疏，只看黃梧、施琅不能為其所用；張蒼水、甘輝之言，亦不見聽，可知其餘。

至於顧亭林、錢牧齋對「江上之役」的看法，不妨併敘；茲先談錢牧齋的《投筆集》，前後〈秋興〉一百另八首；首八律題作〈金陵秋興八首次草堂韻〉，下註「乙亥七月初一日，正鄭成功初下京口，張蒼水直逼金陵之際。」

茲錄其第一首及第八首如下：

龍虎新軍舊羽林，八公草木氣森森。
樓船蕩日三江湧，石馬嘶風九域陰；
掃穴金陵還地肺，埋胡紫塞慰天心。
長干女唱平遼曲，萬戶秋聲息擣碪。（其一）

金刀復漢事逶迤，黃鵠俄傳反覆陂，
武庫再歸三尺劍，孝陵重長萬年枝；

大輪只傍丹心轉，日駕全憑隻手移。
孝子忠臣看異代，杜陵詩史汗青垂。（其八）

第八首自注：「少陵詩：周宣漢武今王是，孝子忠臣異代看。」以結句言，固以少陵自命；如鄭成功果然成功，則中興鼓吹，尚有無數氣象堂皇的佳作。無奈〈後秋興八首〉便是一片惋嘆之詞了。

這「八首」題下小注：「八月初二日聞警作。」按：清軍於七月廿三日由梁化鳳出儀鳳、鍾阜兩門，洞穿民居為通路，以輕騎襲鄭軍前營；鄭成功倉皇撤退，「質明，軍灶未就，虜傾城出戰，軍無鬥志，竟大敗。」距得鎮江，適為匝月；三、四日間即已揚帆而去。張蒼水於七月廿九日得報；而常熟於八月初二聞警。詩云：

王師橫海陣如林，士馬奔馳甲仗森，
戒備偶然疏壁下，偏師何竟潰城陰？
憑將按劍申軍令，更插韡刀儆士心。
野老更闌愁不寐，誤聽刁斗作秋碪。（其一）

羽檄橫飛建旆斜，便應一戰決戎華。
弋船迅比追風驃，戎壘高於貫月槎；

編戶爭傳歸漢籍，死聲早已入胡笳。
江天夜報南沙火，簇簇銀燈滿盞花。（其二）

龍河漢幟散沉暉，萬歲樓邊候火微。
卷地樓船橫海去，射天鳴鏑夾江飛；
揮戈不分旄頭在，反斾其如馬首違，
嚙指奔逃看鞢𩍐，重收魂魄飽甘肥。（其三）

「韡刀」即靴刀，謂大將臨陣，插刀於靴；敗則自殺，期免被俘受辱。第一首謂鄭成功有不勝則死的決心；而戒備偶疏，偏師竟潰，怨詞之中，有責備之意。

第二首兩聯，盛道軍力之強；旁觀者皆以為必勝無疑；豈意倏忽之間，漢幟竟共沉暉俱散！

第三首寫鄭成功之敗，頗為含蓄。「龍河」即「護龍河」，在上元縣西，首句言金陵兵潰；京口有「萬歲樓」，故次句指鎮江不守，但「候火雖微，可以燎野」，希望未絕；三句謂鄭軍入海；四句寫清軍反攻，「鳴鏑」者匈奴冒頓所創，「射天」七字，刻劃清軍氣銳，精警異常。五句「分」讀仄聲，作名份之份字解；「旄頭」即二十八星中的昴，為胡星：「揮戈不分旄頭在」，謂雖用武，不料胡星不滅；六句言將士不用命；七、八寫清軍因禍得福。

第四首是：

由來國手算全棋，數子拋殘未足悲，
小挫我當嚴警候；驟驕彼是滅亡時。
中心莫為斜飛動，堅壁休論後起遲。
換步移形須著眼，棋於誤後轉堪思。

此首純為慰勉鄭成功，語氣吻合師弟關係。慰以捲土重來，猶未為晚；勉以記取教訓穩紮穩打。起句以棋局為喻，結句仍歸之於論棋；「著眼」即所謂「做眼」，既得之地，先須求活，再求進展。當時如能先取崇明，確保歸路不斷，則鎮江可守，事當別論；此即「棋於誤後轉堪思」之意。

第五首云：

兩戒關河萬里山，京江天塹屹中間，
金陵要定南朝鼎，鐵甕須爭北顧關。
應以縷丸臨峻坂，肯將傳舍抵孱顏！
荷鋤父老雙含淚，愁見橫江虎旅班。

八首之中以此一首透露最多。全詩分兩解，前解論戰略；後解論戰術。唐貞觀中，李淳風撰

〈法象志〉，以為天下山河之象，存乎「兩戒」。大致以黃河為中線，北為「北戒」，限戎狄；南為「南戒」，限蠻夷。「兩戒關河萬里山」下接「京江天塹屹中間」，可知著眼於南戒的長江；而尤重京江。「北顧」即北固；「鐵甕」為潤州的別稱，潤州即鎮江。三、四言能守北固、保潤州，則長江天塹，北軍何由而渡，南有可以定鼎金陵。當時恢復的計畫是打算與清軍畫江而治；為由顧亭林所指導而訂定的大計。亭林詩集中，數數言及，早在弘光即位時，〈感事〉四律中，即有「自昔南朝地，常稱北府雄」之句，萌始創建另一個東晉的構想。至順治五年，此一構想成熟；有詩為證：

異時京口國東門，地接留都左輔尊，
囊括蘇松儲陸海，襟提閩浙壯屏藩；
漕穿水道秦隋蹟，壘壓江干晉宋屯。
一上金山覽形勝，南方亦是小中原。

這首七律的題目，就叫〈京口〉。京口在南京之東；「異時京口國東門」，即以「金陵要定南朝鼎」之故。又順治六年〈春半〉詩：「晚世得先主，只作三分事，干戈方日尋，天時自當至」，亦為欲圖偏安之一證。而亭林則以武侯自命；如順治七年春，〈重至京口〉：

雲陽至京口，水似巳川縈，
逶迤見北山，乃是潤州城。
城北江南舊軍壘，當年戍卒曾屯此；
西上青天是帝京，天邊淚作長江水；
江水繞城回，山雲傍驛開，
遙看白羽扇，知是顧生來。

此外詩中仰慕諸葛，而思步武之句，不一而足。至於浙東義師，數至金焦，則不獨為顧亭林力贊之謀，且亦曾實際參加行動，悼亡詩：「北府曾縫戰士衣，酒漿賓從各無違」，可知顧家曾為海上義師的「糧臺」。順治十一年春張名振、張蒼水大舉入長江，在金山遙祭孝陵，其後以「上游師未至」，無功而返。顧亭林有〈金山〉長歌一首，為研究他的戰略思想，最重要的根據。詩云：

東風吹江水，一夕向西流，
金山忽動搖，塔鈴語不休；

水軍一十萬，虎嘯臨潤州，
巨艦作大營，飛艕為前茅；
黃旗亙長江，戰鼓出中洲；
舉火蒜山旁，鳴角東龍湫。
故侯褒鄂姿，手運丈八矛，
登高矚山陵，賦詩令人愁，
沉吟橫槊餘；天際旌旆浮，
忽聞黃屋來，先聲動燕幽。
闔廬用伍胥，鄗郢不足收；
祖生奮擊楫，肯效南冠囚！
願言告同志，努力莫淹留。

此詩至「賦詩令人愁」止，全為寫實。「塔鈴」典出《晉書・佛圖澄傳》，佛圖澄是印度人，但非和尚，而為道士；神通廣大，據說塔鈴作聲，乃是胡語，預言軍事吉凶，而只有佛圖澄能通其語，石勒常倚之以明勝敗。「金山忽動搖，塔鈴語不休」，見得情勢嚴重，領起「水軍一十萬」，彌見聲威之壯。「蒜山」聯接北固，相傳武侯與周瑜曾於此謀拒曹操，故一名算山；龍湫則在東面的九靈山中。此言水軍一到，東西有義師響應。

「故侯」指定西侯張名振；「賦詩令人愁」下接「沉吟橫槊餘」，則知仍用曹孟德橫槊賦詩之典，所謂「繞樹三匝，無枝可依」，以期約之師不至，進退失據，故爾生愁。

此下則為顧亭林對此役的檢討及謀畫，「天際旌旆浮，忽聞黃屋來，先聲動燕幽」三句，為模擬之詞；「黃屋」即「黃幄」，天子的行帳；意謂此時若能奉永曆或監國的魯王，親臨前線，則將震動北朝；而金陵一下，初步可望為東晉偏安之局。

「伍胥」指鄭成功。其時鄭芝龍已為清朝掌握；成功生母稱為「翁氏」者，則於清軍初入閩南時，因恐被俘受辱而自殺。在顧亭林看，鄭成功於清朝，有囚父死母之仇，故擬之為伍子胥。「鄢郢不足收」亦非漫徵伍員助吳平楚之典；「鄢郢」即荊州一帶，居長江上游，東晉之能站住腳，由於荊州未失；當時的計畫，南朝定鼎，首須經營上游，此可從施琅的議論中獲知端倪。

據李光地記述，曾與施琅談「江上之役」，施琅的看法，即應以優勢水軍，上掠荊襄，確保下游。至於「應以縷丸臨峻坂；肯將傳舍抵孱顏？」是論戰術；亦正切中鄭成功之病。兵貴神速，應如丸之走坂，乘勢急下。鄭成功得鎮江後，若由陸路直趨金陵一百七、八十里路，至多四日可達，先聲奪人，足令守軍膽寒；豈意仍循水道，逆流上行，走了十天才到，此真是「肯將傳舍抵孱顏」了。

「孱顏」即巉巖，山高峻不齊貌。東坡詩：「我行無遲速，攝衣步孱顏」，從容遊山，可行則行；當止則宿於傳舍，行軍豈可如此？故以「肯將」設為疑問的語氣。結尾兩句「荷鋤父老雙含淚，愁見橫江虎旅班！」「荷鋤」二字有兩義：鄭師遁走在七月下旬，炎威未殺，而父老猶荷鋤田間，可知江南民生疾苦，此為一義。荷鋤猶揭竿，父老荷鋤，準備起義響應，不意「虎旅已班」，其悲可知此為又一義。衡情度理，以後一義為是。

〈後秋興之十〉八首，為世祖崩後所作；題下自注：「辛丑二月初四日，夜宴述古堂，酒罷而作。」按：其時哀詔已到江南；國有大喪，罷宴止樂，而錢毫不理會，且特作此註，幸災樂禍之心，溢於言表，因此乾隆於貳臣之中，對錢謙益格外痛恨。曾有題牧齋《有學集》詩云：「平生談節義，兩姓事君王，進退都無據，文章那有光？真堪覆酒甕，屢見詠香囊。末路逃禪去，原為孟八郎。」以此詩筆題《有學集》到確是為錢牧齋的詩文增光了。

此八首詩極有意味；後四首尤妙。其第五首云：

雲臺高築點蒼山，異姓勳名李郭間，
整東交南新象馬，恢張遼左舊河關。
蓬蒿發舍趨行在，布帛衣冠仰帝顏。
鄭壁許田須努力，莫令他日後周班。

此詩深可推敲。就表面看，為鼓勵西南永曆朝將帥，乘機而起，努力恢復；但暗中有勸吳三桂舉義之意。吳三桂於三吳自有淵源；錢牧齋欲致意於吳三桂，有兩條途徑；一是經由柳如是、陳圓圓轉達；二是經由吳三桂的女婿王永寧媒介。按：蘇州拙政園，入清後為陳之遴所有；陳之遴敗，吳三桂購此園以贈其婿王永寧，正為此時之事。

「發」讀為沛；「發舍」即行軍郊野藉長林豐草露宿之意，《周禮鄭注》所謂「軍有草止之法」，即指此。「蓬蒿發舍趨行在」，似為勸吳三桂潛行朝帝，末兩句綰合《左傳》「鄭伯請釋泰山之祀，以祀周公」、「以璧假許田為周公祊」；及「齊人餽諸侯，使魯次之，魯以周班後鄭」兩故事，大致是敦促西南方面應如鄭伯之擁戴周室，努力使「朱三太子」正位；否則一旦恢復，論功行賞，爵位就會落在後面。魯指魯王；魯王既然監國，又近在東南，則一旦「定鼎南朝」，自必主政而握賞罰之權，猶《左傳》中所謂「使魯次之」。語意雙關而幽深；一代文宗，洵為不愧。

第六首云：

辮髮胡姬學裹頭，朝歌夜獵不知秋。
可憐青塚孤魂恨，也是幽蘭一燼愁；
銜尾北來真似鼠，梳翎東去不如鷗。
而今好擊中流楫，已有先聲達豫州。

首兩句言世祖好遊獵，而妃嬪相從。頷聯上句正指董小宛；下句「幽蘭」據錢遵王注，引宇文懋昭《大金國志》：「義宗傳位丞麟之後，即閉閣自縊；遺言奉御絳山，使焚之。其自縊之所曰『幽蘭軒』，火方熾……絳山留，掇其餘燼，以斂裘瘗於汝水之旁。」按：金義宗即金哀宗；蒙古兵入汴京，哀宗走蔡州，河南汝寧府，以府治為行宮，築軒其中，即幽蘭軒，亦稱幽蘭客。擬世祖為金哀宗，其事不倫，聊且快意而已。但「幽蘭」與「青塚」相對，別有意趣；此言小宛雖埋恨地下，但亦不免為世祖之崩而傷心。

頸聯上句用《新唐書・李密傳》「密將敗屯營，群鼠相銜尾，西北度洛」的典故；下句不典，東坡詩「病鶴不梳翎」，易「鶴」為「鷗」，純為遷就原韻之故。「東去」謂清軍敗逃出關；然而此亦不過錢牧齋意中的「先聲」而已。

第七首云：

旄頭摧滅豈人功？太白新占應月中。
掃蕩沉灰元夕火，吹殘朔氣早春風。
揭空鐃鼓催花白，攪海魚龍避酒紅，
從此「撐犁」辭別號，也應飛觴賀天翁。

「旄頭」之解已見前，言世祖之崩由於「天誅」。次句典出《酉陽雜俎》：「祿山反，李白製『胡無人』，言太白入月敵可摧，及祿山反，太白蝕月。」順治十八年三月十五月蝕，此在前一年頒朔時，即已推知，因用作世祖將死的占驗。頷聯上下句皆言世祖崩於元宵之前、立春之後

（按：是年陰曆正月初七，為陽曆二月五日，正當立春）。

項聯上句，「鐃鼓」本為軍鼓之一，此處借用為擊鼓催花之鼓；「揭」訓舉，「揭空」謂高舉；高舉鐃鼓催發之花，非紅而白，乃描寫服喪。按：此八首中第二首結句：「而今建女無顏色，奪盡燕支插柰花」，兼用樂府〈匈奴歌〉：「失我焉支山，令我婦女無顏色」；及《晉書・成慕杜后傳》：「三吳女子相與簪白花，望之如素柰，傳言天公織女死，為之著服，至是后崩」兩典。「建女」為建州女子之簡稱，言世祖之崩，正是收復失土的良機。此首中的「催花白」，重申其意。

「攬海」句，錢遵王原注引用佛典，極其晦澀難解；總緣遷就韻腳，勉強成對，無甚意義。結句典出《漢書・匈奴傳》：「單于姓攣鞮氏，其國稱之曰：『撐犁孤塗單于。』匈奴謂天為『撐犁』；子為『孤塗』；單于者廣大之貌也。」此言無端加天以「撐犁」的別號，殊嫌褻慢；今隱射世祖的「撐犁孤塗單于」既死，則「撐犁」的別號，亦同歸於消滅，豈不可賀？「天翁」即天公，韻腳所限，不得不用「翁」字。

第八首云：

營巢抱繭嘆逶迤，憑仗春風到射陂，
日吉早時論北伐，月明今夕穩南枝。
鞍因足弱攀緣上，檄為頭風指顧移。

傳語故人開口笑，莫因畹晚嘆西垂。

按：前七首皆寫世祖之崩，從各種角度看此事，既須湊足七首，又為韻腳束縛，徵典將窮，不免竭蹶，故有「攬海魚龍避酒紅」這種入於魔道的澀怪之句；結句「從此」云云，匪夷所思，已同打油，實由無可奈何，強湊成篇。至於末首，則為起承轉合之一結，理應一抒懷抱，一句一義，從容工穩，自是佳作。

首句言頻年經營恢復之事；次句謂光復有望，小民生計將蘇，射陂即射陽湖，跨揚州、淮安兩府，《漢書》廣陵厲王胥得罪，其相勝之，奏奪王射陂草田，以濟貧民。三句勉勵鄭成功及早北伐，於此可知鄭成功入臺，非江南遺老所望；四句仍用曹孟德臨江賦詩典，非復「繞樹三匝，無枝可棲」，意味此番北伐，必能在江南建立據點。

後半首自抒懷抱，五、六言「老驥伏櫪，雄心未已」，上馬殺賊，力不從心；但安坐草檄，則不讓陳琳，指顧可就。「寄語故人」泛指志在恢復之遺老；末句足見信心，不止於事有可為的慰藉之詞。

但一年以後就不同了。〈後秋興之十二〉，題下自註：「壬寅三月二十三日以後，大臨無時，啜泣而作。」此為獲知永曆被俘以後所作。第一首云：

滂沱老淚灑空林，誰和滄浪訴鬱森？

總向沉灰論早晚，空於墨穴算晴陰；
皇天那有重開眼，上帝初無悔亂心。
何限朔南新舊鬼，九疑山下哭霜碪。

此為窮極呼天之語，但第六首依然寄望於鄭成功；詩云：

枕戈坐甲荷元功，一柱孤擎溟渤中。
整旅魚龍森束伍，誓師鵝鸛肅呼風，
三軍縞素天容白，萬騎朱殷海氣紅。
莫笑長江空半壁，葦間還有刺船翁。

末句「葦間」，錢遵王原注引《莊子・漁父篇》：「延緣葦間，刺船而去。」非是。實用《越絕書・越絕荊平王內傳》所敘的故事，伍子胥奔吳，至江上得漁者而渡：「子胥食已而去，顧謂漁者曰：『掩爾壺漿，無令之露。』漁者曰：『諾。』子胥行，即覆船挾匕首自刎而死江水之中，明無洩也。」牧齋以子胥期望鄭成功，而以漁者自況；意味鄭成功若能覆楚，則己當捨身相助，以成其志。但鄭成功是辜負他的老師了。

最後八首作於康熙二年癸卯夏天，題下自注云：「自壬寅七月至癸卯五月，偽言繁興，泣血感慟而作，猶冀其言之或誣也。」所謂「偽言」即永曆為吳三桂所弒，新朝君臣既諱此事，兼又道遠，所以錢牧齋還存著萬一之想，「冀其言之或誣」。

其第四首為鄭成功而作；詩云：

自古英雄恥敗棋，靴刀引決更何悲？
君臣鰲背仍同國，生死龍胡肯後時；
事去終嗟浮海誤，身亡猶嘆渡河遲。
關張無命今猶昔，籌筆空煩異代思！

首二句言鄭成功之死；嚙指而亡，無異自盡，故謂「靴刀引決」。頷聯據錢遵王注：「陶九成《草莽私乘》：方鳳輓陸君實詩：『祚微方擁幼，勢極尚扶顛，鰲背舟中國，龍胡水底天。鞏存周已晚，蜀盡漢無年，獨有丹心皎，長依海日懸。』」按：陸君實即陸秀夫；此言永曆與鄭成功，先後皆亡。頸聯「事去終嗟浮海誤」，此無定論，足徵張蒼水卓識。以下用宗澤及關張典，未免溢美。

〈後秋興〉另有八首，為柳如是勞軍定西侯張名振所部而作：

負戴相攜守故林，旛經問織意蕭森，

疏疏竹葉晴牕雨，落落梧桐小院陰；
白露園林中夜淚，青燈梵唄六時心，
憐君應是齊梁女，樂府偏能賦藁碪。（其一）

丹黃狼藉鬢絲斜，廿載間關歷歲華，
取次鐵圍同穴道，幾曾銀浦共仙槎；
吹殘別鶴三聲角，迸散棲烏半夜笳，
錯記窮秋是春盡，漫天離恨攪楊花。（其二）

北斗垣牆闇赤暉，誰占朱鳥一星微，
破除眼珥裝羅漢，減損虀鹽餉佽飛，
娘子繡旗營壘倒，將軍鐵矟鼓音違，
鬚眉男子皆臣子，秦越何人視瘠肥。（其三）

閨閣心縣海宇棋，每於方罫繫歡悲，
乍傳南國長馳日，正是西牕對局時；
漏點稀憂兵勢老，燈花落笑子聲遲，

還期共覆金山譜，桴鼓親提慰我思。（其四）

水擊風搏山外山，前期語盡一杯間，
五更噩夢飛金鏡，千疊愁心鎖玉關；
人以蒼蠅汙白璧，天將市虎試朱顏，
衣朱曳綺留都女，羞殺當年翟茀班。（其五）

歸心共折大刀頭，別淚闌干誓九秋，
皮骨久判猶貫死，容顏減盡但餘愁；
摩天肯悔雙黃鵠，貼水翻輸兩白鷗，
更有閒情攪腸肚，為余輪指算神州。（其六）

此行期奏濟河功，架海梯山抵掌中，
自許揮戈迴晚日，相將把酒賀春風；
牆頭梅蕊疏牕白，甕面葡萄玉盞紅，
一割忽忘歸隱約，少陽原是釣魚翁。（其七）

臨分執手語逶迤，白水旌心視此陂，

一別正思紅豆子，雙棲終向碧梧枝；
盤周四角言難罄，局定中心誓不移，
趣覲兩宮應慰勞，紗燈影裡淚先垂。（其八）

柳如是曾赴定海，犒勞定西侯張名振所部義師；順便渡蓮花洋進香普陀，為羅漢裝金。此八首七律為牧齋送別之作。張名振歿後，義師為張蒼水所接統，無論士氣、訓練，皆較鄭成功所部為優，所惜軍實不足；鄭成功倘真為英雄，傾心與張蒼水合作，則與清朝畫江，乃至畫河而治，絕非不可能之事。無奈鄭成功為「豎子」；自思明入海，其人即不足為重，而張名振雖僻處孤島，二、三門弟子以外，只養了兩頭小猿，充瞭望警報之任，但一身繫朱明的存亡，故以張蒼水之死為明亡之年，其時為康熙三年甲辰。真乃史筆！

箋陳寅恪〈王觀堂先生輓詞〉

民國以來，堪稱大儒者不數人，而陳寅恪先生必為其一。他生在光緒十六年庚寅；〈離騷〉：「惟庚寅吾以降」。後世與屈原同生於庚寅者，代有傑出的詩人，阮步兵〈詠懷詩〉八十二首，為詩壇瑰寶；孟東野詩如苦茶，可攻積滯，極為韓文公所推崇。寅恪之前，清朝還有四個庚寅，二查——查慎行、查昇；及潘祖寅、翁同龢，皆生於庚寅。寅恪先生的尊人散原老人陳三立，為江西詩派領袖；但寅恪在這方面未承家學。他之得有詩名，始於一首〈王觀堂先生輓詞〉。我於民國六十七年夏天，始得寓目，其時已在他下世九年以後。

讀〈王觀堂先生輓詞〉後，第一個感想是：大失所望。世間何耳食者眾？眾口交譽的這首長慶體的古風，其實既不佳，且不通。轉而自思，以陳寅恪之淵博，又何至於不通？及讀詩前之序，恍然有悟；因取《集蓼編》（羅振玉自敘生平）及《溥儀自傳》細細參詳，方知陳寅恪寫此詩的本意，實有苦心，不獨為友朋之死增重；亦在婉轉勸阻溥儀勿聽羅振玉的慫恿，妄思借日本軍閥的力量做復辟的春夢。而作為一位大史學家，又何能抹殺事實；因而苦心經營，用史家曲筆，隱筆之法，透露王觀堂的死因，及其與羅振玉、溥儀三角關係中若干未為世人所知之事。而又特留些許不通不佳之跡，作為疑竇，以期後人終得求真於無字之處。其序《王靜安先生遺書》云：

今先生之書，流布於世，世之人大抵能道其學，獨於其平生之志事，頗多不能解，因而有是非之論。寅恪以為古今中外志士仁人，往往憔悴憂傷，繼之以死，其所傷之事，所死之故，不止局於一時間、一地域而已；蓋別有超越時間地域之理性，必非其同時間、同地域之眾人所能共喻。然則先生之志事，多為世人所不解，因而有是非之論者，又何足怪耶？

此無異夫子自道，解釋其觀堂輓詞何以不能為當時「所能共喻」？至於自謂已喻。其實未喻，震於大名，隨聲附和；或者略知寅恪衛護觀堂的至意，有心溢美，助其掩飾，而實亦未能深喻寅恪苦心者，自不足以語此。此文末段云：

嗚呼！神州之外，更有九州，今世之後，更有來世，其間儻亦有能讀先生之書者乎？如果有之，則其人於先生之書鑽味既深，神理相接，不但能想見先生之人，想見先生之世，或者更能心喻先生之奇哀、遺恨於一時、一地、彼此、是非之表歟？

這又明明指出，「表」面之下，別有是非；後世必有能喻寅恪此詩中的隱曲，而能窺知觀堂之「奇哀遺恨」者。斯世倘有其人，舍我其誰？

〈王觀堂先生輓詞〉，為一梅村體的長歌；論者謂寅恪此詩，特仿觀堂〈頤和園詞〉的體裁，而寅恪謂〈頤和園詞〉是長慶體。紀曉嵐論梅村之詩曰：「其中歌行一體，尤所擅長，格律本乎四傑，而情韻為深；敘述類乎香山，而風華為勝，韻協宮商，感均頑豔，一時尤稱絕調」，則知梅村體本與長慶體為近，但香山純乎白描，而梅村歌行，典故極多。以觀堂輓詩而論，典亦不少，故我寧視之為梅村體。

此作之前，有一長序。僅讀詩，不讀序，無以明寅恪的苦心。其結尾謂：

> 至於流俗恩怨榮辱委瑣齷齪之說，皆不足置辯，故亦不及之云。

所謂流俗之說云云，即《溥儀自傳》中所說：

> 羅振玉並不經常到宮裡來，他的姻親王國維能替他「當值」，經常告訴他當他不在的時候，宮裡發生的許多事情。王國維對他如此服服貼貼，最大的原因是這位老實人總覺得欠羅振玉的情，而羅振玉也自恃這一點，對王國維頗能指揮如意。我後來才知道，羅振玉的學者名氣，多少也和他們這種特殊瓜葛有關。王國維求學時代十分清苦，受過羅振玉的幫助，王國維後來在日本的幾年研究生活，是靠著和羅振玉在一起過的。王國維為了報答他這份恩

情，最初的幾部著作，就以羅振玉的名字付梓問世。羅振玉後來在日本出版，轟動一時的《般墟書契》，其實也是竊據了王國維甲骨文的研究成果。羅、王二家後來做了親家。按說王國維的債務更可以不提了，其實不然，羅振玉並不因此忘掉了他付出過的代價。

溥儀又說：

而且王國維因他的推薦得以接近「天顏」，也要算做欠他的情分，所以王國維處處都要聽他的吩咐。我到了天津，王國維就任清華大學國文教授之後，不知是由於一件什麼事情引的頭，羅振玉竟向他追起債來，繼而以要休退他的女兒（羅的兒媳婦）為要挾，逼得這位又窮又要面子的王國維，在走投無路的情況下，於民國十六年六月二日跳進昆明湖自盡了。

這就是「委瑣齷齪」的傳說。至於羅振玉以遜清學部的一個參事，亦非先世為顯宦，得以「大臣子弟」的身分在京活動，而居然在小朝廷中發生不小的作用，其淵源何在？且看溥儀之所敘：

羅振玉到宮裡來的時候，五十出頭不多，中高個兒，戴一副金絲近視鏡（當我面就摘下不戴），下巴上有一綹黃白山羊鬍子，腦後垂著一條白色的辮子。我在宮裡時，他總是袍褂齊全，我出宮後，他總穿一件大襟式馬褂，短肥袖口露出一截窄袍袖。一口紹興官話，說話行路慢條斯理，節奏緩慢。他在清末做到學部參事，是原學部侍郎寶熙的舊部，本來是和我接近不上的，在我婚後，由於升允的推薦，也由於他的考古學的名義，我接受了陳寶琛的建議，留作南書房行走，請他參加了對宮中古彝器的鑑定。和他前後差不多時間來的當時的名學者，有他的姻親王國維和以修元史聞名的柯劭忞。陳寶琛認為南書房有了這些人，頗為清室增色。當然。羅振玉在復辟活動方面的名氣比他在學術上的名氣，更受到我的注意。他在辛亥革命那年東渡，在日本做了十年寓公，考古寫書，自名「仇亭老民」。……回國後先住在天津，結交日本人，後來在大連碼頭開設了一個叫墨緣堂的古玩鋪，一邊走私販賣古玩、字畫，一邊繼續和日本人拉拉扯扯，廣泛尋求復辟的同情者。

羅振玉如果只是為復辟而復辟，亦即是為效忠清室而復辟，甚至為了個人有政治野心而復辟，如鄭孝胥那樣，都還不致造成王觀堂的悲劇。問題是羅振玉的「廣泛尋求復辟的同情者」，只是由於日本浪人的勾結，想出賣溥儀；如果他能將溥儀騙到日本，則通過日本浪人的關係，軍部將會支持他成為溥儀身邊的第一號「近臣」；那時，經由「賞溥傑」的手法，早就陸續運出宮外的法書名畫，以及關外由「跑馬圈地」得來的大筆「皇產」，就都會歸由羅振玉處理了。前者尤其是羅振玉夢寐所垂涎的。

溥儀所說：「轟動一時的《殷墟書契》其實也是竊據了王國維的研究成果。」陳寅恪的觀堂輓詞中，亦謂「考據殷書開盛業」，證實《殷墟書契》為王國維所著。而羅振玉卻說：

宣統初元，予至海東調查農學……乃撰《殷墟書契考釋》，日寫定千餘言，一月而竟，忠慤為手付寫印。（按：王國維自沉後，小朝廷謚之為忠慤。）

由以上的旁證，已可確信羅振玉向王國維逼債的「流俗」之說為不虛。陳寅恪在詩序中，以為「不足置辯」；而在論綱紀之說時，有兩句透露真相的極要緊的話；其綱紀之說如此：

吾中國文化之定義，具於《白虎通》三綱六紀之說；其意義為抽象理想最高之境，猶希臘柏拉圖所謂Eidos者。若以君臣之綱言之，君為李煜，亦期之為劉秀；以朋友之紀言之，友為酈寄，亦待之以鮑叔。

李煜指溥儀，酈寄自非羅振玉莫能當。以李後主擬溥儀，不是恭維，別有深意在內，後當細論。這裡且談酈寄。

酈寄何許人，看《史記》卷九十五自知：

酈商者……其子寄，字況，與呂祿善。及高后崩，大臣欲誅諸呂；呂祿為將軍，軍於北。

> 太尉（周）勃不得入北軍，於是乃使人劫酈商，令其子況紿呂祿。呂祿信之，故與出遊；而太尉勃乃得入據北軍，遂誅諸呂。是歲商卒，謚為景侯；子寄代侯。天下稱酈況賣交也。

「友為酈寄，亦待之以鮑叔」，則以管仲擬王國維。《列子》有「管鮑分金」的故事，證以溥儀所說王國維與羅振玉的關係，運典尤覺精切。這就是陳寅恪所下的曲筆。

可玩味的是，羅振玉明明知道陳寅恪罵他是酈寄，佯若不解；且致書大為恭維：「大作忠愨輓詞，辭理並茂，為哀輓諸作之冠，足與觀堂集中〈頤和園詞〉、〈蜀道難〉諸篇比美；忠愨以後，學術所寄，端在吾公矣。」

不過，我寧願相信羅振玉之如此恭維陳寅恪，是出於衷心的感激。因為陳寅恪在無形中幫了他很大的忙；此非陳寅恪有所愛於羅振玉，而是為了要解釋王國維之死，乃感於綱紀之「銷沉淪喪」而「殉道」，而「成仁」；其死重於泰山。若如流俗所傳，王國維為羅雪堂逼債而死，則死得窩囊，輕於鴻毛；因云「不足置辯，故亦不之及」。但這裡雖輕輕一筆帶過；上面流俗之說句，卻特加「恩怨榮辱委瑣齷齪」八字，這亦是史家曲筆之一種，暗示確有複雜的內幕。

這個複雜的內幕，我相信陳寅恪是完全瞭解的，倘或公之於世，羅振玉即時可以身敗名裂。事實上，王國維一死，最緊張的就是羅振玉，為了要掩飾王國維的死因，他很費了一番心計，賣了一番氣力，據溥儀所記：

王國維死後，社會上曾有一種關於國學大師殉清的傳說，這其實是羅振玉做出的文章，而我在不知不覺中，成了這篇文章的合作者。過程是這樣：羅振玉給張園送來了一份密封的所謂王國維的「遺摺」，我看了這篇充滿了孤臣孽子情調的臨終忠諫的文字，大受感動，和師傅們商議了一下，發了一道「上諭」說，王國維「孤忠耿耿，深堪惻憫……加恩諡予忠愨，派貝子溥伒即日前往奠醊，賞給陀羅經被並洋二千元……」。羅振玉於是一面廣邀中日名流、學者，在日租界日本花園裡為「忠愨公」設靈公祭，宣傳王國維的「完節」和「恩遇之隆，為震古所未有」，一面更在一篇祭文裡宣稱他相信自己將和死者「九泉相見，諒亦匪遙」。其實那個表現著「孤忠耿耿」的遺摺，卻是假的，它的編造者正是要和死者「九泉相見」的羅振玉。

溥儀自道他曾為羅振玉所寫的祭文而「迷惑」。羅振玉說他自甲子（民國十三年）以來，曾三次「犯死而未死」。當溥儀出宮，及進日本使館的時候，他都想自殺過。第三次是最近，他本想將未了之事情料理完了就死的，不意「公竟先我而死矣！公死，恩遇之隆，為震古所未有（按：除賜諡外，賞治喪銀兩，陀羅經被，派親貴奠酒，為對大學士的恤典）；予若繼公而死，悠悠之口或且謂予希冀恩澤」，所以他就不便去死了。龔芝麓降清以後，動輒向人說：「我原要死，是小妾（按：指顧眉生）不肯。」羅振玉不死之因，毋乃類此？

總之，羅振玉極力要使人相信的是，王國維之死是「殉清」，但「這篇文章」的最大的「合作者」，卻非溥儀，而是陳寅恪。就特定的一個觀點看，亦即是從王國維在小朝廷「南書房行走」的身分看，陳寅恪亦可以承認王國維之死是「殉清」。因此，他的「輓詞」與羅振玉的「祭文」，自然而然地便有一部分相呼應；至少不會相衝突。

然則王國維到底因何而死？莫非真的死於羅振玉的逼債？此又不盡然。逼債之事，誠然有之，但不足以死王國維；使王國維感到「五十之年，只欠一死」的是：羅振玉的逼債的原因。在前引《溥儀自傳》：「王國維就任清華大學國文教授之後，不知是由於一件什麼事情引的頭，羅振玉竟向他追起債來」這一段中，溥儀自註：

> 我抵大連後，聽到一個傳說，因已無印象，故附記於此，聊備參考。據說紹英曾託王國維替我賣一點字畫，羅振玉知道了，從王手裡要了去，說是他可以辦。羅振玉賣完字畫，把所得款項（一千多元）作為王國維歸還他的債款，全部扣下。王國維向他索要，他反而算起舊帳；王國維還要補給他不足之數。王國維氣憤已極，對紹英的催促無法答覆，因此跳水自盡。

據說王遺書上「義無再辱」四字，即指此而言。這話很說不通。羅振玉不至於為「一千多元」為難王國維；王國維亦不至因一千多元而無法答覆「紹英的催促」，竟而輕生。我頗疑心溥儀知道是「一件什麼事情引的頭」，故意不說而已。

如今我要探索的，就是這「一件什麼事情引的頭」？這個考據要從詮釋〈王觀堂先生輓詞〉做起。

漢家之厄今十世，不見中興傷老至。
一死從容殉大倫，千秋悵望悲遺志。

《佩文韻府》「漢家厄」條，引《隱窟雜志》記：「汪內相勸主上聽政表文云：『漢家之厄十世，惟光武之中興；獻公之子九人，念重耳之獨在。』」首句本此。清朝自順治至宣統凡十世；但這不是可用「中興」之典的理由。當時溥儀左右皆言「恢復」、「興復」、「復辟」，著重在一「復」字；罕有言「中興」者。

衰而復盛，謂之中興；失而又得，謂之恢復，溥儀的情形，屬於後者。陳寅恪此詩，彷彿「開口便錯」；其實另有深意。因為借古喻今，貴乎說理圓融，勿使扞格：詩序中既有「君為李煜，亦期之以劉秀」之語，則此處自須用光武中興的典故，方有照應。

「一死從容殉大倫」為輓詞主旨，此「大倫」指整個綱紀，「而非具體之一人事」（詩序中語）。

曾賦連昌舊苑詩，興亡哀感動人思。

豈知長慶才人語，竟作靈均息壤詞。

陳寅恪以王國維的〈頤和園詞〉，與元微之的〈連昌宮詞〉相比附，故云「長慶才人語」。「息壤」之典有二，通常作盟約誓詞解，「豈知長慶才人語，竟作靈均息壤詞」，意謂〈頤和園詞〉惓惓故主，而終以身殉；則其詩不妨視作始終忠於清朝的誓詞。但與「靈均」連用，似覺突兀；殊不知陳寅恪正要人有此突兀之感，對「靈均」二字留下深刻印象。其說後詳。

依稀廿載憶光宣，猶是開元全盛年。
海宇承平娛旦暮，京華冠蓋萃英賢。

光宣之際，何得與「開元全盛」之年相比擬？此不過欲引出「京華冠蓋萃英賢」一語而已。但出語太失分寸，無怪散原老人斥之為「七字唱」。

當日英賢誰北斗？南皮太保方迂叟，
忠順勤勞矢素衷，中西體用資循誘；
總持學部攬名流，樸學高文一例收。

此段頌張之洞。張以鄂督內召拜相，管理學部；歿後恤典甚優，晉贈太保。稱其「忠順勤勞」，嫌其「方迂」，皆頗得實。

圖籍藝風充館長，名詞瘉埜領編修。
校讎韙譯憑誰助？海寧大隱潛郎署。

藝風，江陰繆荃孫；任京師圖書館正監督。瘉埜，侯官嚴復；任編訂名詞館總纂。「海寧大隱」謂王國維；但用「大隱隱於朝」的典故，與王此時的身分，並不相稱。

入洛才華正妙年，渡江流輩稱清譽，
閉門人海洛冥搜，董白關王供討求；
剖白流派施品藻，宋元戲曲有陽秋。

陸機入洛，不足三十；王國維入學部，略同其年。此言王國維早年為學的途徑；所著《宋元戲曲考》為梁啟超推崇為「空前絕業」。

沉酣朝野仍如故，巢燕何曾危幕懼？

君憲徒聞俟九年，廟謨已是爭孤注。

此一段與「開元全盛」、「海宇承平」之語，形成矛盾。且既知「九年立憲」的承諾，為「孤注」之計，可見廟堂之上，亦知局勢嚴重，則與「沉酣朝野」兩句，亦形成矛盾。此所以我說陳寅恪此詩「既不佳，且不通」；而實有意如此，故留疑竇，以啟後世探討之心。

羽書一夕警江城，倉卒元戎自出征。
初意潢池嬉小盜，遽驚烽燧照神京；
養兵成賊嗟翻覆，孝定臨朝定痛哭。

此言武昌起義，陸軍大臣廕昌南下督師。「孝定」為隆裕太后。「小盜」、「成賊」云云，措詞頗有未妥。

再起妖腰亂領臣，欲傾寡婦孤兒族。
大都城闕滿悲笳，詞客哀時未返家。

「妖腰亂領」是個僻典，杜甫〈大食刀歌〉：「賊臣惡子休干紀，魑魅魍魎徒為耳，妖腰亂領敢欣喜，用之不高亦不痺。」此指袁世凱；但「賊臣」是否可稱為「妖腰亂領臣」？頗成問題。即或可通，亦是隔而又隔，必不為「詞客」王國維所許。或者，「妖腰亂領」指袁世凱所創新軍的制服而言；寓「服妖」之意在內。此亦可備一說。

自分琴書終寂寞，定期舟楫伴生涯；
回朝觚棱涕泗漣，波濤重返海東船。
生逢堯舜成何世，去作夷齊各自天。

辛亥陰曆十月初，羅振玉偕王國維舉家由天津上船至神戶，定居京都。「夷齊」云云，殊覺不倫；世間豈有恥食周粟，不恥求庇異邦之夷齊？

江東博古於先覺，避地相從勤講學。
島國風光換歲時，鄉關愁思增綿邈，
大雲書庫富收藏，古器奇文日品量；
考釋殷書開盛業，鈎探商史發幽光。

「考釋殷書」、「鈎探商史」，確證羅振玉有關此方面的著作，出於王國維之手。羅振玉的藏書樓，題名「大雲書庫」；此名由藏有北朝初年寫本《大雲無想經》而來。

當世通人數舊遊，外窮瀛渤內神州。
伯沙博士同揚搉，海日尚書互倡酬。
東國儒英誰地主？藤田狩野內藤虎。
豈便遼東老幼安，還如舜水依江戶。

伯者伯希和；沙者沙畹，皆法國漢學家。沈曾植別署「海日樓」；清末官至安徽藩司，張勳復辟，詒授學部尚書，所以稱之為「海日尚書」。王國維於民國四年春回國，於古音韻之學曾向沈曾植請益，時有過從。

藤田名豐八，曾應羅振玉之邀，在上海翻譯農書；狩野名直喜，與內藤虎次郎皆為京都大學教授。羅振玉與王國維在日本，頗得此三人之助。

「還如舜水依江戶」，事亦不倫；但上句「豈便遼東老幼安」則極妙！以管寧割席，暗示羅振玉無非華歆之流；兼寫終於回國，非如管寧之終老遼東。於是領起下一段，寫入國內；章法宜然。

高名終得徹宸聰，徵奉南齋禮數崇。

屢檢秘及升紫殿，曾聆法曲侍瑤宮。

王國維以羅振玉之薦，「賞食五品俸」，在「南書房行走」，工作是檢書及鑑定古彝器。齋即書房，故上書房稱「上齋」，南書房稱「南齋」。

文學承恩值近樞，鄉賢敬業事同符；
君期雲漢中興主，臣本煙波一釣徒。

首句與「徵奉南齋禮數崇」重複。「徵奉南齋」即是「文學承恩」。「值近樞」三字無著落。按：小朝廷無軍機處，即無所謂「近樞」。

「鄉賢」指羅振玉，羅原籍浙江上虞。「同符」一典，始見於揚雄〈甘泉賦〉：「同符三皇」。班固〈東都賦〉：「同符於高祖」，則以馬援曾有此語；《後漢書》卷五十四〈馬援傳〉：「援曰：天下反覆盜名字者，不可勝數；今見陛下恢廓大度，同符高祖，乃知帝王自有真也。」又《三國志・孫策傳》注：「張紘曰：方今世亂多難，若功成事立，當與同好俱南濟也。策曰：一與君同符合契，有永固之分。」故此句中的「事同符」得兩解：以「同符」為溥儀的代名詞，「事」作動詞用，一解；同符合契，勤勞王事，又一解。兩解俱可通，故是好詩。

「臣本煙波一釣徒」，為康熙朝查初白謝賜魚紀恩詩末句。借用成語以承「君期雲漢中興主」，則是以嚴子陵擬王國維；與「同符」用馬援之典，處處有一劉秀在；亦即處處有一「期之為劉秀」的溥儀在。至於以嚴子陵擬王國維，明言王國維不想做官，更不會想做「中興之臣」；「殉清」之說，「榮典」之錫，在王國維恐不免有受之有愧之感。

> 是歲中元周甲子，神皋喪亂終無已；
> 堯城雖局小朝廷，漢室猶存舊文軌。

「是歲」者，民國十三年甲子。《十六國春秋》：「從上元人皇起，起至中元、窮於下元，天地一變，盡三元而止。」故讖緯家有《三元甲子》之說。羅振玉的另一兒女親家劉鶚著《老殘遊記》，第十一回借黃龍子之口，暢論此說；謂同治三年「是上元甲子第一年」，此甲子各為「轉關甲子」，六十年中「要將以前的事，全行改變，同治十三年甲戌為第一變；光緒十年甲申為第二變；甲午為第三變；甲辰為第四變；甲寅為第五變。五變之後，諸事俱定。」黃龍子又說：「甲寅以後，為文明華敷之世……直至甲子，為文明結實之世，可以自立矣！」按：同治三年甲子平洪楊、十三年甲戌穆宗崩，清朝帝系旁移；光緒十年甲申中法之戰；二十年甲午中日之戰；三十年甲辰，出使各大臣奏請變法，特詔赦免戊戌黨籍，慈禧正式改變態度，大規模推行新政，逢甲之年，皆有大事。照「黃龍子」的說法，至民國三年甲寅變定，至十三年為中元甲子的第一年，已是「文明結實之世」；而其言不驗。陳寅恪用其說，故有「神皋喪亂終無已」之嘆。但小朝廷中，固仍保持未遜國的規模，故云：「漢室猶存舊文軌」。

忽聞擐甲請房陵，奔問皇輿從未能；
優待珠槃原有誓，宿陳芻狗遽無憑。

首句謂鹿鍾麟「逼宮」；次句謂溥儀出奔「北府」，三句謂「優待條件」；四句謂不得再入宮。「宿」為星宿之宿，漢賦中形容宮殿之美，有「星居宿陳，綺錯鱗比」之語，則此詩中的「宿陳」，當指故宮；「芻狗」典出《魏志・周宣傳》，三夢芻狗而其占不同，故曰「無憑」。

神武門前御河水，思把深恩酬國士，
南齋侍從欲自沉，北門學士邀同死。

「北門學士」典出《唐書・元萬頃傳》，指羅振玉；三、四兩句必有本事。惜不得其詳。頗疑為癡心女子以死相要，而負心者相約同殉，以堅其必死之志；結果女死而男活。

魯連黃鷂績溪胡，獨為神州惜大儒，
學院遂聞傳絕業，園林差喜適幽居。

陳哲三〈談陳寅恪〉一文，謂胡適之先生託溥儀勸王國維就清華教職；王不願，溥儀下「聖旨」云云，今由「魯連黃鷂績溪胡」一語證實。韓愈詩：「魯連細而黠，有似黃鷂子」，謂胡適之使手段為清華羅致王國維。

清華學院多英傑，其間新會稱耆哲，
舊是龍髯六品臣，後躋馬廠元勳列。

陳寅恪此詩，最大的疑竇，即留在寫梁啟超的這四句詩中。「舊是龍髯六品臣」，說他在光緒朝做過六品官；以先朝舊臣而躋於討伐張勳，否定復辟的馬廠起義元勳之列，則是背叛清朝，作詩責梁啟超為「梟獍」。陳寅恪此詩既是宛然遺民的口吻，何得以「元勳」與「馬廠」並用？而「舊是龍髯六品臣，後躋馬廠元勳列」亦不知其對梁啟超是捧是罵？此一絕大的矛盾，除了故留破綻，以供後人深思以外，無可解釋。

鯫生瓠落百無成，敢並時賢較重輕？
元祐黨家慚陸子，西京群盜愴王生。

此為陳寅恪自敘。首兩句自謙不敢與梁、王比肩；三句用陸銑父子故事，見《宋史》卷三百十二。陸銑知成都，力言青苗法不可行；乃熙寧末，其子師閔在川榷茶，增額置場，賤取貴出，秦蜀之人稱之為「茶禍」，蘇轍曾著論謂有「六害」。以「元祐正人」看，陸師閔為其父不肖子。陳寅恪徵此典，意謂方以其父散原翁領袖詩壇的地位，則當此研究國學之任，不能無慚。

「王生」一名，載籍中可考者凡四人。以漢初當朝折辱廷尉張釋之的王生最有名。但其事毫不相干。疑此所謂「西京群盜」指鹿鍾麟的部下，則王生即王國維。陳寅恪讀詩創「今典」之說；鹿鍾麟逼宮，自是今典。

許我忘年為氣類，北海今知有劉備。
曾訪梅真拜地仙，更期韓偓符天意。

「許我」二語，極言與王國維相得。《後漢書・孔融傳》，融使太史慈求救於劉備，「備驚曰：『孔北海乃復知天下有劉備邪？』」陳寅恪久居國外，亦少述作，而王國維一見相許，故有此驚喜交集語。

「梅真」即梅福，字子真；昔人題梅福殿詩：「梅真羽化去，萬古是須臾」。其下「地仙」，亦即梅真，七字實只四字：「曾訪梅真」而已。

據《漢書・梅福傳》，福為南昌尉，知王莽必篡漢祚，棄妻子走九江，不知所終，相傳仙去。後有人見之於會稽，變姓名為吳市門卒。疑此梅真指散原翁。待續考。

「更期韓偓符天意」一語，最可玩味。韓冬郎的政事，為詩名所掩；唐昭宗西幸鳳翔，韓為翰林承旨，處決機密，深合帝意。後為朱全忠所逐，昭宗流涕，謂自此左右無人。徵此典而反用其意，則是希望王國維仍在溥儀左右。此希望自不必一定出之於溥儀之口；但達到此希望，必為溥儀所樂見，故云「符天意」。我以為這是陳寅恪的希望；因為唯有王國維在溥儀左右，纔能嘗試著去發揮屈原的主張。其說詳後。

回思寒夜話明昌，相對南冠泣數行。
猶有宣南溫夢寐，不堪灞上共興亡。

「明昌」為金章宗完顏璟的年號，章宗為顯宗嫡子，亦為宋徽宗的外孫，在位十九年，無子，中經廢帝五年，再由其兄珣繼任，是為宣宗，在位十年，傳子哀宗而亡。此一繼承系統，與同治以後相似，故知明昌指清穆宗。

「南冠」本指禁囚；衍伸為被羈異邦，不得回鄉的流人。陳、王皆無此厄，七字一無著落。「宣南」二字，自乾嘉以來，即成一專門名詞，涵義甚豐，大致提到「宣南」，就會聯想到論文談藝，詩酒流連的韻事。王國維「潛郎署」的那六七年生活閒適，為學猛進，是他一生中最好的一段日子。可惜好景不長，兩宮先後駕崩，溥儀即位；其時革命志士，風起雲湧，有類乎秦末的群雄並起，而溥儀則與子嬰無異。及至沛公陳兵灞上，大勢已去；此時而欲與秦共興亡，自所不堪。「猶有宣南溫夢寐，不堪灞上共興亡」，確能道出王國維在那六七年間樂與哀的心境，是好詩。

齊州禍亂何時已，今日吾儕皆苟活；
但就賢愚判生死，未應修短論優劣。

此四句為主旨所在，亦足以反映陳寅恪的國家民族觀念；更間接道出了王國維的死因。「齊州」非〈禹貢〉的齊州，老老實實指濟南，指山東。試檢傳記文學社出版的《民國大事日誌》，王國維自沉前數日的記事：

五月廿九日：國民政府外交部令上海公共租界臨時法庭、日本法庭審理華人控告日人案件，拒絕華官觀審，以後凡遇日人控告華人案件，亦宜拒絕日領觀審。又：日本出兵山東，上海領事發表出兵聲明書。

五月三十日：日使向顧維鈞、張作霖口頭通知日本出兵及其原因，顧、張表示反對。

五月卅一日：日軍二千餘人抵青島。

六月一日：國民政府外交部長伍朝樞電日本田中外相，抗議日本出兵山東，各地人民之反對日本出兵運動，漸趨積極。

六月二日：清華大學國學研究院教授王國維，自投頤和園昆明湖而卒。年五十一歲。（光緒三年十月二十九日生。）

按：陳寅恪的觀堂輓詞，於十七年四月，發表於《國學論叢》第一卷第三期（據何廣棪所編〈陳寅恪先生著述目錄編年〉），則此詩當作於是年二、三月間。其時先總統　蔣公，復起領導北伐，閻錫山、馮玉祥均表示服從指揮。一月底，國民革命軍已攻入山東境內；直魯聯軍則在濟南開軍事會議，雙方將沿津浦線在山東境內展開決定成敗的大戰，已是很明顯的事，故有「齊州禍亂何時歇」之嘆？言「禍」者不僅戰火所及，百姓有破家之禍；日本軍閥不願見中國統一，正以各種手段支持軍閥，製造分裂；陳寅恪在北方見聞較切，故不覺其言之痛。按：此詩發表不久，即有日本第二次出兵，在濟南所造成的「五三慘案」；以及六月四日張作霖被炸事件，於是此詩於是年七月，再刊於《學衡》第六十四期，其意何在，實可深思。

「今日吾儕皆苟活」，與王國維已死相對而言；太史公〈報任少卿書〉：「僕雖怯懦欲苟活，亦頗識去就之分矣！」則知「苟活」二字亦非輕下，別有言外之意。三、四兩語，言品與學，言品則不論死生，但論賢愚；賢則雖死猶生，愚則雖生猶死，承上句「苟活」而來。

言學則修未必優，短未必劣；王國維的著作，以量來說並不甚豐，但自有不朽者在。

風誼平生師友問，招魂哀憤滿人寰。

他年清史求忠蹟，一弔前朝萬壽山。

結句應與陳寅恪另一首輓王國維的七律煞尾：「贏得大清乾淨水，年年嗚咽哭靈均」並看。萬壽山、昆明湖為清朝的別苑，死於此即死社稷。先總統　蔣公自大陸撤守後，曾語左右，如臺灣不守，即死於臺灣，絕不出國。後撰〈軍人魂〉一文，引曾國藩死守祁門時所言：「去此一步，即無死所」。陳寅恪詩意類此。此不獨羅振玉之流，凡從溥儀託足於天津租界者，在陳寅恪看，皆不得謂之忠於清朝。

以上詮釋〈王觀堂先生輓詞〉既罷；復須徵引前述的一首七律。這首七律發表於十六年六月十六日出版的《學術》第六十期，可知是王國維死後數日間所作；當時保存了對此悲劇直接而單純的感觸，較之數月後所寫「輓詞」，撫事感時，加上許多寄託者，更能看出陳寅恪哀輓王國維的本意。這首七律是：

敢將私誼哭斯人，文化神州喪一身。
越甲未應公獨恥，湘纍寧與俗同塵？
吾儕所學關天意，並世相知妒道真。
贏得大清乾淨水，年年嗚咽哭靈均。

同時，陳寅恪並有一副輓聯：

十七年家國久魂消，猶餘賸水殘山，留與纍臣供一死；五千卷牙籤新手觸，待檢玄文奇字，謬承遺命倍傷神。

按：「纍臣」與「湘纍」原有別，而在此一詩一聯中則無別，纍臣即湘纍；湘纍指屈原。揚雄〈反離騷〉：「擬弔楚之湘纍」句下注：「諸不以罪死曰纍……屈原赴湘死，故曰湘纍。」我在釋〈輓詞〉時，曾特意提醒讀者，「竟作靈均息壤詞」句中，須注意「靈均」二字；茲更請讀者細看，兩詩一聯中，無不用屈原自沉之典，律詩中既用「湘纍」，又用「靈均」，一典重出，尤可見陳寅恪要強調的是王國維之死，與屈原之死，完全相同！死因同、死法亦同；死法之同，相信是經過王國維慎重選擇的，用意是在提醒世人，他的死因與屈原相同。陳寅恪一再提到「大清乾淨水」、「賸水殘山」、「萬壽山」，則不但赴水的死法，經過選擇，甚至選定萬壽山前昆明湖為畢命之地，亦非偶然。

屈原之死因何在？一言以蔽之，是為了反對楚懷王入秦。王國維的死因何在？亦不妨一言以蔽之，是為了反對溥儀去日本；而這正就是當時羅振玉在全力策動的賣國賣「主」的一大陰謀。

茲請以《溥儀自傳》證之。當時小朝廷中的派系，據溥儀的分析是：

起初把希望放在恢復優待條件方面，後來又退縮為維持原狀的，是以陳寶琛為首的一批「舊臣」，可以稱之為「還宮派」；把希望放在出洋以取得外國（主要是日本）援助上的，是以羅振玉為首，其中有遺老遺少，也有個別王公如溥偉之流，按當時的說法，可以稱之為「聯日」或「出洋」派；把希望放在聯絡、收買軍閥方面，即所謂「用武人」一派，這派人物頗複雜，有前清遺老，也有民國的政客，中心人物卻是我自己。後來又回到我身邊的鄭孝胥，起先並不屬於那一派，好像那一派的主張他都贊成過，也反對過，他更提出過任何一派不曾提過的如所謂「用客卿」（外國人）、「門戶開放」（同任何肯幫助復辟的國家勾結）等主張，因而也受過各派人的反對。當他後來一拿定了投靠日本這個主意，就戰勝了一切對手。他不但勝過了他們，而且連他的老對手、「聯日派」的老首領羅振玉，在這個階段的爭奪中又被他將多年經營來的成果，輕輕攫取到手。

鄭孝胥與羅振玉之間，鉤心鬥角，互為消長，曾有幾度翻覆；「北府」時期是鄭孝胥得勢，陳寶琛一派亦附和鄭派；其後鄭之失勢的原因，據溥儀說是如此：

鄭孝胥曾經拍過胸脯，說以他和段的關係，一定可以把優待條件恢復過來，段的親信幕僚曾毓雋、梁鴻志都是他的同鄉，王揖唐等人跟他半師半友，這些人從旁出力，更不在話下。後來段祺瑞許下的空口願不能兌現，使鄭孝胥大為狼狽。對鄭孝胥的微詞就在我耳邊出現了。從天津來的舊臣升允首先表示了對鄭的不滿，他向我說了不少鄭孝胥「清談誤國」、「妄談誑上」、「心懷叵測」、「一手遮天」之類的話。當時我並不知道，在前一個回合中失敗的羅振玉，和這些反鄭的議論，有什麼關係。經過升允這位先朝老臣的宣傳，我對鄭孝胥是冷淡下來了，而對羅振玉增加了好感。

升允字吉甫，蒙古鑲黃旗人；清末由陝撫洊升甘督，在旗人中有鯁直之譽。宣統年間以與攝政王載灃相忤而罷官；辛亥以後，遁居大連，與小恭王溥偉同為宗社黨主要分子，因而結姻，為溥心畬的岳父。宗社黨的領袖，實為肅親王善耆，其後臺為川島浪速，與黑龍會有密切關係；乃「滿蒙分離策」的執行人。羅振玉為日本浪人所勾結，故與宗社黨亦極其接近，升允之助羅攻鄭，是無怪其然的。

鄭既失勢南歸，日本軍部激進派通過浪人的關係，指使羅振玉力勸溥儀移居天津日租界；由民國十四年春天到十七年夏天，這三年多是羅振玉最「紅」的時候，賣國賣「主」的主要活動，也都發生在這時期。據溥儀回憶：

日軍司令部專門設了一個特務機關，長期做張園的工作，和這個機關有關係的，至少有羅振玉、謝介石、榮源這三個人。我的英文翻譯曾由這三個人帶到這個特務機關的一處秘密地方，這地方對外的名稱，叫做「三野公館」。

他是在那天我接見了加藤之後被他們帶去的。他的翻譯工作做完以後，被羅、謝、榮三人截住，打聽會談情況。羅振玉等人聽說加藤對我出行毫不熱心，立刻鼓譟起來。從他們的議論中，英文翻譯聽出了司令部方面有人對羅振玉他們表示的態度完全不同，是說好了要把我送到旅順去住的。為了向司令部方面的人匯報加藤的談話，羅振玉等三人把英文翻譯帶到「三野公館」去找那人，結果沒找到，而英文翻譯卻發現了這個秘密地方。以後他從榮源和別的方面探聽出，這是個有鴉片煙、女人、金錢的地方。

溥儀所說的加藤，為當時日本駐天津總領事。民國十六年下半年，溥儀曾邀他會面，商談赴旅順之事。為了鄭、羅兩派相爭甚烈，溥儀決定不用日文翻譯，自己找了個英文翻譯，因為加藤諳英語。在這次會談中，加藤對溥儀擬赴旅順的計畫，表現得非常冷淡；天津日軍司令部的特務部門與日本外交人員之間的矛盾，是連溥儀都很清楚地覺察到了。

何以有此矛盾？要回答這個問題，必須對北伐開始後，特別是民國十六年這一年的中日關係，作一個綜合的觀察。

在中國方面來說，國民革命軍打倒軍閥，統一全國，到了決定性的階段，在攘外必先安內的大原則下，國民政府避免與日本發生衝突；中日之間的一切問題，以通過外交途徑謀求解決為宗旨。

至於在北平開府的張作霖，所看重者兩事：第一、根本之地即東三省不可失；第二、共產勢力必須打倒。對日本仍舊一貫地採取虛與委蛇的態度。在這樣的情況下，日本政府並不感到中國方面情勢的發展，對其構成迫切的威脅，需要製造糾紛，以便打開一個新局面；因此，對溥儀毫無興趣，甚至不表歡迎。在田中內閣看，溥儀一到日本，增加其外交上的困難，猶其餘事；最須顧慮的是怕引起張作霖的猜忌，以為日本會支持溥儀回其「發祥之地」。日本政府此時正在向張作霖秘密下功夫，想在東北攫取一項極大的利益，必須很小心地避免任何足以刺激張作霖的行動。

據梁敬錞《九一八事變史述》記述，民國十六年下半年，日本政府密遣新任滿鐵總裁山本條太郎及張作霖的「密友兼顧問」町野武馬，向張作霖提出日本包辦滿蒙新五路的要求。適於此時，溥儀提出赴旅順的要求，無怪乎加藤報以冷漠了。

在日本軍部方面，就東京參謀本部來說，步調大致與內閣是一致的；關東軍則始終想收服張作霖，根本未曾考慮過利用溥儀。唯有在華駐屯軍中的特務部門，及黑龍會的浪人，對溥儀的興趣極大；但亦並未有何製造傀儡的計畫，因為這些人的力量，還不足以參與日本的政策與戰略。他們只是覺得以溥儀過去的地位，如果能把他控制在手裡，總有機會可以利用；同時手裡有了這麼一張「牌」，對內無論是對他們的政府，或者軍部，足以增加發言的力量。

總之，溥儀此時在日本人心目中的利用價值，遠不如九一八以後來得重要。這一點，鄭孝胥、陳寶琛都看得很清楚；既然不為人重，又何苦寄人籬下，自貶身分？所以他們一直反對溥儀去日本。這樣到了民國十六年，由於革命形勢的進展，日軍特務部門覺得局勢的變化，可能需要利用溥儀來對抗中國的某些方面，故而圖謀甚亟；同時溥儀害怕革命軍打到北方，會對他不利，亦有遷地為良的意向。這一來越發使羅振玉覺得是個可乘之機，出盡全力，煽動溥儀赴日。據溥儀自述：

民國十六年，我由於害怕北伐軍的逼近，一度接受羅振玉勸告，決定赴日。經過日本總領事的接洽；日本總領事館向國內請示，田中內閣表示了歡迎，並決定按對待君主之禮來接待我。據羅振玉說：日本軍部方面已準備用軍隊來保護我啟程。只是由於形勢的緩和，也由於陳寶琛、鄭孝胥的聯合勸阻，未能成行。

所謂「田中內閣表示了歡迎」云云，是溥儀妝點門面的話。事實真相是：

一、當溥儀初至天津時，「擬轉輪赴日，而東京只允以普通亡命客相待，遂不果行。」

二、「民國十六年溥儀欲自赴東三省，田中首相以宗社黨利用為辭。阻之。」

以上據梁著《九一八事變史述》引敘；原註三七、三八，記明此項資料，來自東京戰犯法庭的裁判記錄，其真實性是不容懷疑的。而且就情理而論，如果田中真願以君主之禮相待，不但鄭孝胥，相信連陳寶琛亦會贊成溥儀赴日，為什麼要「聯合勸阻」？

如上所述，羅振玉處心積慮，煽惑溥儀赴日一事，在民國十六年上半年，功敗垂成。而就在此時，王國維忽然自沉；陳寅恪強調其死，同於屈原；來自教育界的傳說，則王國維乃為羅振玉逼債而死。這些事實傳聞，加在一起，去其不可信者，如溥儀所敘，債務只一千餘元云云，則羅、王反目的真因，自然水落石出：羅振玉要做子蘭；王國維要做屈原！

這個結論經過多日思考，持之愈堅；因此，我覺得可以根據羅振玉的為人，以及其他證據，約略推斷出事實真相。

如眾所知，羅振玉最善於利用他人；而王國維從擔任清華教職以後，產生了一種新的利用價值。「南書房行走」是騙人的玩意；清華研究院的教授則已被公認為「教授的教授」，有其崇高的學術界地位與社會地位。在羅振玉看，尤其值得重視的是，王國維已與梁啟超比肩；梁啟超在政治上的地位，是真正的第一級，不但夠資格組閣，而且夠資格主張國是。現在王國維在學術上的地位，既已與之相並；則在政治上的地位縱或不如，至少他如果有什麼對時局的看法，報上都會登載。因此，倘或王國維能站在羅振玉這邊說話，就足以對抗鄭孝胥與陳寶琛的「聯合」，溥儀亦易於見聽。

我相信羅振玉必曾要求王國維予以助力；而王國維這一次決心不受利用，甚至反與鄭、陳「聯合勸阻」溥儀赴日。這樣，就必然觸怒了羅振玉，逼債不過打擊王國維的手段之一；還有更厲害的威脅是，假借一種「罪名」，用溥儀的名義「傳旨申飭」，或者宣布王國維為清朝的「叛臣」。此即所謂「趙孟能貴之，趙孟能賤之」！

王國維留給他第三子貞明的遺書，開頭四句是：「五十之年，只欠一死；經此世變，義無再辱。」此「再辱」二字，一直沒有圓滿的解釋；其實疑問不僅「再辱」，還有「經此世變」，究竟何指？以上下文的語氣，王國維認為他所經的「世變」即是一辱；如今將有類似的一辱，故謂之「再辱」。所以只要知道了他所經「世變」的一辱是什麼？即可推知何謂「再辱」？

這當然仍舊要從陳寅恪的詩句中去探求。他最初輓王國維的那首七律，頷聯是：「越甲未應公獨恥，湘纍寧與俗同塵？」越甲是個僻典，越是勾踐的越國；甲是甲胄。劉向《說苑》卷四〈立節〉篇：

越甲至齊，雍門子狄請死之，齊王曰：「鼓鐸之聲未聞，矢石未交，長兵未接，子何務死之？為人臣之禮邪？」雍門子狄對曰：「臣聞之，昔者王田於囿，左轂鳴，車右請死之，而王曰：『子何為死？』車右對曰：『為其鳴吾君也。』王曰：『左轂鳴者，工師之罪也，子何事之有焉？』車右曰：『臣不見工師之乘而見其鳴吾君也！』遂刎頸而死。知有之乎？」齊王曰：「有之。」雍門子狄曰：「今越甲至，其鳴吾君也豈左轂之下哉？車右可以死左轂，而臣獨不可以死越甲也？」遂引頸而死。是日越人引甲而退七十里，曰齊王有臣，均如雍門子狄，擬使越社稷不血食，遂引甲而歸。齊王葬雍門子狄以上卿之禮。

這個典故清清楚楚地說明了，陳寅恪詩中的「越甲」是指鹿鍾麟的部隊。「雍門」為齊國的北門；鹿鍾麒驅逐溥儀時，是在神武門及景山布防，更覺陳寅恪用典精切。

「越甲未應公獨恥」者，意味鹿鍾麟「逼宮」，君臣皆應引以為恥；不應該王國維一個人覺得受了辱，而效子狄之自殺。

王國維之所謂「世變」，亦即指「逼宮」一事而言，斷然無疑。為鹿鍾麟所逐既是一辱；則再一次被逐，便是再一次受辱。從這一點上去模擬情況，除了溥儀「降旨」以外，任何人都不能使王國維像屈原那樣成為「逐臣」。而溥儀不會無故「降旨」逐王國維，除非出於羅振玉的「奏請」。

以上假設，自信雖不中亦不遠矣！陳寅恪詩中所謂「並世相知妒道真」亦說得很明白。「並世相知」自指羅振玉；「妒道真」語出《漢書・劉歆傳》，「道真」即見道真切之謂。用於此處，指王國維反對溥儀赴日，故為羅振玉所妒。

以我的看法，陳寅恪輓王國維兩詩，這首七律比長歌好得多，「越甲未應公獨恥，湘纍寧與俗同塵？吾儕所學關天意，並世相知妒道真」兩聯，情文並至，寄託遙深，足盡王國維平生。而在第二年春天，忽然又有長歌相輓；推測其故有三。

一是王國維死後，「流俗恩怨榮辱委瑣齷齪之說」，始終不絕；而陳寅恪所要強調的「湘纍」、「靈均」，由於包含著許多不為外人所知的內幕，所以無法理解他為什麼動輒拿王國維比作屈原？因而作此以為說明。

二是警告羅振玉。自北伐之師再度出發，羅振玉在日本軍部特務組織的指使之下，活動溥儀赴日，更為積極，故在詩序中藉綱紀之說，微露端倪；如果羅振玉不知趣，則將有進一步的筆伐。但事實上這首詩也有替羅振玉解圍的作用。

三是對溥儀的諷勸。「君為李煜」，實在是高捧了溥儀。鹿鍾麟固非曹彬，溥儀更何可與李後主相提並論？陳寅恪所以比之為李煜者，以後主入宋，過的是「以淚洗面」的日子；而且不久即死於非命。勸溥儀以此為鑒，勿輕言赴日。當時中日關係極其複雜；而華北則為敏感地帶，或者溥儀赴日一事，不便明言，故出以諷勸。至於溥儀是否能夠領會，不得而知；但我相信他對王國維的真正的死因是知道的，只是不肯在自傳中承認，因為他畢竟做了楚懷王，愧對屈原。而在自傳中對羅振玉的深惡痛絕，則情見乎詞，而對王國維則不無悼惜，亦足見公道自在人心。

附記

自拙作見報後，前輩及朋友中，常有道及王、羅往事者。吾友莊練示以所作〈王國維與羅振玉〉一文（收入《涉史載筆》），對羅振玉竊據王國維的甲骨文研究成果，言之綦詳。其中最有趣的是，引錄了傅斯年在《殷虛書契考釋》一書中的親筆批語，稱羅振玉為「羅賊」或「上虞老賊」，茲轉引數條如下：

民國十六年夏，余晤陳寅恪於上海，為余言王死故甚詳。此書本王氏自作自寫，因受羅眥，遂畀之，託詞自比於張力臣（按，張力臣嘗為顧亭林抄寫《音學五書》）。蓋飾言也。後陳君為王作輓詞，再以此等事叩之，不發一言矣。

此書再版，盡刪附註頁數，不特不便，且實昧於此書著作之體。舉證孤懸，不登全語，立論多難覆核矣。意者此亦羅氏露馬腳處乎？十八年七月十四日。

今日又詢寅恪，此書王所得代價，寅恪云：王說，羅以四百元為贈。亟記之。十九年七月二十七日晚。

此文所論至允，不自嘗甘苦者不能如此明瞭也。羅振玉以四百元易此書，竟受真作者如此推崇而不慚，其品可知矣。孟真。十九年八月九日。

最後一條係跋王國維為此書所作的後序。其下又有數語：

彥堂近自旅順晤羅返云：與之談殷契文，彼頗有不瞭解之處，此可記之事也。

「彥堂」為董作賓；羅振玉在專家面前，自然無所遁形。不過傅斯年雖惡其人，持論卻頗公平，有一條說：

羅氏老賊於南北史兩唐書甚習，故考證碑志每有見地。若夫古文字學固懵然無知。王氏卒後，古器大出，羅竟擱筆，其偶輯大令尊，不逮初學，於是形態畢露。亦可笑也。

此外又有一書名《流沙墜簡》，為考證漢晉木簡的專著，據傅斯年在序文上批註：

此書亦王氏一人之作，而羅賊刊名者也。

總之，從王國維一死，羅振玉的學術研究亦就「消沉」了。此當是羅振玉在民國十七年年底，賣掉天津的房子，移居旅順，改以「從事建築」的原因之一。

「雙山」一手陳寅恪

陳寅恪先生生前在學術界的地位，乃「教授之教授」，已成定論；而當別論者，是他的詩。民國十六年端陽前兩日，王國維先生自沉於頤和園昆明湖，寅恪先生既作七律一首以輓；復為長歌當哭。這首梅村體的古風，一開頭便是「遺少」的口吻：「漢家之厄今十世，不見中興傷老至」，以下敘「依稀廿載憶光宣，猶是開元全盛年」，恭維張之洞「總持學部攬名流」，由繆荃孫、嚴復引出「海寧大隱潛郎署」的王國維（觀堂）；然後鋪敘光宣時事，觀堂東遊；為羅振玉引入「南齋」，以及自沉之故。我曾為之箋註，實寅恪深具苦心之作。

這首詩盛傳一時，主要的原因是，羅振玉以委瑣齷齪之故，逼死了他的兒女親家王觀堂，為清議所不容，乃竟有「名父之子」而又為名教授的陳寅恪作此一詩，並作長序，說觀堂「一死從容殉大倫」，而「大倫」者，即為《白虎通》所提出的「三綱六紀」。試想連溥儀都看不起的羅振玉，竟因此得解此圍，則對這首〈輓詞〉安能不大捧特捧？

有趣的是，寅恪先生晚年詩註：「昔年撰〈王觀堂先生輓詞〉，述清代光宣以來事，論者比之七字唱也。」此「論者」非他，即汪辟疆《光宣詩壇點將錄》冠首的「天魁星及時雨宋江——

陳三立」，寅恪先生的尊人散原老人。光宣詩壇魁首，又是以父論子，故嚴苛如此；而寅恪先生不諱此段掌故，且特為表而出之，自亦有悔其少作的意味在內。

我從十餘年前，得讀寅恪先生的《論再生緣》開始，即有不得一親風範之恨。五年前得讀九思出版社所印《陳寅恪先生全集》，受益真正不淺；今年春節，塊然獨處，讀寅恪先生《柳如是別傳》，幾於廢寢忘食，最大的收穫是，我的推翻孟心史先生的「定論」，考出董小宛即為祔葬清世祖的端敬皇后，竟獲寅恪先生「認同」；且指出錢牧齋〈病榻消寒雜詠〉四十六首之第三十七首「和老杜生長明妃一首」，以昭君擬董小宛的靈感，乃得自姜白石〈疏影〉詞：「昭君不慣胡沙遠，但暗憶江南江北。想佩環月下歸來，化作此花幽獨。」並引冒辟疆《影梅庵憶語》，說董小宛愛梅愛月為證；則連「影梅庵」的來歷亦有著落了。

《陳寅恪先生全集》附錄中收有「佚詩」若干首；又讀聯副吳詒用、梁錫華兩君談寅恪先生詩，痛惜此公「一生負氣成今日」。寅恪先生有遺少思想，是個不必為賢者諱的事實；他的高足楊聯陞，說他生前自謂「生為帝國之民，死作共產之鬼」，這明明是反對中華民國；但從民國三十六年起，即有悔意，證據便是〈憶松門別墅故居〉那首詩中的「一生負氣成今日」；及至三十九年陷匪以後，心情大改，至四十六年則以不得來臺為天長地久，綿綿之恨。而作《柳如是別傳》，極力寫錢牧齋的「復明運動」（《柳如是別傳》第三冊第五章，篇幅計三百七十頁之多），更具極深的寄託。茲就吳、梁兩君所談，說寅恪先生詩兩首。

第一首題作〈丙申六十七歲初度曉瑩置酒為壽賦此酬謝〉。此據吳文〈砍頭與刖足〉所引；

《柳如是別傳》中所載，則為「丙申五月六十七歲生日，曉瑩於市樓置酒，賦此奉謝」。自應以《柳傳》為準。但五月之五，疑誤排；因下一題為「丁酉陽曆七月三日六十八初度」，丁酉為民國四十六年，陽曆七月三日為陰曆六月初六。與寅恪先生中表而又為郎舅的俞大維先生亦說過：「寅恪先生，生於前清庚寅年六月」可證。

這首詩的異文，即為〈砍頭與刖足〉一文的主要內容，全詩如《柳傳》所載如下：

紅雲碧海映重樓，初度盲翁六七秋，
織素心情還置酒，然脂功狀可封侯。（時方撰錢柳因緣詩釋證）
平生所學惟餘骨，晚歲為詩笑亂頭。
幸得梅花同一笑，嶺南已是八年留。

原詩第二聯實為「平生所學惟埋骨，晚歲為詩欠砍頭。」傳抄時以「砍頭」字樣太刺激，故或以「口」代「砍」；則又嫌刺目，故改為「笑亂頭」。何謂「笑亂頭」？此為有意改成不通。

按：寅恪先生晚歲詩功已深，可說合「雙山」於一手，「雙山」者白香山、李義山。香山為表，取其老嫗都解，以詩代史，可以流傳久遠；義山為裡，則凡用典，皆具深意。首句「紅雲碧海」指出時地，而又在「重樓」置酒為壽，豈不美哉？然而曉瑩夫人是「織素心情」；織素一典有多種解釋，此則明明用張載詩：「織素縫衣獨苦辛」。如此心情之下，猶復摒擋置酒，故須賦詩「奉謝」。

「然脂」二字，在寅恪詩中不一見。「然脂暝寫，弄墨晨書」，語出徐陵〈玉臺新詠序〉，本意為晚間點燈作書，但此「暝寫」之「暝」，實為不欲人見之意；無疑地，寅恪先生自以為可能是在作「鐵函心史」，故每用「暝寫」之典。「可封侯」者，封「管城侯」；伉儷情深、戲謔之詞，隱苦志於詼諧，更見沉痛。

「平生所學惟埋骨」，意味在中共統治之下，斯文道喪，所學無可傳，則惟有隨身以沒。「埋骨」謂葬身是香山；而暗中有義山：「埋骨成灰恨未休」。埋骨二字，在寅恪先生詩中亦不一見。

結句「嶺南已是八年留」之「嶺南」，原作「炎方」。炎方見梅，意不可通，故用「十月先開嶺上梅」意以改。結句有「此身猶在堪驚」之意；應死不死，居然八年之留；則此八年之中的心情，亦就可想而知了。

寅恪先生另一首詩，亦是七律，且不說是何題目，只先談起句：

萬里重關莫問程，此生無分待他生。

如果我說這首詩的題目是「七夕」，懂詩的讀者必將斥之為胡說八道。千餘年來，七夕詩篇，不知凡幾，而各有寄託：如李義山每每強調鵲橋之功，因為在「牛李黨爭」中，他曾為令狐綯出過調停疏通之力。但凡所寄慨，不論是咫尺天涯也好，會少離多也好；鵲橋也罷，乞巧也罷，都不能脫離牛郎織女的故事；銀河盈盈一水，何來「萬里重關」？雙星相會，一年一度，怎說「此生無分」，然則，何以有此渺不相關的兩起句？後面自有解答，且先錄全詩，從第三句談起。

這首七律的題目是〈丁酉七夕〉；據梁文所錄如下：

萬里重關莫問程，此生無分待他生。
低垂粉頸言難盡，右袒香肩夢未成。
原與漢皇聊戲約，那堪唐殿便要盟。
天長地久綿綿恨，贏得臨邛說玉京。

這首詩一望而知有本事在內。第一聯很明顯地以失身於盜的薄命女子自況。司空圖馮燕詩：「唯將大義斷胸襟，粉頸初迴如切玉」，節烈佳人，凜然堅拒的神態如見；但既失身，「粉頸」便只有「低垂」了。少陵詩：「低垂氣不蘇」，此為「言難盡」三字之所本。

右袒典出《漢書・高后紀》：「（周）勃入軍門，行令軍中曰：『為呂氏右袒，為劉氏左袒。』軍皆左袒」。民國三十七年十二月，政府派專機，接出胡適之、梅月涵、陳寅恪諸先生，而寅恪復又入粵，不願隨政府一起行動，或者像那時大多數的學人那樣，到美國暫住，以俟大局稍定；這便是「右袒」。而右袒非壯士之鐵臂，為美人之「香肩」，則竟是自荐枕席！自荐又未能同夢，則成棄婦。此寅恪先生自道與中共始亂終棄，故有「低垂粉頸言難盡」的萬千委屈。

第二聯言始亂之由來。「曾與漢皇聊戲約」的漢皇指漢武。寅恪先生論詩之用典，有古典、今典之說，這句詩的古典是漢武生於七夕；今典則以毛澤東的沁園春而言，自是指毛。「曾與漢皇聊戲約」者，我原來的推測是，大致毛澤東要求寅恪先生加入共產黨，或者至少留在他的「地盤」中；寅恪姑妄許之，而亦有條件，不外政治民主之類。那知毛澤東居然得寸進尺，竟要他生死不離，如「七月七日長生殿」，唐明皇與楊玉環之夜半私盟。這即所謂「那堪唐殿便要盟」，著「那堪」二字便知寅恪先生早就自悔誤上賊船了。

最近看到大陸上有一篇追念寅恪先生的文章，證實了我的推測。據說毛澤東曾命周恩來向寅恪先生要求，無論如何要留在大陸，居住之處，由寅恪自擇。周恩來並建議在三處中選一處，一是北平、二是廣州、三是廬山。散原老人原在廬山有別墅；周恩來已派人修得煥然一新。又為他在廣州宿舍前面修了一條白石甬道，因為他已失明，有白色甬道的反光，行路較便。寅恪先生詩中常常懷念北平，但卻選擇了廣州，為什麼？為的是「銀河障水只盈盈」（清初丘石常句），一有機會，便可逃到香港。

現在要談起句了。「萬里重關」指政府所在地的臺灣；而在民國四十六年時，自知已不可逃出廣州，回歸臺灣。既然如此，就不必問程途遠近了。此脫胎義山詩：「斑騅祇繫垂楊岸，何處西安任好風」，既然駐馬不行，又管它好風吹向西南還是他處？

第二句亦用義山詩：「他生未卜此生休」，但彼此心情迴不相侔，「他生未卜此生休」為全然絕望之語；而「此生無分待他生」，則猶寄望於未來。此生雖作「共產之鬼」；他生則必為「民國之民」。寅恪先生的心事，至此大白！

現在，可以談結句了。既然此身絕無脫牢籠之望，則以身在之地視臺灣為人天永隔，因而接「唐殿」之後，順理成章地以〈長恨歌〉「天長地久有時盡，此恨綿綿無絕期」的兩句，約為一句；而「贏得臨邛說玉京」的「臨邛」，顯指「臨邛道士」；與玉谿詩中每以「臨邛」喻司馬相如未遇之時，毫不相干，「玉京」者仙人所居；「贏得臨邛說玉京」，即言〈長恨歌〉中「忽聞海上有仙山」一節。寅恪先生作〈長恨歌箋證〉，不證此節，以語涉荒唐，無可徵信；而此詩獨又徵此典者，明明指斥臨邛道士吹牛哄人。楊妃馬嵬之死，遺恨綿綿，而臨邛道士謂其仙家生活如何如何。大致去過大陸而回到居地，說大陸如何如何好的，包括金庸在內，都是「臨邛道士」之流。

就全詩的結構而論，起句奇峰突起，而又與以後六句若斷若續，始終處於最突出的位置，可知寅恪先生在這首詩中，特為要表達的正就是「萬里重關莫問程，此生無分待他生」。而所以說得如此決絕者，有一客觀因素上的絕大限制。民國四十六年的國防部長是俞大維先生，俞先生常常坐了T—三三噴射教練機到金門前線去視察；有一次我問俞先生說：「我知道部長是仿明朝本兵行邊的制度，親自到前線去部署指揮；但坐了教練機去，豈不太危險？而且似乎也沒有如此頻頻往還的必要。」他回答我說：「我也知道危險，但不能不常去。因為我要讓美國人有這麼一個印象：臺灣海峽是中華民國的內海。」試想，有了武曲星在臺灣，中共還能讓文曲星的寅恪先生也能回到臺灣？自然監視特嚴。

寅恪先生遺恨綿綿；而大陸上的學者專家懷有寅恪先生同樣希望的，一定也不會少。我想政府應該有一個能滿足他們希望的辦法拿出來。

〈金縷曲〉始末

吳漢槎名兆騫，世居江蘇吳江。明朝刑部尚書吳立齋的七世孫；崇禎十三年進士，永州府推官吳晉錫的第三子。長兄兆寬，字宏人；次兄兆夏，字聞夏；一弟名兆宜，字顯令。吳氏弟兄，都有文名，宏人、聞夏、漢槎被稱為「延陵三鳳」；其後顯令亦露頭角，人又比作「皇甫四君」。而才華最富，聲名最盛，則數漢槎；崇禎十七年，漢槎到他父親任所，時年十三歲，自金陵至湘陰，都有詩紀遊，如〈夜次京口〉：

高城樓堞倚天開，辰步鐘聲隔岸迴。
夜月迴臨江樹遠，春星遙動海潮來。
南徐士馬推雄略，北府風流憶賦才；
回首桓公高宴處，短簫橫笛倍堪哀！（《秋笳集》卷五）

第六首〈湘陰〉下，原注：

兄宏人曰：「金陵至湘陰六首，皆家弟紀遊舊作也。時年甫十三，而境地便已爾爾！才非康樂，而家有惠連；諷詠未周，為之三嘆。」

又有〈秋感八首〉，題下自注：「甲申九月在湘中作」。其時，思宗已經殉國，順治的「車駕」正入山海關；而江淮四鎮，建牙開府，報國無方，擾民有餘，所以詩中深致感慨，錄其最後三首：

遙傳陶侃駐江干，三戶兵戈血未乾！
甲帳紫貂多縱寇，牙門青犛半登壇；
嚴城落日征烽急，絕塞迎寒畫角殘。
共道楚軍工戰鬥，卻教鄢郢路常難。

千里平沙接大荒，襄中風物自蒼蒼。
漢江暮掩孤城白，戍鼓寒沉落照黃；
逐寇健兒驕玉馬，觀軍中貴擁銀鐺。
可憐高纛重圍裡，卻使君王策廟堂。

長沙寒倚洞庭波，翠幛丹楓雁幾過。
虞帝祠荒聞野哭，番君臺迥散夷歌；
關河向晚魚龍寂，亭障凌秋羽檄多。
牢落楚天征戰後，中原極目奈愁何！

這八首詩末，有吳漢槎至交計東（甫草）的評語：

計甫草曰：「此漢槎十三歲時作也。悲涼雄麗，便欲追步盛唐，用修青樓之句，元美寶刀之歌，安得獨秀千古？」

顯然的，漢槎的〈秋感八首〉，是仿杜甫的〈秋興〉八首；所以計甫草有「追步盛唐」的話。以一個十三歲少年的作品，與「詩聖」相比擬，足見漢槎的天才，以及如何為朋輩所推重？

清兵略定江南以後，約在順治五、六年間，明末結文社的風氣，漸又盛行。繼承了「復社」、「幾社」的系統，蘇州宋氏弟兄，崑山徐氏弟兄發起組織「滄浪會」，不久一分為二，化成「慎交」、「同聲」兩社，吳氏弟兄是慎交社的中堅。社友稱為「同學」，其中屬於《清史稿・文苑傳》的人物，有長洲汪琬，字苕文，學者稱「堯峰先生」；吳江計東，字甫草；長洲尤侗，字悔成，號西堂；吳江徐釚，字電發；吳江潘耒，字次耕；杭州陸圻，字麗京；無錫顧貞觀，字梁汾，號華峰，以及入閣拜相的徐乾學，徐元文兄弟和宋德宜等人。

結社的宗旨，名為「以文會友」，說穿了是在互通聲氣，獵取功名。清朝的科舉，鄉會試都是三年舉行一次，順治元年，規定：「子午卯酉年鄉試、壬戌丑未年會試」。鄉試在八月，會試在三月，所以稱為「秋闈」和「春闈」。頭一年秋天中了舉人，正好進京參加第二年春天的會試和殿試，中了進士，稱為「聯捷」；一個「十年窗下無人問」的窮秀才，這時候最起碼也可以做一個榜下即用，遇缺即補，號稱「老虎班」的知縣。

吳漢槎是順治十四年丁酉江南闈的舉人。以他的文名，不但聯捷，就是「鼎甲」，亦非意外；加以家計富饒，行裝華麗，所以這一趟進京的旅行，意氣飛揚，是可想而知的。

誰知道，此一去二十四年才得還鄉。當各省舉人「公車北上」時，一件蹂躪讀書人的大獄，正在發動之中，那就是清朝有名的「丁酉科場案」。

孟心史先生曾有專文，記丁酉「科場案」，前有引論：

專制國之用人，銓選與科舉等耳。古用鄉舉里選之法，最近文明；後漸成器械之事。凡汲引人才，從古無有以刀鋸斧鉞隨其後者！銓政縱極清平，能免賄賂，不能免人情；科舉亦然，士子之「行卷」，公卿之游揚，恆為躐取科第之先導，不足諱也。前明如程敏政、唐寅之事；沈同和、趙鳴陽之事，關節槍替，經人舉發，無過蹉跌而止。至清代乃興科場大獄，草菅人命，甚至弟兄叔姪，連科而同罪，罪有甚於大逆，無非重加其罔民之力，束縛而馳驟之，蓋始於丁酉之鄉闈矣！

「能免賄賂，不能免人情」之說，最為透澈。所謂「行卷」，是士子以平日所作詩文，送請名公鉅卿指教，藉邀賞識；然後乃有「公卿之游揚」，或一榜盡取名下士，稱為「通榜」。此在科舉創始的唐朝，即已如此。明末江南結文社的目的之一，就在投行卷，揚聲名，揣摩風氣，互相汲引，因而在通國的會試中，常占優勢，不免為人所妒恨。此為丁酉大獄，所以興起的主因之一。

丁酉獄蔓延幾及全國，以順天、江南兩省為鉅，次則河南，又次則山東、山西，共五闈。明時，江南與順天俱有國子監，俱為全國士子之所萃，非一省之關係而已也。清兵下江南，雖已改應天府為江寧，廢去南雍，然士子耳目，尚以順天、江南為觀瞻所係；是年科場大獄，即以此兩闈為最慘。同時並舉，以聳動迷信科舉之漢兒，用意至為明顯。（《心史叢刊》一集，〈科場案〉）

又《清史・選舉志》三：

初制，順天、江南正副主考，浙江、江西、湖廣、福建正主考，差翰林官八員；他省用給事中、光祿寺少卿……。

順天、江南的副主考亦用翰林，可見順天、江南兩闈的特受重視。而南闈得人之盛，往往又過於北闈，其原因之一是，清初的「江南省」包括以後的江蘇、安徽兩省，都是人文薈萃之區。既然要興大獄立威，「聳動漢兒」，則「南闈之荼毒，又倍蓰於北闈」（孟心史先生語），是勢所必然的。

北闈案除《清史稿》及《東華錄》所載以外，記述最詳盡的，莫如收入《恨史》的〈丁酉北闈大獄記略〉，作者自署「信天翁」，大概是此案中倖免毒手的舉人。據信天翁的記載，順治十四年十月，參奏北闈考官舞弊的是給事中任克溥；奏上，交吏部及都察院嚴訊得實，「立斬」房考官及有關官員五人，新舉人兩名。其餘涉嫌「賄買關節、紊亂科場」的新舉人廿五名，交刑部察訊。十五年四月結案。據刑部原奏，「應立斬，家業籍沒，妻子父母兄弟流徙尚陽堡」者八名；「應立斬，家業籍沒」者十一名；「應立絞」者五名；「應絞，監候秋後處決」者一名。奉旨：「多犯一時處死，於心不忍，但從寬免死，加責四十板，流徙尚陽堡」。

總計北闈大獄，立斬七人，充軍二十五人。立斬的七人，同時抄家、父母兄弟妻子充軍。而此受刑的三十二人，「多為南士」。

南闈大獄，亦起於給事中的參奏，此給事中名陰應節，山西洪洞縣人，順治三年三甲第二百八十三名進士。

順治十四年十一月壬戌，給事中陰應節參奏：「江南主考方猷等，弊竇多端，物議沸騰，其影著者，如取中之方章鉞，係少詹事方拱乾第五子，玄成、亨咸、膏茂之弟，與猷聯宗有素，乘機滋弊，冒濫賢書，請皇上立賜提究嚴訊。」得旨：「據奏南闈情弊多端，物議沸騰。方猷等經朕面諭，尚敢如此，殊屬可惡！方猷、錢開宗並同考試官，俱著革職；並中式舉人方章鉞，刑部差員役速拿來京，嚴行詳審。本內所奏事情及闈中一切弊竇，著郎廷佐速行嚴查明白，將人犯拿解刑部。」方拱乾著「明白回奏」。十二月乙亥，少詹事方拱乾回奏：「臣籍江南，與主考官方猷，從未同宗。故臣子章鉞不在迴避之例。有丁亥、午丑、甲什三科齒錄可據。」下所司查議。

陰應節的彈章，目標在方拱乾，這從行文的語氣中可以看得出來；如果所抨擊的是方、錢兩主考，則所謂「物議沸騰」，確有根據：

南場發榜後，眾大譁。好事者為詩、為文、為傳奇雜劇，極其醜詆。兩座師撤棘歸里，道過毗陵、金閶，士子隨舟唾罵，至欲投磚擲甓。（婁東無名氏《研堂見聞雜記》）

陰應節如果是在糾彈方猷、錢開宗兩主考，則何不據此入奏，豈不比方猷與方拱乾的「聯宗有素，乘機滋弊」的游詞來得有力？而陰應節所以借題發揮，彈彼「方」而攻此「方」的原因，則要從清初的黨爭中去研究，才能獲知真相，這裡無須贅述。

南北兩闈案發，中式的新科舉人，概行覆試，北闈覆試在順治十五年正月間，取中的米漢雯等一百八十二名，還趕得上參加會試。「江南新科舉人」，則因覆試之期未定，禮部奏准「停止會試」，同樣的一案，南北不同的待遇，這在一開始就已顯出來了。

南闈覆試的實況，據諸家筆記的記載：

> 凡南北中式者，悉御試闈臺，題即為「瀛臺賦」。是時每舉人一名，命護軍二員，持刀夾兩旁，與試者悉惴惴其慄，幾不能下筆。（王應奎《柳南隨筆》）

> 殿廷覆試之日，不完卷者鋃鐺下獄。吳漢槎兆騫，本知名士，戰慄不能握筆。（戴璐《石鼓齋雜錄》）

> 覆試之日，堂上命二書、一賦、一詩，試官羅列偵視；堂下列武士，鋃鐺而外，黃銅之夾棍、腰市之刀，悉森布焉，未刻繳卷，諸生文皆如格。……惟有據者充發教人，世皆以吳槎漢兆騫為可惜云。（李延年《鶴徵錄》）

以上三家所記，都由傳聞而來，不免錯誤。孟心史先生的考據，向以引證淵博，論斷精確著名，但根據上引三段筆記，以為「觀此乃知吳兆騫等所以曳白之故」，卻是失考不實。

實際上，吳漢槎並未參加瀛臺覆試。不僅吳漢槎，凡是根據江南總督郎廷佐的「採訪」，認為「顯有情弊者八人」，都未能參加覆試，因為覆試是為無弊者而設，既然「顯有情弊」，並且「即於京師就緝」，自然也就被剝奪了參加覆試的資格。《清史・方玄成傳》，記南闈覆試的結果，在「方城等十四名文理不通，革去舉人」之後接書：「方章鉞等九名不與焉」（按：其中一名在逃，連同「就緝」的八人，共為九名）。這是很正確的史筆，既未參加覆試，自無所謂「文理不通，革去舉人」，所以說「不與焉」。也因為如此，吳漢槎在《秋笳集》中，有與「同年」共遊的詩題，依然以舉人自居。

還有一個直接的證據，可以證明吳漢槎未能參加覆試。按：順治十五年三月朔為戊戌，覆試日期為庚戌，以干支推算，即三月十三日；而四天以前，吳漢槎已經被捕，身在獄中，何得參與瀛臺御試？吳兆騫的詩集，名為《秋笳集》，第四卷定名為「西曹雜詩」。唐朝的制度，尚書省東面為吏、戶、禮三部；西面為兵、刑、工三部，所以此「西曹」是指刑部而言。

吳漢槎「浮繫西曹」將近一年，其間所作的詩，輯為一卷，以〈戊戌三月九日自禮部被逮赴刑部口占二律〉開始，原詩如下：

> 倉黃荷索出春官，撲面風沙掩淚看。
> 自許文章堪報主，那知羅網已摧肝？
> 冤如精衛悲難盡，哀比鵑啼血未乾。
> 若道叩心天變色，應教六月見霜寒。

庭樹蕭蕭暮景昏，那堪縲絏赴圜門！
銜冤已分關三木，無罪何人叫九閽？
腸斷難收廣武哭，心酸空訴鵑亭魂。
應知聖澤如天大，白日還能炤覆盆。

說「倉黃」、「那知」、「那堪」，都見得事起突然。猜想吳漢槎三月初九到禮部，必是因覆試期近，特去報到。在他自己問心無愧，以為一定在覆試的名單之列；那知道郎廷佐已採訪得「顯有情弊」的八人，「上之於朝」，於是報到之舉，變成自投羅網。至於郎廷佐如何將吳漢槎列入黑名單，以及所謂「顯有情弊」的具體事實何在？完全不明。則吳漢槎是為人所誣陷，殆可斷定。

「西曹雜詩」第二題：

四月四日就訊刑部江南司命題限韻立成
自嘆無辜繫鵁鶄，丹心欲訴淚先流。
才名夙昔高江左，謠諑於今泣楚囚。
闕下鳴雞應痛哭，市中成虎自堪愁。
聖朝雨露知無限，願使冤人遂首邱。

審訊時「命題限韻立成」，自然是一種考驗。這首詩，並不算好，但無論如何可以及格。有此捷才，如能參加覆試，絕無曳白之理；這樣，吳漢槎的中式，到底是賄買關節而來，還是憑仗真才實學，不難水落石出。無奈在專制的淫威之下，他得不到這樣一個容他洗刷清白的機會，這是最大的一種冤屈。

但吳漢槎的命運，還不是太壞的。世人祇知他平生的知遇是顧貞觀，卻不知還有一個安珠護，也就是清史有傳的安珠瑚，姓辰爾佳，滿洲正黃旗人，入關從征江南，在揚州曾親見史可法騎驢至清營「辦一死」（見王士禎《池北偶談》）。科場案起，正任刑部江南司郎中，為主辦江南闈情弊的「司官」，一意憐才，心存迴護，「命題限韻」的用意，據吳漢槎「西曹雜詩」中，〈秋夜寄甫草〉詩下自註：「余部訊詩，七月廿六日已呈御覽」；可知是設法為他開脫。此後安珠瑚與吳漢槎還有一番遇合，以後將會談到。

南闈案結於十一月間，慘酷遠過於北闈。據《東華錄》：

> 十一月辛酉，刑部審實江南鄉試作弊一案，主考方猷擬斬，副主考錢開宗擬絞，同考官葉楚槐等（按：共十七人）擬責遣尚陽堡，舉人方章鉞等俱革去舉人。得旨：「方猷，錢開宗差出典試，經朕面諭，務令簡拔真才，嚴絕弊竇，輒敢違朕面諭，納賄作弊，大為可惡，如此背旨之人若不重加懲治，何以警戒將來？方猷、錢開宗，俱著即正法，妻子家產籍沒入官。葉楚槐（等十七人），俱著即處絞，妻子家產籍沒入官。已死盧鑄鼎，妻子家產亦籍沒

入官。方章鉞、張明薦、伍成禮、姚其章、吳蘭友、莊允堡、吳兆騫、錢威，俱著責四十板，家產籍沒入官，父母兄弟妻子，併流徙寧古塔。程度淵在逃，著令總督郎廷佐、亢得時（按：亢得時為漕運總督）等，速行嚴緝獲解，如不緝獲，伊等受賄作弊是實，爾部承問此案，徇庇遲至經年，且對此重情問擬甚輕，是何意見？作速回奏。餘如議。

北闈弊案，因為證據確鑿，結得極快，而南闈「遲至經年」結案，正見得是個冤獄。吳漢槎的被牽連在內，照我的推測，可能因為他年少多才，過於輕狂得罪了人的緣故；據野史記載：他在塾中時，曾以同學的帽子作溺器，塾師責問，他還大發狂言，說「居俗人頭，何如盛溺？」又陳去病《五石脂》記：

當慎交社極盛之際，苕文嘗來吳江。一日，漢槎與之出東郭門，徘徊垂虹橋，忽顧視苕文，引袁淑對謝莊語曰：「江東無我，卿當獨步。」其放誕如此。

按：苕文指汪琬，清初古文名家，學者稱「堯峰先生」。汪苕文也是一個自視極高，脾氣極壞的人，聽了吳漢槎的這種目空一切的話，心裡自然不會舒服。當然，這不是說把吳漢槎牽涉在科場案裡，是汪苕文的誣陷報復。不過由吳漢槎的出言狂妄、動輒開罪於人，可知他的賈禍，實非偶然。

他被拘禁在刑部約一年，但並非入獄，祇是住在戶部「火房」，內部行動是自由的，所以自稱「浮繫」。在一起的有方拱乾父子，陳之遴父子等，他們雖在難中，還是劇讀夜飲，詩酒往還，不失文人閒居的生活情趣。據「西曹雜詩」所見的詩題，略考其人如下：

(1)〈冬夜同諸子飲方坦庵先生齋即席賦呈〉。

(2)〈夜同子長過方婁岡學士賦贈〉。

按：方坦庵即方拱乾，婁岡是他的長子玄成；其時任內宏文院侍讀學士，為順治帝最寵信的文學傳從之臣，「嘗呼婁岡而不名」；所以順治帝對他們一家相當熟悉。據說方拱乾以「文頭武腳」作為他替兒子命名的原則，玄成、亨咸、膏茂、章鉞。順治帝知道了這一點，曾開玩笑說：嗚呼哀哉的「哀哉」，不也是「文頭武腳？」當時相傳，「咸謂為方氏昆季不吉之兆」，真個不幸而言中了。當時方氏全家被戍；康熙登極，方拱乾及玄成、亨咸、膏茂被赦還。方拱乾入關後改字「甦庵」，作《寧古塔志》。方玄成又字孝標，死後還被牽連在《南山集》案的文字獄中，破棺剉屍，全家充軍至黑龍江；他的孫子式濟，每年徒步出關省親，寫了一部地理學上的名著：《龍沙紀略》。式濟的兒子，就是乾隆年間的直隸總督方觀承。

(3)〈送張繡虎南行和陳相國〉。

(4)〈戊戌除夕偕諸子集陳素庵先生齋即席同直方子長賦〉。

按：北闈案中有張繡虎，據信天翁《丁酉北闈大獄記略》，知是「杭州貢生」。但張繡虎應「流徙尚陽堡」，不知何以「南行」？其後，吳漢槎在寧古塔有〈贈張繡虎〉、〈與張繡虎飲〉，及〈冬至懷繡虎卻寄〉諸詩，似乎張繡虎先流寧古塔，又改徙他處。其詳情無法考查了。

「陳相國」即「陳素庵」，亦即詩文中常提到的「海昌相國」，「海昌」是浙江海寧的別稱，指大學士陳之遴而言。之遴受同官的排擠，正因「賄結內監吳良輔」的罪名，抄家，充軍尚陽堡；其時正在刑部待審。直方、子長是之遴的兒子，直方又是吳梅村的女婿，右眼失明，依照法律，原可贖罪，但不知如何，「竟與諸兄弟同遣」（見《吳梅村文集・亡女權厝志》）。子長則與吳漢槎交情最厚，《秋笳集》中有關陳子長的詩最多。

漢槎出關在順治十六年閏三月，「西曹雜詩」，即以〈閏三月朔日將赴遼左留別吳中諸故人〉一首長詩作結束，所謂：

萬重關塞行應遍，十載交遊見欲難！
從此家山等飛藿，滿眼黃雲橫大漠；
自傷亭伯遠投花，卻悔平原輕赴洛。
一向冰天逐雁臣，東風揮手淚沾巾，
祇因一片江南月，流照飄零塞北人。

生離同於死別，自覺此生已不作還家之想了。因為當時所知道的寧古塔，「在遼東極北，去京七八千里，其地重冰積雪，非復世界，中國人亦無至其地者」（見《研堂見聞雜記》），所以方拱乾在《寧古塔志》中有此感嘆：「寧古何地？無往理亦無還理。老夫既往而復還，豈非天哉！」而且，北闈案凡流尚陽堡，祇是本人遣戍；南闈案流寧古塔者，則父母兄弟，一併受罪，更為殘酷。令人所不解的是，吳漢槎又成例外，祇是一人就道。猜想起來，或者是上年四月四日就逮後，「命題限韻立成」一詩，達於御前的功效；以及另外有人為他斡旋的緣故。

吳漢槎自順治十六年遣戍，到康熙二十年贖罪入關，前後共二十三年，其間的生活和交遊情況，根據他和他的獨子桭臣的自述，並參考《秋笳集》和同時人的詩文記載，大致可以明白。丁酉科場案，獲罪的名士不一而足；但祇有吳漢槎最聳動聽聞，孟心史對此有所解釋：

> 其時為吳增重者，實緣梅村一詩，顧梁汾兩詞耳。梅村於科場案中，贈陸慶曾有詩，贈孫承恩及其弟暘亦有詩，顧皆不及〈悲歌贈吳季子〉一首，尤為絕唱。（《心史叢刊》一集，「科場案」。）

按：陸慶曾、孫暘是牽涉在北闈案中。陸慶曾號稱老名士；孫暘字赤崖，遣戍時，他的哥哥承恩恰又點了狀元，兄弟榮枯，一門哀樂，成為異常強烈的對比。《吳梅村詩集》卷七，七言古詩中有〈贈陸生〉一篇，為陸慶曾而作；〈吾谷行〉一篇，為孫氏弟兄而作，但都不及〈悲歌贈吳季子〉的激切沉痛，這是由於關係不同以及在「文字憂患始」這一點上，俯仰身世，感觸特深的緣故。錄吳詩全篇如下：

悲歌贈吳季子（自註：松陵人，字漢槎）

人生千里與萬里，黯然魂消別而已；君獨何為至於此？山非山兮水非水，生非生兮死非死！十三學經並學史，生在江南長紈綺；詞賦翩翩眾莫比。白璧青蠅見排詆，一朝束縛去，上書難自理。絕塞千山斷行李，送吏淚不止，流人復何倚？彼尚愁不歸，我行定已矣！八月龍沙雪花起，橐駝垂腰馬沒耳，白骨皚皚經戰壘，黑河無船渡者幾？前憂猛虎後蒼兕，土穴偷生若螻蟻；大魚如山不見尾，張鬐為風沫為雨；日月倒行入海底，白晝相逢半人鬼。噫嘻乎悲哉！生男聰明慎莫喜，倉頡夜哭良有以。憂患祇從讀書始；君不見，吳季子！

按：吳梅村一生以不能歸隱，保全名節為莫大恨事。順治十年被徵北上，受職國子監祭酒；一年以後，以丁憂回籍，但已是白璧有瑕了。上引「悲歌」結尾的幾句，別有寄託：而通首為吳漢槎鳴不平，以及鋪敘寧古塔其地的恢詭可怖，使人對身歷奇禍的吳漢槎，加重了同情，也加重了他的身價。至於漢槎對梅村，關係絕非泛泛，《秋笳集》中，有〈繭虎〉、〈鶱鶴〉、〈蟬猴〉七律三首，自註：「追和梅村夫子」；但除此以外，別無師弟往還的痕跡，是件頗可尋味的事。

吳漢槎先是隻身出關，過了兩年，他的妻子葛氏，相從於戍所，在寧古塔生了一個兒子，取名桭臣。康熙六十年，吳桭臣追思兒時，寫了一篇回憶錄，題名《寧古塔紀略》，照他的記載，寧古塔彷彿是個世外桃源：

有木城兩重，係康熙初年新築，去舊城六十餘里，內城周二里許，共有東、西、南三門，其北因有將軍衙署，故不設門。內城中惟容將軍扈從及守門兵丁，餘悉居外城：周八里，共四門，南門臨江，漢人各居東西兩門之外。余家在東門外，有茅屋數椽，庭院寬曠，周圍皆木牆，沿街留一柴門，近窗牖處但栽花樹，種地種瓜菜，家家如此，因無買處，必須自種。

寧古塔城西臨牡丹江，離西門三里，風景絕勝，石壁臨江，長十五里，高數千仞，古木蒼松，橫生倒插；白梨紅杏，參差掩映。石崖下遍開芍藥，一列秋深，楓葉萬樹，映得滿江都紅。此外還有荷花、玫瑰——野玫瑰，包圍了寧古塔城的東、北、西三面，五月間開花，一望無際，香聞數里。

牡丹江中，產魚極多，有一種形似「縮項鯿」，滿名「發祿」，滋味極美；吳振臣每到夏天傍晚，便去垂釣，無不滿載而歸。還有一種怪魚，上半身似蟹、下半身似蝦，長兩三寸，據說上祭太廟，必用此物。到了冬天，江水盡凍，冰厚至四、五尺；夜裡在冰上鑿一個穴，用燈火一照，頃刻間魚聚成群，用鐵叉揀大的叉好了。

寧古塔又盛產果蔬，有一種名「衣而哈目克」，形似小楊梅，但沒有核，風味絕勝。又有像橄欖的「烏綠栗」，像櫻桃的「歐栗子」，都是他處所沒有的。他處也有的松子、梨、山查，以及黃精、桔梗、五味子、麻姑、木耳、金針菜等等，既多且肥。至於人參，竟賤如桃李，吳振臣有記：

人參草木方梗，對節生葉，葉似秋海棠。六七月開小白花，八月結子似天竹子。生於深山草叢中，較他草高尺許。生者色白，蒸熟輒帶紅色，紅而明亮者，其精神足，為第一等。凡掘參之人，一日所得，至晚便蒸，次早曬於日中，曬乾後有大有小，有紅有白，並非以地之不同，總因力之足與不足也，故土人貴紅而賤白。蒸參之水，復以參梗，同煎收膏，膏味亦與參味同。人參子煎湯，難產者服之即生。

有趣的是，參在本地，功效不著。吳漢槎初到寧古塔時，以人參半斤煎湯，服下以後，反而腹瀉。但是吳桭臣卻又說：冬天吃了油膩再喝冷水，亦無泄瀉之患，所以遣戍到那裡的人，從不會水土不服。吳漢槎素來羸弱，到了寧古塔，日趨強健。這真是塞翁失馬，安知非福了。

按：寧古塔為金阿骨打起兵之處，建為「上京」，在離寧古塔一百里的沙嶺，還有宮殿遺蹟；又為滿清發祥之地，寧古塔城東三里有個村子，就叫「覺羅村」，因此，清初特設「寧古塔將軍」，為吉林和黑龍江的軍政最高長官，下設副都統兩人，其一駐「吉林烏拉」，就是現在的永吉。當時駐守寧古塔的大員，因為充軍到那裡的漢人，多為高級知識分子，可以幫他們治理地方，所以相當優待；尤其是在精神上，並不以罪犯而輕視，因此，吳漢槎在那裡，不但可以設館授徒，而且還結了詩社，社友中有位很有名的人物，就是明朝最後的一個兵部尚書張縉彥。

當然，遣戍的所謂「流人」，要納入組織，加以管理；這一組織，稱為「官莊」，每一莊十個人，一人為莊頭，九人為莊丁，不是種田，就是打圍燒炭。種田則五穀俱生，祇無稻米，四月播種，八月收穫，因為水土肥饒，從無歉收。燒炭則有伐不盡的原始森林，就地開窯，相當方便。打圍的情形，更令人神往，據吳振臣所記是如此：

四季常出獵打圍，有朝出暮歸者，有三兩日而歸者，謂之「打小圍」。秋間打「野雞圍」，仲冬「打大圍」，按八旗排陣而行，成圍時，無令不得擅射，二十餘日乃歸。所得者：虎、豹、豬、熊、獐、狐、麻、兔、野雞、雕羽等物。獵犬最猛，有能捉虎豹等。虎豹頗畏人，惟熊極猛，力能拔樹搊人。野雞最肥，油厚寸許；遼東野雞頗有名，然迥不及矣。

這是一般「流人」的生活，吳漢槎則因為寧古塔將軍巴海，延入幕府，辦理文書，兼為巴海的兩個兒子授讀，境況又自不同；其時當年作刑部江南司郎中，主辦南闈案的安珠護，已當到寧古塔副都統，一個憐才愛士，一個感於知遇，居然又在窮邊極荒的萬里之外聚首，這番奇異的遇合，越發增加了他們的情誼。以將軍的上客，又為副長官的故人，吳漢槎這段期間的生活，可以想像得到是相當寬裕痛快的。但是，人入中年，鄉思越重，吳漢槎最大的願望，是在入關還鄉。

這樣到了康熙十六年，入關的夢想，居然有了實現的希望。一線曙光，來自顧貞觀的兩首詞；未讀他這兩首喧騰人口的〈金縷曲〉以前，先要略為介紹顧貞觀其人：

《清史稿》列傳二百六十九：

（顧）貞觀，字梁汾，無錫人。康熙十一年舉人，官內閣中書。工詩，自定集僅五言三十餘篇，清微婉篤，上睎韋柳；而世特傳其詞，與（陳）維崧及朱彝尊稱「詞家三絕」。

顧梁汾亦字華峰。他的文集名為《積書巖集》；詩集名為《彝塘詩》；詞集名為《彈指詞》，共兩卷。

康熙十五年，顧貞觀做小京官，寄寓千佛寺，大風雪中，想念吳漢槎，以詞代柬，做了兩首〈金縷曲〉，原句如下：

季子平安否？便歸來生平萬事，那堪回首！行路悠悠誰慰藉？母老家貧子幼。記不起從前杯酒。魑魅擇人應見慣，料輸他覆雨翻雲手。水與雪，周旋久。淚痕莫滴牛衣透。數天涯依然骨肉，幾家能夠？比似紅顏多薄命，更不如今還有。只絕塞苦寒難受。廿載包胥承一諾，盼烏頭馬角終相救。置此札，君懷袖。（其一）

我亦飄零久！十年來深恩負盡，死生師友。宿昔齊名非忝竊，試看杜陵消瘦，曾不減夜郎僝僽。薄命衰辭知己別，問人生到此悽涼否？千萬恨，為兄剖。兄生辛未我丁丑，共些時冰霜摧折，早衰蒲柳。詞賦從今須少作，留取心魂相守。但願得河清人壽。歸日急翻行戍稿，把空名料理傳身後。言不盡，觀頓首。（其二）

在這兩首詞中，顧貞觀作了終必相救的許諾。一個小小的內閣中書，何敢發此宏願？其中有個緣因，顧貞觀是納蘭成德的至交，納蘭的父親明珠，當時是吏部尚書，正漸受康熙寵信。有了這一條門路，可知顧貞觀在詞中所說的「歸日急翻行成稿，把空名料理傳身後」，不是空言慰藉。

據顧貞觀的原註說，納蘭成德讀了這兩首詞，感動下淚，答應在十年以內，救吳漢槎回來，而顧貞觀則要求「以五載為期」。納蘭一諾，全力以赴，他有一首寄顧貞觀的〈金縷曲〉，題下自注：「時方為吳漢槎作歸計」，有「絕塞生還吳季子，算眼前此外皆閒事」的句子。果然，到了康熙二十年辛酉七月，五載之期，得成所願。吳振臣記其事如下：

每於三年後，將軍出示，無論滿漢，其未成丁者，到衙門比試，名曰「比棍」，以木二根，高五尺，上橫短木，立於將軍前，照冊點名，於木棍下走過，適如棍長者，即註冊披甲，派差食糧。辛酉之月，余比棍已合式，將派差矣，余父言於將軍乃止。是歲，烏喇將軍忽遣人邀余父，將以為書記，兼管筆帖式及驛站事務，即於九月中合家遷往烏詔，頗以為喜。會七月還鄉詔下，乃不果。

納蘭成德的詞及論詞

清太祖努爾哈赤崛起以前，遼河以西，松花江以東，原稱為「扈倫」，這一地區的女真族，分為四大部落：哈達、輝發、烏喇、葉赫。這就是清史著作中，常提到的「扈倫四部」。其中葉赫的祖先來自蒙古，姓土默特，入侵扈倫，滅「納喇」部，因而改以為姓[1]；以後遷至葉赫河畔，便以「葉赫」作為部落的名稱。

葉赫部中出過兩個名女人，一個是慈禧太后；另一個在滿清開國之際，以絕世之姿而為不祥之身；她就是葉赫部長楊吉砮的姪孫女兒，十五歲許配清太祖，後又悔婚，而哈達、輝發、烏喇三部酋長，則無不願獲此美人為妻，因此生出許多糾紛，造成了清太祖得以盡滅扈倫四部的機會。這個傾國傾城的美人，則始終留居葉赫，鬱鬱以終，得年三十四歲。明朝官書中稱她為「北關老女」——明朝把扈倫四部叫做「海西女真」，內附以後，各部都有指定的貢市，葉赫部在鎮北關，所以「北關」即成為它的代名；「北關老女」的怪稱呼，由此而來。

---

1 烏喇部也姓「納喇」，據說葉赫部是故意冒烏喇部的姓。為區別起見，葉赫部的姓，稱為「葉赫那拉」。

她有個姪孫，為清初三大詞人之一，康熙朝權相明珠的長子納蘭成德，又名性德[2]，字容若，自號楞伽山人。

納蘭即納喇，又作那拉，清初旗人姓名的漢譯，每每音同字異；同時習慣上祇用名，不用姓，但為了適應中國的傳統，以名氏的第一字代替姓氏，所以納蘭成德自稱「成生」，他的朋友則叫他成容若；他是葉赫部長楊吉砮的玄孫，生於順治十一年十二月，康熙十年，十七歲入太學；十一年壬子十八歲，中順天鄉試舉人——副主考就是顧炎武的外甥徐乾學。門生尊師重道，座師亦有心結納；以此淵源，徐乾學與明珠、納蘭父子發生了深厚的關係，為他一生富貴的由來。

康熙十二年癸丑會試，納蘭聯捷；但因病不能參加殿試，照規矩仍算落第。在此後三年中，納蘭受徐乾學的指導，學力大進。康熙十五年丙辰中二甲進士，年二十二歲，選授三等侍衛。清宮的侍衛，照例選上三旗優秀的子弟充任，但中了進士以後，又選授侍衛，是件不平常的事。其時明珠因贊成「撤藩」之議，得蒙重用，入閣拜相；而納蘭則「出入扈從，服勞為謹」，侍衛的等級，由三等升為二等，由二等升為一等；一等侍衛外放，不是「將軍」，就是「梅勒章京」（副都統），在八旗中，這都是典重兵的要職。

康熙年間的侍衛，尤其是「御前侍衛」和「乾清門侍衛」，不僅供奔走使令，也是皇帝親裁大政的私人助手，性質有如現代的「侍從室」編制；而侍衛的身分，則彷彿漢朝的「郎官」，他們是皇帝最親信的侍從和顧問，同時也是最親密的遊伴，而納蘭是其中尤其親密的一個。

在削平三藩之亂的前後十幾年，是滿清皇朝最發皇的時期，也是康熙本人的黃金時代——他在二十幾歲就很成熟了，又正精力充沛的年紀，所以在「御門聽政」和開經筵進講的常課之外，還不斷巡視各地，遠至「五臺、口外、盛京（瀋陽）、烏剌（吉林）；登東岳、幸闕里、省江南」，而納蘭無役不從。康熙二十一年春天，皇帝巡視關外，歸途中下了武力驅逐入侵黑龍江，以雅克薩為巢穴，騷擾邊境數十年的「羅剎」[3]；於是在這年秋天，特派副都統郎坦和朋春，到當地勘察形勢，同時派納蘭同行，作為他的私人觀察員。雅克薩城，在黑龍江極北，將達北緯五十二度，冬天氣溫可以降至攝氏零下三十度，則在交通極不便的當時，此行的艱苦可想而知。

這年冬天，雅克薩的任務，圓滿達成。從此，納蘭益見寵信；康熙三十四年三月十八萬壽，賜御筆唐朝賈至〈早朝大明宮〉七言律詩；四月間令賦乾清門應制詩、譯御製松賦[4]，莫不稱旨，於是外廷傳言，納蘭將獲大用；而他的父親明珠，正居大學士的首位，勢燄薰天，一時門第貴盛，無與倫比。

也許是所謂「盛極必衰」吧，不久，納蘭得了傷寒症，「七日不汗而死」。其時為康熙二十

2 據徐乾學所撰墓誌銘：「初名成德，後避東宮嫌名，改曰性德。」按：康熙的皇太子名允礽，此是避音諱，如《紅樓夢》所寫，林黛玉把她母親的名字「敏」唸成「密」，則索性改去成字，更為簡捷。但允礽既廢，便無避諱必要；所以同時稍後的人，都稱他「成容若」；由此而論，以稱他「成德」為宜。

3 清初稱俄國人為「羅剎」是（JRussia）J的音譯；但又有「洋鬼子」的意義在，所以成了個音義雙關的譯名。

4 這所謂「譯」，是由漢文譯成滿文；或由滿文譯成漢文。待考。

四年五月三十；享年才三十一歲，照虛齡算是三十二歲。

當納蘭得病時，康熙正往熱河避暑，據說：「命以疾增減報，日再三。疾亟，親處方藥賜之，未及進而歿，上為之震悼。」死後十日，傳來捷報，都統朋春率師征羅剎，直薄雅克薩城，羅剎頭目額里克舍請降。此役進軍方略，出於康熙親定；而得力於納蘭的勘察報告，因此，「上於行在，遣宮使拊其几筵，哭而告之」。納蘭於文學以外，還有這一段為國立功的勞績，恐怕不為一般詞客所知，應該加以表揚。

納蘭資質之美、品格之醇、情感之深，在中國文學史上，祇有如李白、蘇軾等極少數的幾個大文學家，可資比擬。徐乾學把他比做王羲之，但他沒有晉人獨善其身的傾向，更無恃才傲物的狂態。幾乎中國士大夫階層中，各種可愛的性格，都可以在他身上發現。

他自然是天才，「自幼聰敏，讀書一過目即不忘」[5]；而且「數歲即善騎射，自在環衛，益便習，發無不中。」又「閒以意製器，多巧倕所不能；於書畫評鑒最精」。書法「摹褚河南臨本禊帖，間出入於黃庭內景經。」由此看來，誠所謂多才多藝；而其絕詣，自然是詞。

納蘭在文學上的創作，有《飲水集詩詞》[6]，故詩百餘首，詞二百七十餘闋。其詩不如其詞，為人傳誦的，不過是〈四時無題十八首〉中的這一首：

綠槐蔭轉小闌干，八尺龍鬚玉簟寒。
自把紅窗開一扇，放他明月枕邊看。

時人評他的詩，說是「語近韓冬郎」：實際上他跟韓偓的距離並不近。

他的詞，有一句幾乎公認的評語：「南唐後主真派。」詞至北宋而大，南宋而精；南渡以後流派分明，蘇辛一派，姜張一派，陽剛陰柔，各擅其美。明朝因為八股文的束縛性靈，在傳統文學的園地中，是個歉收季，詞的一環更弱。但至明末，由於東林君子，提倡結社，砥礪氣節，扢揚風雅，在政治上雖被閹黨荼毒得慘不可言，而文風卻在短時期內，因為社會的愛好和尊重，得以復振；風流文采，冠絕一時。可惜，復振的文風，祇不過為像清聖祖這樣的命世英主，開一代的盛運而已。

清初詞人，以朱陳為宗匠，恰好各張一軍，分領姜張、蘇辛兩派。而在非楊即墨之外，能獨樹一幟，為朱彝尊、陳其年低首傾心的，祇有納蘭。他的詞超越兩宋，直承李煜，所以時人說他是「李後主轉世」。陳其年才大如海，《湖海樓詞》多至一千八百闋；朱彝尊的《曝書亭詞》，亦有六百餘闋，而《飲水詞》祇二百七十餘闋，且多為小令，但對朱陳來說，少許足敵多許。

「飲水詞哀感頑豔，得南唐二主之遺」，陳其年的評語，最簡潔精當。祇是納蘭本人，並不以為自己在追摹李氏父子，更不以為「得南唐二主之遺」為滿足。《飲水詞》中有一首論詞的古風，題目是〈填詞〉，可以看出他對詞的態度：

5　見徐乾學所撰納蘭墓誌銘。以下所引之小段，同此。

6　納蘭的詞，一向以為有「側帽」、「飲水」兩集；據徐撰墓誌銘：「所著側帽集，後更名飲水集者，皆詞也」，可知飲水詞就是側帽詞。

詩亡詞乃盛，比興此焉託？往往歡娛工，不如憂患作。冬郎一生極憔悴，判與三閭共醒醉；美人香草可憐春，鳳蠟紅巾無限恨。芒鞵心事杜陵知，祇今惟賞杜陵詩，古人且失風人旨，何怪俗眼輕填詞！詞源遠過詩律近，擬古樂府特加潤；不見句讀參差三百篇，已自換頭並轉韻！

由這首詩看，納蘭認為詞是三百篇之遺，不獨內容上，香草美人的風人之旨，並無二致，而且在形式上，句讀參差，換頭轉韻，亦復相同，然則詞的來源，比近體興起以後的詩律，遠得太多了。這一看法，未經人道，極新、極遠，但奇怪地，似乎沒有人就此作過深入的研究。

「冬郎一生極憔悴，判與三閭共醒醉」，把韓偓的豔體詩比做屈原的〈離騷〉，可以看作納蘭表示他的詞別有寄託。事實上也是如此，飲水詞中，除了悼亡、憶友、贈答、登臨懷古諸作以外，許多不加題目的小令，雖寫得纏綿宛轉，哀感頑豔，其實絕少「本事」在內，託體比興，直追「國風」，所以納蘭的詞與崇奉兩宋的詞人之詞，是不同的；而詞為三百篇之遺的說法，至少在他自己，理論與實際也是合一的。

任何文學作品，必為天才與學力的結合，必以情感為主要內容，而詩與詞，則甚至可以說：言情以外無他物，因此多愁善感，為詩人與詞人的特質。

納蘭是古往今來，最多情的人之一。當然，這一「情」字，絕不止於兒女私情，就廣義來說，即一「仁」字。納蘭忠君，孝親[7]，愛幼弟[8]，伉儷情深，都有事實可徵；而愛友憐才，特別顯示他的情深且大。納蘭所交遊的，多一時俊彥，陳其年、朱彝尊當然都是淥水亭上的常客；此外如嚴繩孫、秦松齡、姜宸英等等，多屬至契。朱、嚴、姜三人，是康熙十八年己未「博學鴻詞」制科取中的所謂「四布衣」[9]中的三個，品格甚高，文采甚豐，自然是納蘭想要傾心結交的。

他的第一個生死之交是顧貞觀。貞觀字梁汾，號華峰，詞集名《彈指詞》，彈指詞中最有名的，是寄吳兆騫的兩首〈金縷曲〉；兆騫字漢槎，以順治十四年丁酉科場案，充軍寧古塔；納蘭因為這兩首詞的感動，以救吳自任，寄顧梁汾的詞中自陳：「絕塞生還吳季子，算眼前此外皆閒事。知我者，梁汾耳！」以兩首詞的淵源，把營救一個素未謀面，不通音問的人，當作第一大事，這在旁人看來，自難索解；祇有知道他情深且大如顧梁汾者，才不以為怪，所以說，「知我者，梁汾耳！」到康熙二十年，吳兆騫果得生還；納蘭又把他延請到家，為其幼弟揆敘授讀。這

7 徐撰墓誌銘：「容若性至孝，太傅嘗偶恙，日侍左右，衣不解帶……太傅及夫人加餐，輒色喜以告所親。」

8 同前引：「友愛幼弟，弟或出必遣親近謙僕護之，反必往視，以為常。」按：此「幼弟」指揆敘。

9 康熙十八年己未舉博學鴻詞，不論已仕未仕，經大員保薦，都可應試。應試者五十人，取中一等二十名，二等三十名，參加纂修明史的工作，部議：「有官者各照原任官銜，其未仕進士、舉人，俱給以中書之銜，其貢、監生員布衣，俱給與翰林待詔。」議上，奉旨再議，分別授為內閣傳讀、傳講；翰林院編修、檢討、內閣中書等官。李因篤、姜宸英、嚴繩孫、朱彝尊，都當了翰林；原無官職科名，而在史局鋒頭甚健，時人稱為「四布衣」。

重公案，是清初文壇一大掌故；諸家文集中，記錄其事的，指不勝屈，但譽之為「高義」，實不如說他「情深」；佛祖捨身飼虎，亦無非情深而已。

因為情深，所以表現在《飲水詞》中的哀感，絕不是無病呻吟，也不是歌哭無端，而是天生一副熱心腸，為思婦怨，為寒士憐，為普天下窮途末路的人發愁；但又何能一一援手，盡得其所？於是發為歌詞，如顧梁汾所說的，「一種悽惋處，令人不能卒讀」。會得此意，才知吳綺序納蘭詞所謂「非慧男子，不能善愁；唯古詩人，乃可云怨」這十六個字，實在說得很好。

納蘭死後三年，他的父親明珠，因郭琇的參劾罷相。明珠貪黷，稱為滿洲世家中的第一豪富；他的住宅在什剎海北，納蘭有「淥水亭」招待賓客。到乾隆年間，他家仍然非常富厚；和珅起了覬覦之心，藉故傾害明珠的孫子成安，獲罪抄家，住宅賜皇十一子成親王永瑆，光緒初年成為醇親王新府。

明珠有三個兒子，納蘭居長，次子揆敘，字愷功，小於納蘭十歲；當過翰林院掌院學士，康熙末年曾擁立皇八子允禩；雍正即位，大修舊怨，揆敘被追奪原官、削謚，墓碑上改刻為「不忠不孝陰險柔佞揆敘之墓」。

納蘭本人曾經兩娶，元配是兩廣總督盧興祖的女兒，嫁後不久即去世，飲水詞中悼亡、追憶之作，纏綿悱惻，一往情深，可看出他們夫婦的感情。他有兩子一女，女兒後來嫁了年羹堯。

莫「碎」了「七寶樓臺」！
——為夢窗詞敬質在美國的葉嘉瑩女士

《純文學》月刊第十四、十五期，刊有葉嘉瑩女士的一篇文章，題目是：〈拆碎七寶樓臺——談夢窗詞之現代觀〉，葉女士原為臺大教授，現在美國哈佛大學教中國文學。據《純文學》的編者說：本文是「作者五十六年六月在百慕達中國文學會議上所宣讀的作品」。拜讀一過，掩卷深思，一方面佩服葉女士用功之勤，並頗欣賞其雄肆的文筆；但另一方面亦不免困惑。用譬方來說，我真不知她用一把歐美名牌的鑰匙，怎能開得中國描金箱子上的白銅鎖？

吳文英的《夢窗詞》，七百年來，愛憎各殊，議論不一；而常為人所引用的一句評語，出於張炎的《詞源》：「夢窗詞如七寶樓臺，眩人眼目；拆碎下來，不成片段。」葉文內容在為夢窗詞作一分析；所以題為「拆碎七寶樓臺」。至於副題「談夢窗詞之現代觀」，則是表明了她準備怎樣來拆？作者說：「我還有一個發現，就是夢窗詞之運筆修辭，竟然與一些現代文藝作品之所謂現代化的作風，頗有暗合之處，於是乃恍然有悟夢窗之所以不得古人之欣賞與了解者，乃是因其運筆修辭皆大有不合於古人之傳統的緣故。」因為如此，「在他（按：指夢窗）的詞作中，就表現了兩點特色，其一是他的敘述，往往使時間與空間為交錯之雜揉；其二是他的修辭往往但憑一己之感性所得，而不依循理性所慣見習知的方法。」這第二點「特色」，作者又「試簡稱之為感性的修辭」；準此，為行文便利計，那第一點「特色」，我試稱之為「時空交錯的敘述」。

為了支持她自己的看法，葉女士除整首夢窗詞的「釋例」以外，選舉了片段的例證，這些例證，同時也是在表揚夢窗；撮要而言，可分三點：

一、由於時空交錯的敘述，使人不易了解夢窗詞的章法，她說：「如夢窗之齊天樂登禹陵詞：『寂寥西窗坐久，故人慳會遇，同翦燈語，積蘚殘碑，零圭斷璧，重拂人間塵土』數句，如果僅從字面看，則地在西窗，何有殘碑？事為翦燈，何緣拂土？此種時間與空間之錯綜，亦非理性可以接受，然而乃竟由於此一錯綜之結合，而白晝登禹陵時所感到的三千年往事興亡悲慨，乃於深宵翦燈無語之際，而一一湧現燈前，且與故人今昔睽隔之人世無常的悲慨，渾然結合為一體了。」

二、夢窗的「下語太晦」，乃是他以「感性的修辭」自創「新辭」，「不合於理性上慣見習知的用法」。葉女士並舉「愁魚」、「花腥」等辭，以為夢窗「極富有創造力的銳敏感受，與豐富的聯想」。

三、葉女士又認為夢窗就算用僻典，亦不能說是大病，一個辭語，「用之可以有更恰當，或更豐美的涵義，那麼當然就可以用這一個辭語，而不必為了要適合世俗的讀者，而去削足適履，更換一個淺俗而狹隘的辭語來用。」至於夢窗的用典，「其中確有夢窗所特有的一種境界，也確有夢窗的一份自我的真實的感受。」

以上所撮敘的葉女士的見解，除第三點以外，一、二兩點我不敢說她站不住；我只能說：對於夢窗詞，我的看法，恰好跟她的「現代觀」相反。以我看，夢窗詞的敘述，在時間、空間，乃至人物、情況上，相當清晰，本未錯綜，此即彊村的所謂「脈絡井井」；夢窗詞的修辭，千錘百鍊，多出於理性的推敲，而不止於憑一時的感受，率爾下語，此即彊村的所謂「沉邃縝密」。（語見彊村叢書〈夢窗詞跋〉）

為眉目醒豁計，不妨就拿葉女士的「夢窗詞釋例」之一來展開討論，提出我的具體解釋，藉明彼此的歧異所在。

葉女士「釋例」之一，所舉的是一首〈齊天樂〉：

齊天樂　與馮深居登禹陵

三千年事殘鴉外！無言倦憑秋樹；逝水移川，高陵變谷，那識當時神禹？幽雲怪雨，翠蓱溼空梁，夜深飛去；雁起青天，數行書似舊藏處？　寂寥西窗坐久，故人慳會遇，同翦燈語：積蘚殘碑，零圭斷壁，重拂人間塵土。霜紅罷舞；漫山色青青，霧朝煙暮，岸鎖春船，畫旗喧賽鼓！

標點是我所加；由我的標點，便約略可以看出我的解釋。這首詞的不容易懂，在於有好幾個關於禹陵的冷僻典故，葉文中有明白的介紹，轉引如下：

(一)《越絕書》：「禹始也，憂民救水，到大越、上茅山，大會計。……更名茅山曰會稽。及其王也，巡狩大越，因病亡死，葬會稽，葦槨桐棺，穿壙七尺，……。」

(二)《四明圖經》：「鄞縣大梅山頂有梅木，伐為會稽禹廟之梁。張僧繇畫龍於其上，夜或風雨，飛入鏡湖與龍門，後人見梁上水淋漓，始駭異之，以鐵索鎖於柱。然今所存乃他木，猶絆以鐵索，存故事耳。」

(三)《大明一統志・紹興府志》：「石匱山，在府城東南一十五里，山形如匱。相傳禹治水畢，藏書於此。」

(四)《大明一統志》：「宋紹興間，(禹）廟前忽一夕光焰閃爍，即其處劚之，得古珪璧佩環藏於廟。然今所存，非其真矣。」

典故既明，可以來試作詳細解釋了。夢窗詞確是可以「拆」的，我把這首「齊天樂」，拆為七段：

(一)無言倦憑秋樹。
(二)三千年事殘鴉外！逝水移川，高陵變谷，那識當時神禹？
(三)幽雲怪雨，翠蓱溼空梁，夜深飛去。
(四)雁起青天，數行書似舊藏處？

(五)寂寥西窗坐久，故人慳會遇，同翦燈語。

(六)積蘚殘碑，零圭斷璧，重拂人間塵土。

(七)霜紅罷舞；漫山色青青，霧朝煙暮，岸鎖春船，畫旗喧賽鼓！

「三千年事殘鴉外」是起句，而我所以把第二句列為第一段，起句與三、四、五等三句併為第二段者，因為這是個倒裝的句法，與東坡的〈水調歌頭〉：「明月幾時有？把酒問青天；不知天上宮闕，今夕是何年」的句法相同。「明月幾時有？不知天上宮闕」云云，是東坡的「把酒」沉吟；「三千年事殘鴉外！逝水移川」云云，是夢窗「倦憑秋樹」的感想，所以這首紀事之詞的解釋，當從現場情況，由第二句開始。「無言」是個「匙孔」，找到這兩個字，自能解得上半闋說些什麼？

乘興來遊，何以「無言」？請為試想：好友久別重逢，既敘契闊，便當聯歡；同為雅人，不妨弔古，他們當然知道禹陵的許多靈蹟，也讀過陸游許多描寫鏡湖的詩，所以此行抱著甚大的期望，要瞻莊嚴的廟貌，更尋神奇的古蹟，而且山陰道上，美不勝收，因而也打算著攜酒看山，臨流覓句，要從詩酒流連中去印證至契交遊之樂，這才不負跋涉遠來的一番辛苦。

那知到了禹陵一看，荒涼不堪；斷碑破廟，落葉殘鴉，那裡是神禹埋骨之地？那裡是功成藏書之處？踏遍荒岡，一無所得；而又渴又倦，竟連找個歇腳的處所都不可得。乘興而來，所得如此，則唯面面相覷，苦笑互答而已。所謂「無言倦」三字，正如我們形容一個人遇到大拂意之時的沉默所常用的一句話：「連話都懶得說了！」而「倦」時所「憑」，但有「秋樹」，又可知不特無管陵的人，可為地主，並且附近也沒有什麼茶棚子堪以歇足；是又可知，這裡根本就是個沒有遊客的地方。

「無言倦憑秋樹」六字是寫實，不過手法經濟，造語平穩而已，並無大好處；好處是在倒裝的句法上。「無言倦憑秋樹」如改為平起仄收的七字，列為讚句，則何以「無言」，何以「倦」？是何處「秋樹」？摸不著頭腦，便毫無意義，讀者容易忽略；因此，用「三千年事殘鴉外」作起句，要以感嘆的音節，振起讀者的精神，而論語意，則又一望而知為弔古，「殘鴉外」三字雖簡，已約略托出一片荒涼；然後讀下句「無言倦憑秋樹」，自然浮現一個意興闌珊，憑樹小憩的倦遊者的形象。就章法來研究：有「三千年事殘鴉外」這一句破空而起的感嘆，則下文不妨閒閒領起，成一頓挫，以後篇幅寬裕，意思尚多，盡有從容展布的餘地；如果一開頭即用獅子搏兔之力，那就太小家子氣了。

口雖「無言」，心中不能無所思，第一句與三、四、五等三句，由「無言」而生，是相連接的一個完整的念頭。「三千年」是時間，「殘鴉外」是空間，然而時空並未交錯。「鴉」是「神鴉」的鴉，與結句的「鼓」為「社鼓」的鼓相呼應，所以「殘鴉外」所顯示的荒涼之地，是荒祠不是荒村古道，祠何以荒？這段感慨，夢窗要留到後面再發，依思維的法則，固當先在時間上，從大禹當年想到眼前，於是：「逝水移川，高陵變谷」，三千年滄桑，以極簡潔兩語概括；而自然而然歸結到此一問：「那識當年神禹？」著一「神」字，自有感嘆大禹神功，不為後人所知之意；但更當扣緊了說，意謂山川且改，何況禹王七尺埋骨之地，那還能識得？「那」者，「那裡」、

「那能」之意多；「那位」、「那個」之意少。

葉女士解釋這起頭的五句，引辛稼軒「題京口郡治塵表亭」的生查子：「悠悠百世功，矻矻當年苦，魚自入深淵，人自居平土。紅日又西沉，白浪長東去；不是望金山，我自思量禹」，以為「夢窗之所以望殘鴉而追懷三千年之往事」，與此正為同樣的感慨。這是在某一方面太恭維了夢窗。辛、吳二人，境遇不同，志業不侔，一樣作詞，兩樣心情，稼軒以詞作寄託，夢窗以詞作生涯，後者不能有此大感慨，亦不必有此大感慨。

葉女士詮釋這首詞，最離奇的一個錯誤，發生在第(三)段：「幽雲怪雨，翠蓱溼空梁，夜深飛去」上面。其實，只要明白「梅梁」的典故，就不難理解他這三句詞說的是什麼？推論夢窗當時的心境，史蹟既無可實地的印證，則但有馳騁想像，嚮往傳說，以慰思古之幽情；而此時目光所注，全在張僧繇畫於梅梁的那條龍上，「幽雲怪雨」從《四明圖經》上的「夜或風雨」四字而來，「雲從龍，風從虎」，所以易「風」為「雲」；而又必稱「幽雲怪雨」始能與這條龍的來蹤去跡的奇異神秘，以及風雨之夜的恐怖氣氛相配合。

「翠蓱溼空梁」的「蓱」，據《說文》，就是「萍」字。這一句在描寫「梅梁」這個傳說中最主要最有趣的部分：梅梁之龍鬥鏡湖之龍，湖中有綠色浮萍；梅梁之龍既沾鏡湖之水，必不能不帶水中之萍，這只要伸手到生萍的湖中去一試，就可知道；然則梁上既染鏡湖之水，自亦不能不黏鏡湖之萍。「翠蓱」，二字不僅緊扣一個「溼」字，表明其水漬的來由，而且在形象上遠比「水淋漓」來得鮮明，此正是描寫得合理簡潔而生動的好筆墨，不幸地，葉女士卻非夢窗知音。

葉女士的說法是這樣：雨師名叫「蓱翳」；《楚辭・天問》：「蓱號起雨」，所以雨師可簡稱為蓱，嫦娥為月中女神，而稱月為「素娥」，則稱雨自可曰「翠蓱」；何以著一「翠」字，正用以寫雨的幽怪。由此下一斷語：『翠蓱溼空梁』正《四明圖經》所云『梁上水淋漓』者也。而曰『空梁』者，則寫禹廟之荒冷寂寞也」。這就是說：「翠蓱溼空梁」這句詞，譯成口語，應該如此：「綠色的雨，打溼了荒冷寂寞的禹廟的屋梁。」

這解釋過於穿鑿：第一、月神可以代表月，雨師不能代表雨。因為月只有一個，月神嫦娥就在月中，二位一體；但雨師蓱翳，並無能化為億萬身，隱藏在每一個雨點之中的說法。第二、就算「蓱」可作雨解，「翠蓱」二字亦不成立。月色白，所以可稱「素娥」，綠色的雨，何嘗見過？自不能援「素娥」之例稱為「翠蓱」。第三、就算有綠色的雨，也只能溼廟上的瓦，不能溼廟內的梁。第四、就算由於一種特殊的原因，譬如禹廟失修，屋頂有洞，以致綠色的雨打溼了梅梁；無奈傳說中明白指出，梅梁有水，來自鏡湖，與雨何干？

僅憑以上四點簡單的推理，相信任何一個稍具邏輯觀念的人，都不可能接受葉女士的解釋。再從文藝創作原理來說，一共三句詞，十三個字，不但沒有閒筆墨去寫「雨的幽怪」；而且亦無必要去寫。三句詞中，字字寫龍，前後照應，相互鉤連；如著一「空」字，正寫「夜深飛去」，何嘗是「寫禹廟之荒冷寂寞」？且禹廟荒冷寂寞，又豈是一個「空」字寫得盡的？

第(四)段：「雁起青天，數行書似舊藏處？」依然是想像，不過這一想是觸景生情，由雁字聯想及於舊時藏書之地。葉女士釋此段：「遠古荒忽，傳聞悠邈，唯於青天雁起之處，想像其藏書之地耳。」又說：「知此景必為白晝而非黑夜所見，然後知前三句『夜深』云云者，全為作者懸想憑之言。」這都說得不錯，到此為止上半闋結束，葉女士的解釋，大致都還說得不算離譜。

我在前面說過，上半闋中，「無言」二字是個「匙孔」，下半闋的「匙孔」，在那個「語」字上。第(五)段：「寂寥西窗坐久，故人慳會遇，同翦燈語，」所語者何？當然，翦燭西窗，重逢話舊，談往事，談見聞，談近況，可談的太多了！但與本題有何關係？於此可知，所談者必就是「語」字下面的那些話，從「積蘚」起，一直到「賽鼓」為止，也就是第(六)(七)兩段。葉女士說：「若但觀此三句（按：即第(六)段）為故人翦燈夜話之內容，固亦原無不可」，這就差不多已找到了那個匙孔，但以她太相信自己手中的那把「洋鑰匙」——「時空交錯的敘述」，以致始終不能開開夢窗的那把「白銅鎖」。

先說「寂寥」，寂寥不同於寂寞，寥者寥落；冠蓋京華，斯人憔悴，所感到的是繁華中的寂寞，不是寂寥，此「西窗」不問是旅舍之窗，還是船窗，總之是客窗；主客二人以外，再有不過一兩個僮僕，所以形容以「寂寥」。若如葉文中所引杜甫〈贈衛八處士〉一詩，以下有「昔別君未婚，兒女忽成行；怡然敬父執，問我來何方？問答乃未已，驅兒羅酒漿，夜雨翦春韭，新炊間黃粱」的描寫，如此熱鬧溫暖，自不能謂為「寂寥西窗」。但西窗寂寥，不礙清談，而「故人慳會遇」，共此孤燈，亦不忍遽爾歸寢，所以「坐久」，坐久亦表示談得久；「同翦燈語」的「同」字，乃特別關顧及於馮深居——後面還要談到，暫且擱下。

「積蘚殘碑，零圭斷璧，重拂人間塵土」，第(六)段的三句是談話的內容，追憶日間的遊蹤。

夢窗於前半闋在現場，只抒想像，不寫實況者，因早有成算，要把材料用在此處，與結局的第(七)段作一冷熱的對比，就章法而言，可以看出夢窗的詞，刻意經營，全從學力中來。

「積蘚殘碑」是說廟外無遊客到，著一「積」字，見得久已棄置，無人訪尋；「零圭斷璧，重拂人間塵土」，是說廟內無人管，倘有人管理，則圭璧不當殘缺，更不當塵封。此浮積的塵土非當初從地下帶來，所以稱為「人間塵土」，而圭璧出土，早經拂拭潔淨，此日再拂，是為「重拂」。就事論事，固極其簡單明瞭；葉女士解說：「『塵土』而曰『人間』者，正以其並不但指物質上之塵土而已；同時乃兼指人事間之種種塵勞之汙染而言」，殊失本意。其實，這三句詞中，確有感慨，不過深藏未露，意在言外而已。按：夢窗此詞作於理宗淳祐五年乙巳，禹廟重修於光宗紹熙三年壬子，相去才五十五年；而會稽與臨安（杭州）不過一江之隔，地在近畿，亦竟失去照料，令其荒廢，足見朝政日非，禮樂不修。以不附權貴而又風雅好古，曾在儀真為了保全歐陽修的東園，寧願犧牲祿位的正直君子馮深居，當日「西窗」之下，必有許多議論；但在夢窗，既當避忌時諱，又無多餘筆墨來鋪排，於是錘鍊得此三語；此中以「重拂」兩字，最關緊要，「重」字緊扣「人間」，尤為感慨所寄。昔承周棄子先生指教，說宋詩最講究用副詞，看來宋詞亦然。

以上所釋共六段，十六句，占全詞四分之三有餘，上半闋以時間著眼，感慨於三千年滄桑，古蹟渺茫無憑！後半闋以空間著眼，感慨於禹陵為人所棄置，而綜此六段，除第(五)段是一引子，此外皆極言其荒涼；然則一路荒涼，伊於胡底？詩詞的章法，亦有起承轉合；這首詞到此為止，只有起與承，而且一以時間，一以空間，兩者平行發展，不相關聯，譬如相去甚遙的兩條河川，各自東流，將到盡頭，如何得以匯合而併流入海？這就是說，這首詞還有四分之一不到的篇幅，卻要「轉」要「合」，辦得到嗎？

且看夢窗的手段：「霜紅罷舞」，陡然一轉，在此「重拂人間塵土」的空間中，用時序輕輕攏住了前半闋；措詞精麗，形色並勝，且「罷」字以斷為連，逗出下文，情景與音節，兩皆頓挫，令人耳目一醒，非凝神等待下文不可。周濟所說的：「夢窗每於空際轉身，非具大神力不能」，正就是這些地方。

於是「漫山色青青，霧朝煙暮」，頓開一番新的境界。用「漫」字領起「山色青青」，便有時光迢遞之意，於此可知，「霜紅罷舞」不當死看作「秋盡」，乃表示深秋寒冬一種蕭瑟景象的結束；然後大地春回，山山皆青。詞只兩句，卻包括了秋、冬、春三季，以下如緊接敘事，則氣勢侷促，令人先有草草終場之感，不能把讀者的心境，由紅葉蕭蕭的暮秋，帶入青山隱隱的仲春，所以再描一筆：「霧朝煙暮」，寫秋景用「風露」等字，寫春景用「煙霧」等字，是作詞通例，「看足柳昏花瞑」是暗寫煙霧，「霧失樓臺」、「煙柳暗南浦」，是明點煙霧，繼「山色青青」而又「霧朝煙暮」，所謂「密處能疏」，見得不獨大地春回，且春光冉冉，已非一日，有此「朝暮」的時間過程感，便覺舒徐不迫，一掃心中暮秋蕭瑟荒涼的殘餘印象，然後可以完全進入春天的情境。

此又是一頓挫，白描而能沉鬱，最見功力。夢窗蓄勢到此，結句乃噴薄而出：「岸鎖春船，畫旗喧賽鼓！」至是，自然與人事的環境，全部改觀；予讀者的感受，既新鮮，且強烈。

葉女士說：「『霜紅罷舞』其變者也；『山色青青』其不變者也」，「霜紅有一朝罷舞之時，山色無改其青青之日，其情意之深廣，乃有包容千古興亡之悲，而又躍出於千古興亡之外之感」，說得太玄了，且「山色青青」，豈有「不變」之時？「高陵變谷」，方有滄桑之感；更無不變之意。而對於「霧朝煙暮」則不能作何詮釋。如此說詞，雖對夢窗為恭維，夢窗亦必不受。

中國的詩詞，「鍊字」是一大學問；所以說詞必不可輕放過每一個字，「岸鎖春船」的「鎖」，由「霧」與「煙」而來；而此「鎖」字又暗示「春船」中人的活動在岸上。在岸上作什？「祭神賽會」。情境一層逼一層，逼到最後，才展開「畫旗喧賽鼓」一幅好熱鬧的畫面，以前面十數句靜態的描寫，凸出這五個字所顯示的動態，是為「烘雲托月」的手法。而「霜紅」以下數句，沉鬱頓挫，一唱三嘆，真叫人忍不住唸了又唸；要這樣細細體味，方知夢窗鏤金刻玉的筆力，囫圇吞棗，又何嘗辨得夢窗詞是酸是鹹？

「祭神賽會」，葉女士倒是提到了的，不幸地，她等於是把祭孔與「大拜拜」混為一談了。她說：「此詞之『畫旗』、『賽鼓』必當指祀禹之『祭神賽會』」，此是未讀官吏〈禮志〉之過。祀禹的典禮，要從〈禮志〉的「吉禮」中去找；其中有一節「歷代帝王陵廟」，從三皇五帝到前朝賢君，祭典都差不多，牲用太牢，禮用三獻，春秋由所在地方官主祭，莊嚴肅穆的大典，何來簫鼓喧譁的賽會？

那麼這祭神賽會是什麼？是「社祭」。「社」的來源甚古，從周朝到明末，源流歷歷可考：

而以南宋為最盛。春秋兩祭，「春社」又重於「秋社」。唐詩中已有此詩題，宋詩宋詞中更多，如陸游有「社鼓」、「社酒」、「社肉」、「社飲」等詩。除地方組織的「鄉社」、「里社」以外，還有各行各業的社，每逢社日，有所「獻供」，是為賽會的濫觴。詩社的社，亦由此而來。這些只要翻一翻《東京夢華錄》和《夢粱錄》諸書，自知其詳。

言歸本題：「霜紅罷舞；漫山色青青，霧朝煙暮，岸鎖春船，畫旗喧賽鼓！」這一段的意思，簡單地說，就是這樣：不要看此刻如此荒涼，到了明年春天社祭，家家撐了船來，集中在這裡「拜拜」出會，熱鬧得很呢！話是這兩句，感慨何在要各人自己去體味。時序推移，情境變換，固可有此滄桑一感；但正神冷落，社公吃香，此亦是教育上的一感；官方的事忽冷忽熱，老百姓年年如此，此又是政治上的一感；大祭典沒有內容，只求形式，不比社祭有豐富的感情作內容，故而盛衰不同，此又何嘗不是文學上的一感？只是不管是何感慨，都從這首詞中所描寫的對比中產生；而對比的手法，亦並非「現代」始有。

寫到這裡，我請讀者回顧前文，想一想夢窗的這首〈齊天樂〉，是不是敘事抒感，「脈絡井井」？何嘗有時空交錯之處？至於「感性的修辭」，凡是文藝創作，莫不皆然；文藝本出於感情，若無「感性」，不能成物。但一時的「感性」，在詩詞必經反覆推敲，千錘百鍊，既欲求意境之深，又欲求音節之響，特別是兩宋的詞，可以即付樂工，被之管絃，又非諧律不可，如姜白石的〈慶宮春〉，自謂「過旬塗稿乃定」，可以想見其千百遍吟唱的情狀。是則詞的修辭，出於「感性」，成於理性，這不是很明白的事嗎？

文學的現代化，是我們所追求的目標，但所要做的工作是現代文學的創造，不是在文學遺產中貼上「現代」的標籤。世事無根之學，夢窗詞由清真而來，吳梅以為與「梅溪，白石，並為詞學之正宗，一脈真傳，特稍變其面目耳，猶之玉溪生之詩」云云，所謂「稍變其面目」，即指他好用僻典，用事下語，晦澀不可曉，如詩中玉溪。其實此是夢窗的苦心；歷來大家，文宗韓，詩宗杜，詞宗周，在遵循正宗以外，必皆有自己獨創而可為他人師法的特色；否則只可成為名家，不能稱為大家。其時在白石詞風籠罩之下，數十年間，可與抗衡的，還只有一個與白石同年而晚出的史梅溪；他的最好的詞，大多出於白描，除了那首有名的〈雙雙燕〉以外，常為人所稱道的片段如：

臨斷岸新綠生時，是落紅帶愁流處。（綺羅春）

山月隨人，翠蘋分破秋山影。釣船歸盡，橋外詩心。（點絳唇）

最難忘遮燈私語，澹月梨花，借夢來花邊廊廡，指春衫淚曾濺處。（解珮令）

如今但柳髮晞春，夜來和露梳月。（萬年歡）

這些為白石讚為「能融情景於一家，會句意於兩得」的好言語，都是不用典的白描。特別是上引〈萬年歡〉的結句，意象豐富而新穎，然而「意象」在中國文學的傳統中，原是有的。

因為如此，夢窗要想出人頭地，與白石、梅溪成鼎足之勢，就必須另闢蹊徑，除了吸收各家長處，做到吳梅所說的「運意深遠，用筆幽邃，練字鍊句，迥不猶人」之外，特以「綿麗為尚」。綿者綿密，麗者典麗；前者指章法言；而為他自己特別看重，可以構成其為獨一無二的特色的，尤在典麗，這就是朱彊村所說的，「縋幽抉潛，開徑自行」。只是運典不能不講究章法，否則就真的會弄得晦澀錯亂而無法瞭解，所以連帶標舉為「綿麗」。

以我看，夢窗詞可議論者，或在一「實」。欣賞他的，說他「飛沉起伏」，「實處皆空」（陳洵）；「有靈氣行乎其間」（吳梅）；「變美成之面貌，而鍊響於實」（陳銳）；不欣賞他的，就說他「澀」、「滯」了。平心而論，薛礪若在《宋詞通論》中所指出的，夢窗詞一首可分成若干個片段，「用典用事，彼此語意都不相連屬」，確為一病；像這首〈齊天樂〉，如我所分的七段，除(二)(三)(四)三段以外，其他四段，單獨來看，都與禹陵無關，而且這四個片段，每一個都可移用到別處，於此可得一領悟，所謂「拆碎下來，不成片段」，應是不知所云的意思。但這些片段組合在一起，卻又能構成完整的敘述與描寫，是則莫非真有「靈氣行乎其間」？當然，若有此一絲「靈氣」，亦非守吳梅「細心吟繹」之戒，不易捉摸，不能形容！

「無題」詩案

李義山之詩，我談過〈藥轉〉、「白日當天三月半」（無題四首之一）、〈錦瑟〉，當說〈錦瑟〉既竟，曾作過四首七律，請教周藥廬先生後，發表於中副；當時還集有義山詩一首：

浪笑榴花不及春，
不知原是此花身。
幽蘭泣露新香死，
錦瑟驚絃破夢頻。
那解將心憐孔翠，
枉緣書札損文鱗。
低樓小徑城南道，
苦海迷途去未因。

這首詩寫給朋友看，大多認為有「本事」在內；亦有人搖頭，道是「不知所云」。我說：「一點不錯。這是文字遊戲，看起來像李義山的無題詩而已。因此，我的題目只是『集玉谿一首』。」他說：「恭維你一句『羚羊掛角，無跡可尋。』」相與大笑。

但是李義山的無題詩，卻是每一首都有本事的。無題實是闕題，只為本事中牽涉到他與其小姨的熱戀，以及令狐門下有人進讒，故意將此一段戀情說成他與令狐綯的姬人有染，內幕複雜，心情更複雜；詩中所詠本事，既須隱晦，而寄託的感情，亦非一端，極難有適當的題目，可兼賅詩中之情、詩外之意，故皆從缺。李義山死前，困居長安永崇坊逆旅，既衰且病而貧，匆匆編次其詩得三卷，闕題者不得從容補製。因此，義山無題詩，有不同之事、不同之體而繫於一處者，如卷二「無題四首」，計「來是空言」七律兩首；「含情春畹晚」五律一首；「何處哀箏隨急管」七古一首。七古一首即我所說過的「白日當天三月半」；而七律兩首寫私情，卻又為不同時所作。

玉谿詩既非分類，亦非編年，因而更難索解。元遺山詩：「詩家總愛西崑好，獨恨無人作鄭箋。」對玉谿詩來說，我認為首要之事是根據他的家世、交遊、宦轍，計時先後，重新編訂；在整理工作上有了這樣一個基礎，才談得到進一步作箋釋。

義山與小姨私戀，發生在洛陽「崇讓宅」。王茂元先為其婿韓瞻構新居；李義山婚於王氏後，以洛陽崇讓坊的住宅相贈，而小姨依姊而居，義山夫婦居正屋、小姨住後樓。

解詩，要搞明白空間背景，是很要緊的事。李義山許多重要的詩，是在崇讓宅所作；因此了解崇讓宅的構造，成了求解玉谿詩的「鑰匙」之一。

首先，確定了李義山為崇讓宅的主人，則居正屋，所以「鬱金堂」、「莫愁堂」皆指雙樓之地。這是了解崇讓宅的構造的一個座標；由座標，四向觀察，大致如此：

一、堂後有樓，即「鬱金堂北」的「畫樓」。

二、畫樓之西，尚有兩座廳堂，最西面的是「桂堂」：「畫樓西畔桂堂東」，可知其間尚有一可供飲宴之屋。

三、畫樓之東有廁所：「鬱金堂北畫樓東」的東廁，即〈藥轉〉一詩所成之處。

四、樓前堂後有「一樹穠姿」的紫薇。「臨發崇讓宅紫薇」可證。

五、宅前有大小池塘，即所謂「芙蓉塘」。塘邊為竹林：〈七月二十九日崇讓宅宴作〉起句：「露如微霰下前池，風過迴堂萬竹悲」可證。

其中最要緊是「畫樓」，即其小姨的香閨，〈藥轉〉結句，「翠衾歸臥繡簾中」，即自畫樓來東廁，復由東廁回畫樓。此畫樓在義山無題詩中，以「蓬萊」為喻，而既云「蓬山此去無多路，青鳥殷勤為探看」，又言：「劉郎已恨蓬山遠，更隔蓬山一萬重」，矛盾非常明顯，此又何故？後文將有答案。茲就有關各詩，依序解說如後。原文刊於《中華日報》副刊，因係獨立成篇，發表的時間亦不同；行文語氣及稱謂，容或稍異，皆仍其舊，附筆聲明。

1 蓬山遠近

李商隱〈牡丹〉詩以後，有五首「無題」，皆為七律，專詠他與小姨的苦戀。這五首七律中，「相見時難」、「來是空言」、「鳳尾香羅」、「重幃深鎖」等四首，及「昨日」一律，是有連貫性的；「颯颯東風」則為事後聞知小姨變心的由來、追敘其事。

先看第一首：

相見時難別亦難，
東風無力百花殘，
春蠶到死絲方盡，
蠟炬成灰淚始乾；
曉鏡但愁雲鬢改，
夜吟應覺月光寒，
蓬山此去無多路，

青鳥殷勤為探看。

「蓬山」為蓬萊山的略稱，「海中之神山」，首即蓬萊。此處指小姨的香閨而言，也就是「畫樓」；與李商隱夫婦雙棲之處，只一庭之隔，所以說「蓬山此去無多路」。「青鳥」謂婢女。「青鳥殷勤為探看」，實際上就是遣婢去遞詩箋。這首詩並不好，第一聯自寫癡戀；第二聯推己及人，設想小姨亦當為情所苦而消滅。兩聯的上下句是同一意思，不無「合掌」之嫌。

起句「相見時難別亦難」，可知李商隱從長安回洛陽後，即為家人——主要的是他的妻子，將他與小姨隔離開來，防範甚密，此為「相見時難」：小姨將遠嫁，癡戀不捨，故謂之「別亦難」。第二句，「東風」自喻，「東風無力」則不能護花；就整句詩而言，謂好景不常。中兩聯見前所詮，不贅。

第二首是寫實：

來是空言去絕蹤，
月斜樓上五更鐘。
夢為遠別啼難喚，
書被催成墨未濃。

蠟照半籠金翡翠，
麝熏微度繡芙蓉。
劉郎已恨蓬山遠，
更隔蓬山一萬重。

此詩為自「莫愁堂」遙望「畫樓」所作。「來是空言」謂小姨爽約；「去絕蹤」則婢女竟無回話。第二句謂苦候至五更。第一聯補敘五更以前的情事，小姨爽約，遣一婢女來通知；其時李商隱正「夢為遠別」；且在夢中大哭，婢女相喚，而為哭聲所掩，一時不得被叫醒，故謂之「啼難喚」。既難面晤，則唯有託紙筆寄情愫；婢女相催甚急，匆匆寫成。信中有事須得回話，而竟如石沉大海，此即「去絕蹤」。

第二聯上句為遙望所見，下句為設想之詞。「金翡翠」指帷幕，語出《楚辭》：「翡帷翠帳」；籠者遮掩，謂燭光半為帷幕所遮，可知伊人未睡。「麝」為麝香；「熏」則熏籠；「繡芙蓉」謂褥子，語出杜詩：「褥隱繡芙蓉」。但此褥非鋪於床上，而是覆於熏籠中；熏籠中的麝香，為褥子所遮，香味不透，故云「微度」。設想閨中，熏籠斜倚，情懷抑鬱，恨不得面晤勸慰；於是而有結尾兩句。

先言「蓬山此去無多路」，此言「劉郎已恨蓬山遠」，相互矛盾，則以情勢心境不同之故；「更隔蓬山一萬重」之「隔」，顯然的，是人為的隔絕。

2 何事「碧文圓頂夜深縫」？

李義山癡戀妻妹所寫，題作「無題」的五首七律，前兩首「相見時難」、「來是空言」，已作解說。接續解說「鳳尾香羅」及「重幃深下」兩首。

這兩首詩是同一天作於深夜失眠時，先錄前一首：

鳳尾香羅薄幾重，
碧文圓頂夜深縫。
扇裁月魄羞難掩，
車走雷聲語未通；
曾是寂寥金燼暗，
斷無消息石榴紅！
斑騅祇繫垂楊岸，
何處西南任好風。

起兩句描寫縫一頂帳子，材料是「鳳尾香羅」，形式是「圓頂」，顏色花樣是碧色的波紋。「碧文」出元稹〈江梅〉詩：「梅含雞舌兼紅氣，江弄瓊花帶碧文。」元稹大於李義山三十七歲，故此「碧文」，襲用成語，亦算有典。

這樣一頂帳子，唐人名之曰「青廬」，是個小帳棚，專為婦女旅行途中，「更衣」之用，乃妝奩中必備之物，通常用青布縫製，名為「青廬」。

不用布而用「鳳尾香羅」，羅「薄」故須「幾重」，方能得其隱蔽之用。此非富家莫辦。富家千金製嫁妝，費時經年累月；既為必備之物，則早應辦妥，何須深夜趕製？

婚姻六禮：「納采、問名、納吉、納徵、請期、親迎」。在「納吉」時，婚約已有成議，便當開始準備嫁妝，富家千金在男方「請期」時，因為嫁妝尚未辦齊，要求延緩，往往有之。以節度使（王茂元）之嬌女，如已受聘，自必妝奩早就；倘謂新近「納徵」，則尚有「請期」的過程，嫁妝亦不必匆匆趕辦，匆匆則必草草，昔時女子，不論生於朱門還是白屋，都不甘受此委屈的。

因而可下一斷語：這位王小姐的婚姻，事起突然，且必以速嫁為宜。其事發生在李義山寫牡丹詩時：這也就是說，王小姐之嫁，他事先一無所知，回到洛陽，方知生變，旋即為家人所隔離，處於憂讒畏譏，而又一片癡迷之中，此即前所解說的兩首「無題」的情況。

第一聯是翌日送嫁時所見。在他想，王小姐為情所苦，雲鬟已改，形容憔悴，尤其是上車辭家的那一刻，必然是滿面愁苦之容。孰知大謬不然！

「月魄」在此作滿月解，形容其面，猶言「圓姿替月」。王小姐豈但並未消瘦，反見豐腴了。

「扇裁」者以扇遮面，則「月魄」缺去一塊；縱然如此，仍是嬌「羞難掩」，喜孜孜做新娘去也！

「車走雷聲語未通」，語淡而意深。小姨住姊夫家，送嫁之時，姊夫的身分便是主婚人，如長兄之於弱妹，執手叮嚀，善事翁姑，方合常情。不道欲通一語，而亦因輪聲如雷，竟不得達，此中說明了兩點：第一、被隔離之嚴密；第二、欲通之語，是在車方行時所出口，這當然只是一句話，而且是極要緊的一句話，否則一直未曾開口，大可不必多說，且亦不值得寫入詩中。

這是句什麼話？由第二聯「斷無消息石榴紅」，回顧「夢為遠別啼難喚，書被催成墨未濃」，可知必屬於堅諾。推想當時的情況是，李義山曾有情書致妻妹，約定端午前後，只等她一有信來，便赴她夫家所在地，設法幽會。此時欲通一語，是想提醒她千萬勿忘此約。誰知竟不得通。於是而有「斷無消息石榴紅」的覺醒。

第二聯上句「曾是寂寥金燼暗」，追敘被隔離的光景；論句法應是下句的陪襯，亦是為下句配對。至於何以下「斷無消息石榴紅」的結論？在下一首中尚有解說，此不贅。

結句「斑騅只繫垂楊岸，何處西南任好風」，由「斷無消息石榴紅」衍生。既然不會來信相約，當然亦就不勞跋涉，故言「斑騅只繫垂楊岸」，既然不勞跋涉，那就不必去關心道路的情況，管它那裡是西南，有沒有好風，都隨它去了。

接下來說後一首：

重帷深下莫愁堂，

臥後清宵細細長。
神女生涯原是夢，
小姑居處本無郎。
風波不信菱枝弱，
月露誰教桂葉香！
直道相思了無益，
不妨惆悵是清狂。

凡言「鬱金堂」（「鬱金堂北畫樓東」）、「莫愁堂」皆指義山夫婦雙棲之處，亦即崇讓宅的正屋。「重帷深下」不願有人打擾，失意之狀如見。下句即所謂「寂寞恨更長」，以「細細」形容，極妙；時光一寸一寸切割，彷彿亦感覺得到。

第一聯細思情變之故，上句寫感覺，下句寫醒悟。回憶「翠衾歸臥繡簾中」（〈藥轉〉結句）的旖旎風光，恍如神女會襄王的巫山一夢，而又暗示「自荐」；相戀出於王小姐的主動。

如果王小姐的主動示愛，真的出於傾倒於李義山的才華，那就不可能在小別期間，遽而移情別戀；即令移情別戀，則新歡必是才勝於李者，而詩中並未見有此跡象。再想到送嫁時所見「扇裁月魄羞難掩」，連假裝難捨的做作都沒有，是念茲在茲她自已將做新嫁娘的心態，李義山乃不得不有此傷心的覺悟：以為小姨愛才而獻身，完全是自我陶醉的想法。乾脆說吧，「小鬼頭春心動也！」只是想要個男子擁抱而已——情變的內幕，李義山後來才逐漸由家人口中打聽出來，於是寫下「颯颯東風細雨來，芙蓉塘外有輕雷」那首無題，有客遠至，效韓壽之偷香，先姦後娶，故事並不美麗；但這些情形，當李義山長安初回，小姨嫁前，毫無所知，因而在送嫁的那一晚上，擔足心事。

他擔心什麼？王小姐已非處子，洞房之夜，或許就會發生糾紛。第二聯上句「風波不信菱枝弱」的風波即指此；不過看她喜孜孜去做新娘的模樣，似乎成竹在胸，足可應付，不會像菱枝那樣軟弱。

下接「月露誰教桂葉香」，為這兩首七律中最難解的一句。先談「月露」與「桂葉」。李義山另一首題名〈深宮〉的七律，第一聯下句：「清露偏知桂葉濃」，句法、命意與此幾於完全相同。桂樹通體皆芳，桂葉經露水浸潤後，能發芳香，但非中宵不寐之人，無從領略。是故「月露誰教桂葉香」，無非寫失眠；猶之乎「清露偏知桂葉濃」寫宮眷望幸，深夜不眠。只是前者更為深刻。

這句詩之妙，妙在「月」非目見，只在意中。須知「重帷深下莫愁堂」，則更鼓不聞；月色難見，但桂葉的香氣，卻可自簾幙間潛度而至枕上。李義山回憶往事，擔心小姨嫁後的風波；根本就忘記了時間；不意一縷芬芳，飄到鼻端，辨知是桂葉之香，然則必已是月將西下，曉露正濃。下「誰教」二字，有無端之意。綜合上下句而言，意謂，看樣子她足能應付風波，但是我仍舊為她擔心得失眠了。

於是有結句：「直道相思了無益，不妨惆悵是清狂。」相思即擔心：擔心是因為彼此始終是偷戀之故，倘或親友皆知此事，亦即親友皆知王小姐已非處子，又何擔心之有？至於此刻的擔心，徒然自苦，於事無補；倒不如索性將自己的失意之事說了出來，至多為人笑作清狂而已。「清狂」者，據《漢書・昌邑王傳》注：「不狂似狂」，亦即輕狂。

3 昨日紫姑神去也

李義山的「無題」詩共有十一題；題下不止一首，細數共十七首，以七律為最多，計七首，其次七絕五首；又次五古四首；最後七古一首。無五律、五絕。

我曾說過，義山「無題」詩只是闕題。或因本事甚多，不易用數字概括；或因有所顧忌，須作隱諱，凡此皆製題之難，故暫從闕。但有題之詩，亦有與無題詩相關者，以義山與妻妹一段戀情而言，「欲書花片寄朝雲」的〈牡丹〉七律，朝雲實指在崇讓宅的妻妹，而被誤會為晉昌坊中令狐綯的姬人，為其蒙謗而坎坷的由來；〈藥轉〉則寫與妻妹熱戀中的一段插曲。

「昨日」為緊接送嫁日所作兩首無題「鳳尾香羅」、「重帷深下」之後，次日上午所作。錄原詩如下：

昨日紫姑神去也，
今朝青鳥使來賒。
未容言語還分散，
少得團圓足怨嗟！
二八月輪蟾影破，
十三絃柱雁行斜。
平明鐘後更何事？
笑倚牆邊梅樹花。

「紫姑」姓何名媚，壽陽李景之妾，不容於嫡，常役以穢事。歿後人憐其苦命，元宵之夜每於溷廁間祀之，目之為「神」，俗稱「坑三姑娘」。由「昨日紫姑神去也」，可知義山妻妹，嫁人作妾；唐宋稱妾為「次妻」，身分與明清之妾毫無地位者，微有不同。

「青鳥」謂侍婢，我釋「相見時難」、「來是空言」兩律時，曾經解說。事實上此「青鳥使」，即為「來是空言去絕蹤」的「絕蹤」之婢，著一「使」字，以明此婢原為妻妹的侍兒。當時「書被催成墨未濃」，原以為必有回音，那知一去如黃鶴，直至妻妹已嫁，方始出現，故云「來賒」。謝眺詩：「徒使春帶賒」，李善注曰：「賒，緩也。」來賒即遲到之意。

「未容言語還分散」為「車走雷聲語未通」作註腳；「少得團圓足怨嗟」，言熱戀之日雖短，已留下低徊不盡的悵惘。

第二聯用象徵的手法，微妙的情愫與清明的理智，兼容並包，是一種勸慰，亦是一種判斷。勸慰是勸慰妻子；判斷是判斷他們夫婦的關係。

駱志伊先生釋此兩句詩的徵象不錯，但結論與鄙意不合。他說：「農曆正月十五日為月圓之時，『二八』乃十六，月輪漸漸殘破，而蟾影亦越來越小，李義山勢將每下愈況，他過去與小姨的一段情，希望也越來越渺茫，如今真是『春心莫共花爭發，一寸相思一寸灰』了。」

此謂義山自傷，固亦可說得通，但如了解義山當時在對妻妹「怨嗟」之餘，回頭想想對不起妻子，力謀彌補婚姻的裂痕的心情，可知此非自傷，而為慰妻。

「月輪」承上句「團圓」而來。十五為滿月；十六月破，終至於晦。此為對妻而言，與妻妹熱戀的高潮已過，自此日開始落潮，終於風平浪靜；亦即對妻妹的印象回憶，日淡一日，終於消失無餘，大可不必介意。此又兼用「君子之過如日月之食」之義，言婉理明，足以動聽。

既然如此，則判斷夫婦關係必可「正常化」。駱先先說：「十三根弦柱，像雁行斜向，一弦挨一弦，一柱挨一柱」，誠然，此為琴瑟復調，「自今以後所彈奏出來的」，不是「不盡的哀音」，而是《詩經．小雅》中描寫的境界：「妻子好合，如鼓瑟琴，宜爾室家，樂爾妻孥。」

「平明鐘後更何事」，照應「月露誰教桂葉香」，這一步言通宵失眠，結合下句「笑倚牆邊梅樹花」，寫內心空虛，百無聊賴的情景如見。我曾說義山詩不難解，讀者以為如何？

4 金蟾玉虎之謎

「昨日」一詩，為李義山與妻妹的一段孽緣之歸結。由「少得團圓足怨嗟」這句詩來看，彼此繾綣的日子不多，相戀的時間，亦不過半年。〈藥轉〉所描寫的是深秋，未幾，義山赴京，度其時當在唐武宗會昌五年；義山於是年十月服闋入京，重官秘書省正字，而令狐綯適於是時外放為湖州刺史。如果令狐綯在京，〈牡丹〉詩就不會引起「楚天雲雨盡堪疑」的嚴重情況。

〈牡丹〉詩應作於會昌六年春天，義山旋即歸洛，身經情變；所待考者，是聞變而歸呢，還是歸後始知情變？但可確定的是，義山歸崇讓宅後，即被隔離；而情況曖昧難明，只知妻妹將遠嫁作人次妻，正在趕製嫁妝。因為如此，義山猶是一片癡心，妄想妻妹嫁後，仍能一晤。及至送嫁之日，目睹「扇裁月魄羞難掩」，始知「曉鏡但愁雲鬢改，夜吟應覺月光寒」，完全是自作多情，無的放矢；從而醒悟「斷無消息石榴紅」，根本不必作赴約的打算了。

於是「重帷深鎖鬱金堂」，從頭回憶，才真正認識了他的妻妹，無非「小姑居處本無郎」，少個能擁抱她的男人而已。話雖如此，他還是為她失眠了，怕她嫁後會起風波。及至平明、神智湛然，已能很冷靜地來彌補與妻子之間感情的裂痕。「昨日」可說是懺情之作。可是，情變是如何發生的呢？何以說嫁就嫁，婚事如此突兀倉促？「無題四首」之二，便是這個謎的謎底。當然，這是事定以後，聽家人婢僕所說的真相。

颯颯東風細雨來，
芙蓉塘外有輕雷。
金蟾齧鎖燒香入；
玉虎牽絲汲井迴。
賈氏窺簾韓掾少；
宓妃留枕魏王才。
春心莫共花爭發，
一寸相思一寸灰。

第一句點明時間；第二句有不速客來。「輕雷」之雷，同於「車走雷聲語未通」之雷，非真有霹靂。「芙蓉塘」即「迴塘」，崇讓宅前的大小池塘，前已有解，不復贅詞。「金蟾」一聯最費解。但細參「賈氏窺簾」始末；可知此為「欲將真事隱去」的障眼法，看穿了，則直可謂之明白如話。

先作一回文抄公；《晉書・賈充傳》：

韓壽，字德真，南陽堵陽人，魏司徒暨曾孫，美姿貌，善容止，賈充辟為司空掾。充每讌賓僚，其女輒於青瑣中窺之，見壽而悅焉，問其左右：「識此人不？」有一婢說壽姓氏云：「是故主人。」

女大感想，發於寤寐。婢復往壽家，具說女意；並言女光麗豔逸，端美絕倫。壽聞而心動，便令為通殷勤，婢以白女，女遂潛通音好，厚相贈結，呼壽夕入。壽勁捷過人，踰垣而至，家中莫知；惟充覺其女悅暢異於常日。時西域有貢奇香，一著人則經月不歇，帝甚貴之，唯賜充及大司馬陳騫。其女密盜以遺壽，僚屬與壽燕處，聞其芳馥，稱之於充。自是充意知女與壽通（云云）遂以女妻壽。

於此可知，其妻妹為「賈氏」；「芙蓉塘外有輕雷」的不速之客為韓壽；而義山之妻扮演了賈充的腳色。甚至那個「今朝青鳥使來賒」，慣會「遞簡」的丫頭，亦如韓壽家的舊婢，在從中穿針引線。

明乎此，則「金蟾囓鎖燒香入」，不過是賈氏「密盜（奇香）以遺壽」的另一種說法。從來註此詩者，皆謂「金蟾，鎖飾也；玉虎，轆轤也」。於是「玉虎牽絲汲井迴」，變成「去打了井水回來」，已不成話說，而「金蟾囓鎖燒香入」，則竟無可解，多從馮浩之說，謂為「瓣香之義」。但世間畢竟還有通人，箋注義山詩諸家中，有陳帆其人，獨獨指出：

> 高似孫《緯略》引此句，云是香器。其言鎖者，蓋有鼻鈕，施之於帷幬之中也。

按：高似孫，寧波人，南宋孝宗淳熙年間進士，人品甚鄙，既貪且酷，但讀書以隱僻為博，故所著書留下許多僻典，嘉惠後學，殊不可以人廢言。《緯略》中「庶物異名疏」云：

> 李義山詩「鎖香金屈戌」，又「金蟾囓鎖燒香入」，此皆香器。其名鎖者，蓋有鼻紐，施之於帷幬之中者也。

謂是「香器」，絕對正確；韓壽偷香的典故，即為明證。「金蟾囓鎖燒香入」者，明明道出義山妻妹如賈氏之所為，勾引此不速之客。同時這亦很可能是寫實，掃榻薰香，以延情郎。

如是則下句甚明，七字中只用得「牽絲」二字；「玉虎」及「汲井迴」皆不過欲與上句相對，而又配合「牽絲」，敷衍成句，作為一種表面可解釋的說法而已。「牽絲」之典，見《開元天寶遺事》，宰相張嘉貞欲以郭元振為婿，張有五女，使各持一紅絲，令郭於幔前牽之，結果牽得「張三小姐」。所謂「玉虎牽絲汲井迴」，言義山之妻乘機嫁妹，以去禍水。合「金蟾」、「玉虎」上下句而言，四字可以概括：「先姦、後娶」。言之不美而傷感情；然而是事實。

第二聯言其妻妹，所以委身之故，上句指不速之客；下句則自謂。其妻妹雖「小姑居處」，春心蕩漾，但效神女之自薦於姊夫之前，自然也要有個遮羞的藉口，那就是愛才。義山已知其言不由衷，而仍舊如此說法，頗有自嘲的意味。反襯結句，更為有力，閉目試思，恍見義山花前自語：「愛才，愛才！人呢？算了，看透了！」

談李義山的「無題」詩案，至此告一段落。昔年說義山〈錦瑟〉詩意，曾作七律四首，中有句云：「獺祭還從獺祭解，九原可許我真知？」今日自問，如千載以下，義山猶復精爽不昧，當託夢於我，許以真能知其心事。

董小宛入清宮始末詩證

前言

舊傳清世祖傷寵妃董鄂氏之薨，出家於五台山；而董鄂氏者，實即如皋冒辟疆姬人董小宛。孟森心史先生殊不謂然，專文考證，斥為誣妄。冒廣生鶴亭，辟疆族裔，更從而力贊，故益無敢復持異議者；五十年來，竟成定論。

某頻年讀書，瓣香心史，然於此案終不能無疑也。庚辛之際，以偶然機緣，得深探小宛生平，細參冒氏「同人」一編，盡多迷離惝怳之辭；復訝駿公「題像」諸詩，不少鑿枘葛藤之句，乃更覓清初名流詩文，旁涉異邦教士記傳，爬羅剔抉，窮思冥索；寸寸積功，一一發覆，始知「影梅」憶往，別隱奇痛；「清涼讚佛」，真乃實錄，不獨董鄂確為小宛之不妄，即世祖出家事，亦絕未可謂為子虛；蓋曾手自削髮，將幸五台，高僧前導，早法物於名山；大璫相從，親為祝髮於蕭寺。

凡此吳詩曲筆，湯（若望）傳直書，皆信而足徵者也。設非「天降玉棺」，及「房星」一動，則黃幄已空，不測之變，殆所難言。夫興朝之主，居然厭薄萬乘；則恢復之願，寧無寄望三藩？或者平西舉兵，不待他年矣。

矧世祖縱無逃禪於五台之實，而跡其平生：以弱冠之至尊，嬖盛年之內寵；拔於長信，重等中宮。元后既廢非其罪，殤子則未名而王，愛弟之情，遠漸帝舜；冊妃之變，竟殺伯仁。至於小宛之傷子憂逝，玉冊追封，議謚累加十字；白綾賜死，殉葬乃逾三十人。精藍百寶，甘付劫灰；枯骨千家，但開捐例。設禮既已不經，寄情猶嫌未足，於是生欲為之出家，死亦必使同穴，斯其心目中，豈尚有辱身苦志之慈親；徯后來蘇之群黎在！

若此違情悖禮，動駭觀聽，使望治之民知之，孰不顰蹙私語：「新主乃如是耶？」民心一渙，大禍必臨，是故太后定策，學士易稿；遺詔殊非憑几之言，自責為作補苴之計，蓋務諱世祖之失德者，自其大漸時即已蓄意為之矣！

洎自慈寧從客卿之議，嗣君承文皇之統，民樂康熙，史稱仁聖；此則天意，非關人謀。而當此時也，四海未靖，兩代幼沖；宣仁孤立於朝廷，強藩環伺於內外，皇父之號雖奪，而仍慮鬩牆之禍；義師之功垂成，而未消捲土之憂。際此危疑震撼之會，倘豔秘之偶傳；必威靈之頓失，又烏足以服人心而定社稷？故而一涉小宛於六宮，即犯不韙於九廟，遏之惟恐不密；防之惟恐不嚴，至康熙中葉未已。於戲，孝標孟浪，身沒更攖奇禍；昉思輕忽，終生誤盡功名。因果歷歷，深可思也。

若夫一代興亡，千秋是非；所隱者細，所關者大！既疑案之為疑案，其來有自；則考實復又考實，胡可不作？或謂文似看山，無非立異鳴高；則吾豈敢？儻曰學如積薪，許以後來居上，其或勉旃。

1　冒著「憶語」與御製「行狀」的比較

孟心史作〈董小宛考〉，力證董鄂氏非董小宛的主要論據，無非以順治八年辛卯，正月二日小宛死，是年董小宛為二十八歲，冒辟疆（巢民）為四十一歲，而「清太祖則猶十四歲之童年」；因而質問：「蓋小宛之年長以倍，謂有入宮邀寵之理乎？」但即此一個年齡問題的薄弱論據，亦尚有待澄清者。孟文云：

小宛之年，各家言止二十七歲，既見於張明弼所作〈小宛傳〉；又余澹心《板橋雜記》云：「小宛事辟疆九年，年二十七，以勞瘁死。辟疆作《影梅庵憶語》二千四百言哭之。」張余皆記小宛之年，淡心尤記其死因，為由於勞瘁，蓋亦從《影梅庵憶語》中之詞旨也。然據「憶語」，則當得年二十有八。

按：冒辟疆《影梅庵憶語》，只於己卯（崇禎十二年）「良晤之始」記明：「時姬年十六」外，別無小宛年齡的記載。但相偕「九年」的字樣則屢見。小宛於壬午（崇禎十五年）十九歲時歸冒，至順治七年庚寅正月初二，前後共九年，時年二十七；在冒家年數及小宛年齡皆合。如小宛果然「死」於順治八年辛卯，則前後相偕為十年，而非九年；既云九年，則必「死」於庚寅。「憶語」中將小宛「死」期移後一年，自有不得已而隱晦之故。心史不察，強謂之「當得年二十有八」，與在冒家「九年」之語不合，唯一的論證，亦就不能成立。

我相信，當時與心史齊名的史學家如二陳——陳垣、陳寅恪，皆知心史的這篇考據站不住，但老輩忠厚，不願公然辯駁；而且事實上亦有一大疑問，即董小宛於順治七年離冒家後，至十三年始封妃；中隔六年，下落何處？這個問題不解決，是駁不倒〈董小宛考〉的。

那麼，我是不是解決了這個問題了呢？當然。不過，我的考證，重點不在推翻〈董小宛考〉，消極地證明董小宛非如《影梅庵憶語》所說，已死於順治八年；而在積極地探索董小宛入宮承寵的經過，及她在清宮中所發生的重大影響，包括「傷心長枕被，無意候牽牛」，襄親王博果爾的自殺，以及「銀海居然妒婦津」，廢后博爾濟吉特氏的自殺等等。

要證明董小宛入清宮封妃晉后，除了用史學的手段以外，還可以用文學的手段，即以比較文學的方法，看看《影梅庵憶語》中所描寫的董小宛，與清世祖御製〈端敬皇后行狀〉，以及金之俊奉勅所撰〈端敬皇后傳〉的傳主，是否同一人？茲分「事上」、「敬嫡」、「睦眾」、「助人」、「侍疾」、「淡泊」、「好學」、「書法」、「女紅」、「人緣」等十目，列表對照如下：

項目	憶語	行狀或傳
事上	服勞承旨，較婢婦有加無已。	事皇太后奉養甚至，伺顏色如子女，左右趨走，無異女侍。（行狀）
敬嫡	越九年，與荊人無一言枘鑿。	事今后克盡謙敬。（行狀）
睦眾	上下內外大小，無忤無間。	宮闈眷屬，小大無異。視長者，媪呼之；少者姊視之。不以非禮加人，亦不少有誶詬。（行狀）
助人	余每課兩兒文，不稱意，加夏楚，姬必督之改削成章，莊書以進。	諸大臣有偶干罪戾者，朕或不樂，后詢其故諫曰：「斯事良非妾所干預，然以妾愚，謂諸大臣即有過，皆為國事，非其身謀。陛下曷霽威詳察，以服其心。」（行狀）

侍疾	姬當大火鑠金時，不揮汗，不驅蚊，晝夜坐藥爐旁，密伺於枕邊足畔，六十晝夜，凡我意之所及與意之所未及，咸先後之。	前歲今后寢病瀕危，后躬為扶持共養。今后宮中侍御，尚得乘間少休，后則五晝夜，目不交睫，且時為誦書史或常談以解之。（行狀）
淡泊	姬不私銖兩，不愛積蓄，不製一寶粟釵鈿。……姬之衣飾，盡失於患難，歸來淡足，不置一物。	后性至節儉衣飾絕去華采，即簪珥之屬，不用金玉，惟以骨角者充飾。（行狀）
好學	午夜衾枕間，猶擁數十家唐詩而臥……余讀東漢至陳仲舉、范、郭諸傳，為之撫几，姬一一求解其始末。	每當朕日講後，必詢所講，且曰：「幸為妾言之。」朕與言章句大義，后輒喜。（行狀）
書法	姬書法秀媚，學鍾太傅稍瘦，後又學曹娥。	習書未久，天資敏慧，遂精書法。（行狀）
女紅	於女紅無所不妍巧……針神針絕，前無古人已。	閑女工，于組紃紝績，如素習然。
人緣	余不知姬死而余死也，但見余婦煢煢，視左右手罔措也。上下內外大小之人，咸悲酸痛楚，以為不可復得也。	故今后及諸妃嬪皆哀痛曰：「與存無用之軀，孰若存此賢淑，克承上意者耶？」……追思夙好，感懷舊澤，皆絕葷誦經，以為非此不足為報。（行狀）

董小宛是男性中心社會中，由精緻的江南文化長期培養出來的一個理想女性的典型；為各種因素匯集鎔鑄的結晶，有傳統的因素，三從四德的女訓；有空間的因素，在東南人文薈萃之區；有時間的因素，明朝的江南，始終是太平歲月；還有特殊的因素，秦淮舊曲母女相傳的事人之道。這些因素具備了，還需要有一個最難得的因素，天生有這樣一種視犧牲奉獻為當然的高貴品格，而又淪落風塵的美人——否則即無由接受秦淮「心法」。

像董小宛這種無論男女老幼，都會毫無例外地為她的魅力所顛倒的女性，至少是一時無二；若說居然並世有兩，而又皆姓董（御製行狀及冊封文皆稱「董氏」而非董鄂氏），那就太不可思議了！

茲再就「端敬皇后」的身世教養作一簡單分析，指出她不可能是姓「董鄂氏」的「內大臣鄂碩之女」：

一、清初八旗貴族，無論生理、心理皆早熟，女子十三、四歲已可為人婦，孝慈高皇后歸太祖為十四歲；多爾袞母大妃，為太宗逼殉太祖時，年三十七，而自道「豐衣美食二十六年」，乃「年十二事太祖」。世祖生母孝莊太后，生於明朝萬曆四十一年癸丑，當太祖崩時，方十四歲；而遺詔自道：「幼年奉太祖高皇帝登聘，獲奉太宗文皇帝」，則入宮在十四歲前。順治朝，孝惠章皇后冊立時十四歲；孝康章皇后佟佳氏誕聖祖時為十五歲，而謂董鄂氏以十八歲選入掖庭，顯乖常例。當順治十三年，董小宛為妃時，年已三十有三；但天生麗質，肌膚柔膩，復又善於修飾，自然顯得年輕。余懷《板橋雜記》謂

「假母雖年高，亦盛妝豔服，光彩動人」；小宛出身曲中，深諳隱瞞年齡的化妝術，為不難想像之事。

二、金撰〈后傳〉謂端敬「閑（嫻）女工，于組紃紝績，如素習然。」八旗婦女，不習紡織；家無織機，何由素習？著此一語，便知非滿洲人。

三、當時滿洲貴族，識漢文者百不得一，更無論婦女；而御製行狀謂端敬「習書未久，天資敏慧，遂精書法」，是則習書以前，先已識字，且須多識，方有助於書法之精。試問，端敬果為鄂碩之女，又以何機緣得以多識漢字？

2 「江左三大家」各透消息

從來談順治出家及董小宛入宮疑案者，必舉吳梅村〈清涼山讚佛詩〉及〈題冒辟疆名姬董白小像〉八絕句。八絕句之外，又有〈題宛君畫扇〉兩絕句，合稱「弔宛君十絕」。

先談八絕句，前面有一首四六小引，中有一聯：「阮佃夫刊章置獄；高無賴爭地稱兵」，合以詩中「恨殺南朝阮司馬，累儂夫婿病愁多」，「鈿合金釵渾拋卻，高家兵馬在揚州」之句，很容易使人聯想到阮大鋮與高傑。事實上這是個障眼法，為了掩飾順治七年正月初二，小宛被擄北上的真相；真正緊要的文字，只有兩句，一句是小引中的「名留琬琰」；再一句是第八首的結句：「墓門深更阻侯門」。

於此，我先要揭發一個從無人談過的秘密，此八絕句，乃吳梅村應冒辟疆之請而作；時在康熙三年甲辰夏秋之間；《同人集》載吳梅村甲辰一函，末尾一段云：

題董如嫂遺像短章，自謂不負尊委。

但原函則作：

題像短章，自謂不負尊委。

所謂「不負尊委」者何？要解答這個問題，須先問冒辟疆所委者何？很顯然的，是希望借重吳梅村的詩筆，在不經意處留下小宛入宮的真相。

今按康熙三年甲辰，上距端敬之死已四年；而距辟疆自道小宛死於辛卯，則為十三年。愛姬久歿，忽然繪遺像，請人作詩以輓，事近不情而出於無奈。小宛在世上不能作此事；小宛既歿而錢牧齋在世，亦不能作此事；錢牧齋歿於是年五月，冒辟疆始敢出此。此又何故？

對於這個疑問，我只能作一個假設；但自信與事實不遠。首先我要指出，冒董結合，全出於錢牧齋的豪舉，《影梅庵憶語》記：

> 榜發，余中副車，窮日夜力歸里門，而姬痛哭相隨，不肯返。且細悉姬吳門諸事，非一手足力所能了；責逋者見其遠來，益多奢望，眾口狺狺。且嚴親甫歸，余復下第意阻，萬難即諧，舟抵郭外樸巢，遂冷面鐵心，與姬決別，仍令歸吳門，以厭責逋之意，而後事可為也。陽月過潤州，謁房師鄭公；時閩中劉大行，自都門來，與陳大將軍及同盟劉刺史飲舟中，適奴子自姬處來，云姬歸不脫去時衣，此時尚方空在體；謂余不速往圖之，彼甘凍死。劉大行指余曰：「辟疆夙稱風義，固如是負一女子耶？」余云：「黃衫押衙，非君平、仙客所能自為。」刺史舉杯奮袂曰：「若以千金恣我出入。」即于今日往陳大將軍，立貸數百金，大行以蔘數觔佐之。詎謂刺史至吳門，不善調停，眾譁決裂，遂去吳江，余復還里不及訊。姬孤身維谷，難以收拾；虞山宗伯聞之，親至半塘納姬舟中，上至薦紳，下及市井，纖悉大小，三日為之區畫立盡，索券盈尺。樓船張宴，與姬餞于虎邱，旋買舟送至吾皋。

以如此密切的關係，而竟絕往來，兩家詩集中，無一字之酬唱。這當然是錢絕冒；而非冒絕錢。錢之所以絕冒，猜想是由於順治十六年的「江上之役」——鄭成功、張蒼水率義師自崇明島入長江、攻金陵。此役為錢牧齋所策劃，細看《投筆集》前後〈秋興〉一百另八首七律可知；小宛入宮一事，可資為號召江南遺民志士絕好的材料，但須冒辟疆出面聲討，大概冒辟疆堅決不願，大拂虞山之意，因而絕交。在這種情況之下，冒辟疆如有請人作輓詩之舉，必為錢牧齋所痛斥。本來冒作《影梅庵憶語》，頗有人不以為然，斥之為「夢中囈語望成名」；後面要引證這首詩，此不贅。

至於錢牧齋與董小宛，本有不淺的香火緣，而於小宛之歿，直至他臨死那一年，病榻憶往，始有一首悼詩：

> 夜靜鐘殘換夕灰，冬缸秋帳替君哀。漢宮玉釜香猶在，吳殿金釵葬幾迴？舊曲風淒邀笛步，新愁月冷拂雲堆。夢魂約略歸巫峽，不奈琵琶馬上催。（〈病榻消寒雜詠〉四十六首之第三十七首；自注：「和老杜生長明妃一首。」）

中兩聯皆綰合今昔而言。首聯上句「玉釜」典出《十洲記》，「香」者「返生香」，以玉釜煎熬而成；此言冒辟疆謂小宛已死，殊不知復活於宮中。下句典出《異夢錄》，唐朝有王姓士人，夢為吳王夫差詞臣，一日聞宮中哀樂，謂葬西施，吳王命詞臣作誄詞，而所葬者實為金釵。此典精絕，不特點穿影梅庵畔只有小宛的衣冠塚，且小宛死後，世祖亦曾命詞臣弔輓，與原典相合。

「迴」通回，「葬幾迴」即葬幾回？陳寅恪論斷云：

觀牧齋「吳殿金釵葬幾迴」之語，其意亦謂冒氏所記述順治八年正月二日小宛之死；乃其假死。清廷所發表順治十七年八月十九日董鄂妃之死，即小宛之死。故云「葬幾迴」。否則錢詩辭旨不可通矣。

下聯首句，更為以明妃擬小宛的確證。明妃生長歸州，選入西京掖庭，和番北行出國，平生足跡，不履江南；與秦淮湖畔的「邀笛步」何干？何況出身良家子，更不當言「舊曲」。下句「拂雲堆」為明妃青塚所在地名，指孝陵而言。牧齋此詩作於康熙二年冬；小宛以端敬皇后身分祔葬孝陵，在是年六月，相去未幾，故云「新愁」。按：牧齋以明妃擬小宛，不特言漢家女兒嫁作胡婦，並歸骨亦不能；而言外有刺辟疆之意在，亦可玩味得之。

現在再回到「墓門深更阻侯門」上來。最早對這句詩提出疑問的是羅癭公，他在所著《賓退隨筆》中說：

小宛真病歿，則侯門作何解耶？豈有人家姬人之墓，謂其深阻侯門者乎？

陳寅恪論「墓門」句，則引《影梅庵憶語》結句：「詎知夢真而詩讖來相告哉！」斷為：

可知辟疆亦暗示小宛非真死，實被劫去也。

羅、陳二氏皆並重「侯門」二字；其實更當注意「墓門」；尤當注意「墓門」「侯門」併用。這首詩的全文是：

江城細雨碧桃竹，寒食東風杜宇魂；欲弔薛濤憐夢斷，墓門深更阻侯門。

薛濤自是指小宛；如謂小宛葬於影梅庵旁，則日日可弔，何嫌於「墓門」之「深」？此已點出小宛別葬；而以「深」字形容「墓門」，實為暗指世祖孝陵。孝陵祔葬者，一為聖祖生母孝康章皇后佟佳氏，一即端敬。薛濤已成皇后；陵寢重地，非常人可到，欲弔無由，此即所謂「阻侯門」。既然如此，則唯有畫像供奉於私室而已。「墓門深更阻侯門」七字，不僅為暗存真相的曲筆，而且繳足題意，真是扛鼎的筆力。

四六小引中有一聯：「名留琬琰、跡寄丹青」，下句指小宛畫像；「琬琰」謂宋朝杜大珪所輯的《琬琰集》，為大臣碑傳的彙錄。端敬有御製的行狀，詞臣的誄文，故可謂之「名留琬琰」、如小宛仍是薛濤的身分，那裡用得上這句話？此四字與「墓門」句合看，證據更為有力。

或謂，「江左三大家」中，龔芝麓與冒辟疆交情最厚；既已引牧齋、梅村之詩，不知龔芝麓又如何說法？按：冒辟疆四十初度（順治七年三月十五日）在揚州，其時小宛被劫的消息，已遍傳知交，只瞞著冒辟疆本人；生日舉觴，龔芝麓特賦長歌，題名〈金閶行〉，歷敘冒董結合經過；末則勉力年力正富，大有可為，隱然有勸其節哀的意味在內，故冒辟疆事後自道：「詎謂我侑卮之辭，乃姬誓墓之狀耶？」

同年夏秋間，龔芝麓北上補官；至下一年《影梅庵憶語》出，冒郵寄一本，龔覆書中有一段云：

誄詞二千餘言，宛轉淒迷，玉笛九迴，玄猿三下矣。欲附數言於芳華之末，為沅澧招魂，……劈箋摛韻，絮語神傷，而蟋蟀哀音，轉多幽咽；屬思心竟，惆悵無端，徐之必有以祝桂旌而酹翠羽，未敢忘也。

不意這筆文債，一直未還。龔亦耿耿於心，順治十八年辛丑一函云：

向少雙成盟嫂悼亡詩，真是生平一債。

至康熙九年庚戌冬天，龔芝麓，終於還了這筆文債；是一首〈賀新涼〉。其時距下世之日無多，這首詞幾同絕筆。冒辟疆輓龔芝麓詩引中說：

庚戌冬……遠索亡姬《影梅庵憶語》，調「扁」字韻〈賀新涼〉，重踐廿餘年之約。

自順治八年辛卯，至康熙九年庚戌，恰好二十年；以芝麓之才，何以一首悼詞，積至二十年，臨死方能交卷？一讀原作，不難索解；「扁」字韻〈賀新涼〉後半闋云：

碧海青天何限事，難倩附書黃犬，藉棋日酒年寬免。搔首涼宵風露下，羨煙霄破鏡猶堪典；雙鳳帶，再生翦。

小宛未死，高高在上，如月裡嫦娥，望影依稀。黃犬即「黃耳」，用陸機入洛，遣快犬黃耳賚家書歸吳的故事；明知小宛在何處，而不得一訴相思，故云「難遣」。「破鏡」一典更為露骨，「煙霄」即元宵；冒辟疆不如徐德言，藉元宵「賣半照」猶得與樂昌公主重圓破鏡，因著一「羨」字。

「黃犬」、「破鏡」兩典，不如「墓門深更阻侯門」來得含蓄，但已煞費苦心。龔芝麓服官京師，為名士領袖，凡有篇什，四方傳抄，是故下筆不能不慎；否則便是「罔識忌諱，干冒宸嚴」，將有不測之禍。此為龔芝麓積至二十年，始得了此文債的唯一緣故。

3 由「南宮」到「長信宮」

「江左三大家」的詩詞，確證了下列事實：

一、董小宛初未死，於順治七年正月初二為北兵劫去；其時冒辟疆在揚州，三月底回如皋，方知此鉅變。

二、小宛即端敬皇后，祔葬孝陵。

三、《影梅庵憶語》謂小宛死於八年正月初二，如陳寅恪所說，為「諱飾之言」。

四、冒辟疆欲留真相於人間，乞吳梅村以曲筆作詩。

五、董小宛入宮，為當時一大忌諱，故龔芝麓遲至二十年後，始作詞暗示本事。

考證到此，擺在我面前的有這樣三個問題：

一、冒辟疆如何應變？

二、董小宛究竟為何人所劫？

三、何以遲至順治十三年小宛始封妃？

先簡單回答第一個問題，就《同人集》所載詩文，及冒辟疆傳記考查，順治七年自夏徂冬，他的行蹤不明，可以確定是悄然北上，訪查董小宛的蹤跡；後文將提出明白的證據。

第二個問題對我是嚴重的考驗，此一關通不過，一切無從談起。僥倖的是，我最初的判斷不誤，找對了路，則披荊斬棘，終能豁然貫通——我最初的判斷，由〈清涼山讚佛詩〉第一首，第七、八兩句而來：

王母攜雙成，綠蓋雲中來。

「王母」當然是指世祖的生母孝莊太后；董雙成為西王母的侍兒，然則董小宛應當是慈寧宮的宮女。照《道藏》中說，王母的侍兒甚多，如許飛瓊等；不攜他人，獨攜雙成，可知小宛為孝莊所寵信的宮女。以小宛的性情，此亦必然之事；讀〈御製端敬皇后行狀〉：

朕前奉皇太后幸湯泉，后以疾弗從；皇太后則曰：「若獨不能強起以慰我心乎？」因再四勉之；蓋日不忍去后如此。

益堅我的信心。

但問題又來了，小宛如何得入慈寧宮？就當時的情況而論，宮女的來源有三：上三旗包衣女子；前朝所留而未遣者；罪犯籍沒入官的眷屬。小宛當然是最後一種。

這樣就又接近了一步，縮小範圍可斷定劫小宛者，必為當時有大罪而破家的親貴大臣。後來讀陳其年〈水繪園雜詩〉第一首至：

客從遠方來，長城罷征戰。君子有還期，賤妾無嬌面。

復又記起劉繼莊《廣陽雜記》談到王輔臣為世祖所識拔的故事，乃恍然大悟，劫小宛者為多爾袞的部下。

陳其年為「明末四公子」之一陳定生的長子；定生歿後家中落，次子往河南歸德依其岳父侯方域；其年在水繪園讀書，冒辟疆視之如子。小宛在冒家時，其年未及親見；但居水繪園數載，於小宛被劫經過，自無不知之理。「雜詩」第一首，當是小宛「真死」後所作；詩為五言古，我將它分成四解，以便箋釋：

南國有佳人，容華若飛燕；綺態何嫏娟，令顏工婉孌。（首解）

紅羅為床帷，白玉為釵鈿，出駕六萌車，入障九華扇。傾城疇不知，秉禮人所羨。（二解）

如何盛年時，君子隔江甸；金爐不復薰，紅妝一朝變。（三解）

客從遠方來，長城罷征戰。君子有還期，賤妾無嬌面。妾年三十餘，恩愛何由擅？

（四解）

首解寫小宛容華豐神。擬之為飛燕，可知玉骨纖纖。「㛹」讀如便之平聲；㛹娟，迴曲貌，雖綺態而有深度，故能令人傾心難忘。「婉孌」據《後漢書・米祐傳》註：「猶親愛也」。故「工婉孌」為令人樂於親近之意。其年雖未見過小宛，而刻劃甚工，皆由習聞冒家常談小宛之故。

二解言小宛封妃。漢成帝廢許后、立飛燕，賜以九華扇；「飛燕」殊非漫擬。「秉禮」更為寫實；世祖元后既廢，復立元后之姪，即行狀中所稱的「今后」。順治十五年繼后事太后不謹，降旨「停其箋奏」。中宮與皇帝敵體，書面陳奏稱「箋奏」；停其箋奏，則不得行使中宮職權，由已晉封皇貴妃的小宛統攝六宮，此即所謂秉禮。「傾城」句置於「秉禮」前，可知當時知宮中貴妃，即為傾國傾城的秦淮名妓董小宛的人，殊非少數。

三解追敘小宛被劫。「君子」指辟疆；「隔江甸」謂在揚州。末二語謂辟疆歸來，方知人去樓空。

四解之「客」，即多爾袞部下。順治六年秋，以姜瓖叛於大同，多爾袞帥師親征；十月罷兵班師；十二月王妃薨；七年正月納肅親王豪格福晉為王妃，復遣官徵美女於朝鮮。既可徵女於異邦；何不可選美於江南？當然，亦可能是多爾袞部下主動劫小宛以媚主帥，此無關宏旨；重要的是，確定了小宛曾有過睿親王多爾袞妾侍的身分；別有證。

順治七年十二月，多爾袞歿，追尊為成宗義皇帝。八年二月，多爾袞部下蘇克薩哈等首告多爾袞陰謀簒逆；「會訊俱實」，多爾袞家產籍沒，人口入官。入官的人口中，包括三藩之變中的傳奇人物王輔臣；輔臣原為姜瓖部下，《廣陽雜記》敘其人其事云：

輔臣長七尺餘……勇冠三軍，所向不可當，號曰「馬鷂子」。……城克，姜瓖降八王子，以輔臣為蝦，隨入都；都中滿漢，無不以一識馬鷂子為榮矣。八王得罪死，輔臣沒入身者庫久之。章皇帝親政，嘗拊髀謂敖拜曰：「聞有馬鷂子者勇士，今不知何在？安得其人而用之！」拜亦不知也。一日，拜之僕，騎而過市，遇一少年，下馬而避道左，僕怪而問之；曰：「我馬鷂子也。向者於某所識公；公忘之邪？」僕喜曰：「我主甚念爾，爾來朝不可不早來謁。」歸以啟敖；敖亦喜，俟其來，即率之以見上。上大喜，立授御前一等蝦。

「蝦」為滿洲語侍衛之意。「八王子」指多爾袞。「身者庫」應稱「辛者庫」；所謂「人口入官」，即入此庫。以王輔臣之例而言，小宛自然亦隸辛者庫，為孝莊識拔而入慈寧宮。

小宛曾入多爾袞府，及曾為慈寧宮宮女這兩點，非常重要。因為小宛被劫及入宮封妃這兩點，不難考證；如陳垣、陳寅恪的文章中，都顯示了已知其事而不願駁孟心史的跡象，但對小宛自被劫而入宮的過程，則皆莫能言其究竟。由我的這兩點發現，才能貫串首尾，成為完整的一重公案。同時，我的這兩點發現，自以為亦是在文學上的一項貢獻，因為瞭解了這兩點，清初的若干詩詞，特別是讀梅村的詩，才能免於猜謎之譏，而獲得正確的詮釋。梅村之詩，號稱「詩史」；因此得解梅村之詩，必然亦有助於史實的發掘，如世祖元后博爾濟吉特氏，於順治十年八月二十五日被廢，降為靜妃，改居側宮，而下落不明。張爾田作《清朝列代后妃傳稿》，徵引浩繁，獨於世祖廢后之死，無可敘述，謂「檔案無考」；但解得梅村之詩，則廢后之死於何時，因何而死，固彰彰明甚。且死後還曾引起嚴重糾紛，鄂碩親姪女貞妃不得不殉，等於償廢后之命，亦可於梅村詩中，參詳得之。

由於我的這兩點發現，關係如此重要，因而必須重複檢覈，求得確證，始能心安。辛勤搜覓，不負所望，各獲雙重證據；先談小宛曾侍慈寧。

康熙朝武英殿大學士李天馥，順治十五年翰林，由檢討直至拜相，始終未任外官；小宛的生榮死哀，身經目擊；其詩中所言時事，可信程度甚高。

他的詩集名為《容齋千首詩》，乃其門下士毛奇齡所選。臺灣所能見者，為光緒年間再版本，墨釘隨處皆是，礙語較顯著，皆已除去；最可惜的是集中「古宮詞百首」，業已不存。鄧之誠文如藏有初刻本；作《清詩紀事初編》於介紹李天馥時說：

其詩體格清儁，自注時事，足為參考之資。別有古宮詞百首，蓋為董鄂妃而作。

又摘引古宮詞百首自序：

昭陽殿裡，八百無雙；長信宮中，三千第一。

據《三輔黃圖》，漢朝長信宮為太后所居；是則小宛曾為孝莊女侍，夫復何疑？李天馥自序中又有句：

愁地茫茫，情天漠漠；淚珠事業，夢蝶生涯；在昔同傷，于今共悼。

此為綰合冒、董二人而言，語意更顯。「愁地」、「情天」兩地相思；「淚珠事業」言此中「日夕以淚洗面」，而「夢蝶生涯」則為雙關語，一言莊生夢蝶，蝶夢莊生，疑真疑幻，全不分明；一用玉谿詩句，形容冒辟疆「望帝春心託杜鵑」的心情。「在昔同傷」則「憶語」之「亡姬」；「于今共悼」則「行狀」之「端敬」，情事之吻合如此！

至於小宛之曾入睿親王府，可從丘石常《楚村詩集》中一首七律證實。石常山東諸城人，明末副貢，詩文皆有奇氣；〈有感〉一律，為冒辟疆而詠：

銀河隔水只盈盈，詔下文姬不許行。才貌如卿值一死，風流無主奈多情；嫌籠嬌鳥鬨何日？抱柱迂生哭有聲！聞道南宮俱賜配，夢中囈語望成名。

這首詩中包含著冒辟疆北上，尋訪小宛蹤跡；通過方孝標的關係，請求孝莊太后遣回小宛這一大段情節在內。關於方孝標部分，另有詩證，茲僅就此詩箋釋如下：

「銀河」指宮牆，一牆之隔，天上人間；首言小宛已准發還，冒辟疆在神武門外等候，而事忽中變。擬小宛為「文姬」，在此處頗為精切；但文姬不准歸漢之「詔」，當為太后的懿旨。

三寫小宛；四寫辟疆。辟疆有美男子之目，故貴婦亦有願為夫子妾者，但情不專屬，此為「風流無主」；卻又提得起而放不下，於是乃有煩惱，因著一「奈」字。

五、六亦分議董、冒。宮中規矩繁重，小宛頗以為苦，故以為「嫌」；據鄧文如引敘，「古宮詞百首」中有「睡足日高猶慵起，薄命曾嫌富貴家」之句，可互參。六句「迂生」自是用微生高之典，謂辟疆死守不去，及聞不歸小宛，號啕大哭，情狀如見。

第七句為小宛曾入睿親王府的確證。「南宮」為明英宗被幽之處，在東安門內，瞿宣穎〈北京建置談薈〉云：

崇質宮俗云黑瓦殿。景泰年間，英宗居此，謂之小南城；其在永樂年間，則謂之東苑。據《日下舊聞考》，即今之緞疋庫，嗣為睿親王府；吳梅村詩所謂，「七載金條歸掌握，百僚車馬會南城」也。

是則丘石常詩中的「南宮」，明指睿親王府。「聞道南宮俱賜配」，謂由睿親王府沒入掖庭的女子，蒙恩遣出婚配。此當是以後之事；小宛則在多爾袞歿後，即被選入慈寧宮。

第八句責冒辟疆，儼如斧鉞。明明人在宮中，謂其已葬於影梅庵畔，豈非等於「夢中囈語」；而作《影梅庵憶語》的目的在「望成名」。此或者即是冒辟疆為錢牧齋所絕的原因之一。至由末句反托上一句，則「聞道南宮俱賜配」，即有責辟疆何不循正當程序陳情，以小宛係被多爾袞劫去，請求發還？不此之圖，乃造作《影梅庵憶語》以沽名釣譽。句中鄙薄之意顯然。

不過平情而論，冒辟疆亦自有其不得已的苦衷。小宛自七年正月初二，消失蹤影，自然有親友問訊，冒家只好託詞小宛臥病；張明弼作〈董小宛傳〉，謂「其致病之由，與久病之狀，並隱微難悉」，足見冒家在這個問題上所遭遇的困窘。及至八年春初，多爾袞死後獲罪，有「詔下文姬不許行」這重公案，看看重圓無望，而又不能長此隱瞞，只好宣布小宛病歿；辟疆《樸巢文選》收〈亡妾董氏哀辭〉云：

> 余與子形影交儷者九年，今辛卯獻歲二日長逝，謹卜閏二月之望日，妥香靈於南阡影梅庵。

不言卜葬而含糊其詞謂之「妥香靈」，已暗示為一衣冠塚。卜於「閏二月之望日」，則有心喪自葬之意；辟疆生日為三月十五；實際上就是「閏二月之望日」。在《憶語》中開頭未幾就有一句：

余不知姬死而余死也。

句旁密圈，可知他是很認真的。但雙親在堂，又為長子，不能再作過情之舉；只好選定這個隱寓自葬的日子，以寄其哀了。

「妥香靈」以後，冒辟疆開始寫《影梅庵憶語》，分寄友好，廣徵悼詞。《同人集》所收諸家反映「憶語」的詩詞，大多作於這年秋天。冒辟疆「名姬董白」，香消玉殞，幾成大江南北，無人不知的社會新聞；則「聞道南宮俱賜配」，又何能請求發還為多爾袞所劫的愛姬？

4　劫後重逢「辭接頗不殊」

這一章節中，我準備專門探討丘石常的兩句詩：「聞道南宮俱賜配，夢中囈語望成名」；衍化出來的問題是：

一、由睿親王府沒入掖庭的女子，發遣賜配，在於何時？

二、冒辟疆的反應如何？

三、《影梅庵憶語》的創作動機，是否不正常？

四、如說不正常，則除望成名以外，還有什麼企圖？

為了探索這些問題，我發現了一個隱微曲折而很重要的插曲。「南宮賜配」的時間，當在順治八年秋天；冒辟疆既已有《影梅庵憶語》行世，事實上已放棄了重圓的希望；最糟糕的是如同自絕，即使有此機會；亦無復歸的可能。且有證據，冒辟疆亦已不作任何謀求重圓的努力。

證據是梅村「十絕」中的最後一首。梅村弔董十絕，本為兩個部分的合稱；最後二首，通行箋注本題作〈又題董君畫扇〉；《同人集》所收則題作〈巢民先生貽宛君奩中藏扇索書再題二絕句〉，仍為應辟疆所請而作。其第二首，亦即十絕中的最後一首是：

> 湘君挹淚染琅玕，骨細輕勻二八年，半折秋風還入袖，任他明月自團圓。

寄詩時有信，亦作於甲辰年秋天；梅村自道：

> 深閨妙筆，摩挲屢日……自謂「半折秋風還入袖，任他明月自團圓」，於情事頗合。

玩味詩意，「秋風」句恩情未絕，不全同秋扇之捐；「任他明月自團圓」，似是有意「成全」

小宛，亦就是不求重圓。

因此可以推知，「聞道南宮俱賜配」，冒辟疆不會有何積極的行動；但另有人自告奮勇，為之奔走乞恩，曾見過孝莊太后及董小宛。

此人即是談到清朝文字獄，無人不知的方孝標，安徽桐城人。桐城方家有二，一為「明末四公子」之一的方以智家；一為方孝標家。孝標之父名拱乾，字坦庵，與冒辟疆之父冒起宗，同年至交，關係非常密切；甲申、乙酉之間，兩家一起逃難在浙江海鹽，《影梅庵憶語》已曾提到；康熙五年冒辟疆作方拱乾祭文，綦述更詳。

方孝標是方拱乾的長子，名玄成，號樓岡；順治六年成進士，點翰林，陞內宏文院侍讀學士，為世祖所激賞，出入侍從，寵冠一時。孝標詩才甚富，撰有《鈍齋詩選》二十二卷；以小宛這種罕見的身世浮沉的好材料，且皆親見，而當時竟無一詩，已大可怪；復衡諸兩家交情，《同人集》中無一函相慰，更覺難解。

凡事之大出情理者，必有特殊原因；作考據最不可放過，能找出其中特殊原因，往往便能獲得所追求的答案。在《容齋千首詩》中，〈行路難〉、〈月〉諸題，皆可發見孝標蹤跡；未分析這些詩以前，先讀一首冒辟疆的詩。

康熙七年秋，方孝標由福建歸來，路過揚州，辟疆亦正自蘇州至揚，中秋與孝標父子泛舟虹橋，同遊者尚有姜、徐、孫三客；「夜歸，樓岡重開清讌賞月，即席刻燭限韻，各成二首。」詩為七律，辟疆所作第一首云：

露華濃上桂花枝，明月揚州此會奇；老去快逢良友集，興來仍共晚舟移。青天碧海心誰見？白髮滄江夢自知！多少樓臺人已散，偕歸密坐更喞卮。

「偕歸密坐」可知只冒、方兩家父子，三客不與；因為密坐閒談，必時時有秘密流露於不知不覺間，不宜有外人在。第二聯精煉而沉鬱，下句兼用老杜「一臥滄江驚歲晚，幾回青瑣點朝班」及玉谿「永憶江湖歸白髮，欲迴天地入扁舟」詩意，為孝標自丁酉科場案遣戍歸來，空有經綸，牢落不遇，一抒委屈；亦兼寫自家非無用世之志而無奈萬不能作清朝之官的心事。上句則明寫當年不能忘情小宛；而於此處言碧海青天之心誰見？正言此心唯孝標可見。衡情度理，辟疆當時北上訪小宛蹤跡，唯一可與籌劃者，恐亦只方孝標一人。《同人集》中不收孝標書札，非未通音問，而是正好相反，郵筒頻寄，無一札無秘密，刪削付梓，亦恐不盡，索性隻字不錄。

《容齋》的〈行路難〉共八首，而只「存三」，為第一、第五、第八等三首。細玩詩意，知為辟疆而詠；第五首中很顯然的有小宛在。原詩如此：

桃李花，東風飄泊徒咨嗟。憶昔新婚時，婀娜盛年華：爾時自分鮮更事，不謂舉動皆言嘉。夫何一旦成遐棄？今日之真昔日偽！辭接頗不殊；眉宇之間不相似。還我幼時明月珠，毋令後人增嫌忌。

前半首容易索解；後半首雜亂無章，乃是有意隱晦。起兩句指小宛為宿逋所苦，以及自西湖遠遊黃山，亙數年之久；三、四兩句點出在冒家為盛年；五、六兩句即《影梅庵憶語》所寫的小宛種種長處。以下六句分三段，每段指一事，各不相關；但除小宛外，附會不到任何人身上。

按：因疾病或罹王法死者，亦謂之遐棄。「夫何一旦成遐棄？今日之真昔日偽」，譯成語體便是：「怎麼一下子死了呢？這一次是真死；上一次就是假死。」此除「吳殿金釵葬幾迴」的董小宛以外，任何人都不曾有過如此奇異的遭遇；因而這兩句詩亦就移用不到任何人身上。

其次，「辭接頗不殊；眉宇之間不相似」，明顯是描寫會面的光景；問題是，如果一方是董小宛，另一方是誰？應該不會是冒辟疆；九載恩情，刻骨相思，不可能產生這種聲音語氣跟從前無異，神情不大相像的感覺。這樣，就令人自然而然會想到方孝標；當乙酉年間，兩家一起逃難，談不到內外之別，但方孝標跟董小宛雖曾相處過一段日子，只因朋友的姬妾，見面不便作劉楨之平視，所以方孝標熟悉小宛的聲音，並不熟悉小宛的容貌。而況當時是漢家裝束，此時是所謂「內家裝」，男子式的旗袍以外；髮型的改變，更加強了「不相似」。

梅村形容小宛，一則曰「入手三盤幾梳掠」；再則曰「亂梳雲髻下高樓」，而旗下女子所梳的頭，名為「雁尾」，務求平整服帖，與鴉飛蟬動的雲髻，大不相同。在方孝標此時與宮眷相見，只能匆匆偷覷一兩眼，而無法細加辨認的情況下，發生「不相似」的懷疑，是一件完全合理的事。

最後兩句：「還我幼時明月珠，毋令後人增嫌忌。」應是方孝標為冒辟疆乞請歸還董小宛，向孝莊太后陳奏之語。「明月珠」見樂府〈陌上桑〉；徵羅敷之典，更可確證請以小宛歸故夫。然則方孝標曾見孝莊太后，則有證據否？答案是肯定的。《容齋千首詩》中，有一首題作〈月〉的七言古詩：

蕊珠仙子宵行部，七寶流輝閒玉斧；蟾蜍自蝕兔自杵，影散清虛大千普。無端人間橋自舉，直犯纖阿御頓阻；葉家小兒甚魯莽，為憐三郎行良苦；少示周旋啟玉宇，曇華深處召佚女，桂道香開來嫵嫵，太陰別自有律呂，不事箜篌與羯鼓，廣陵散闕霓裳舞。

毛奇齡於「葉家小兒」兩句，及最後三句上，密密加圈；「葉家小兒」句旁並有評：

使舊事如創獲，筆端另有爐錘。

又詩末總評：

奇材秘料，奔赴毫端；思入雲霄，如望蕊珠深處。

有「材料」便有本事；材料「奇秘」則難以懸揣，但「桂道香開來嫵嫵」以上十一句，已是為「行路難八首存三之其五」中，「辭接頗不殊，眉宇之間不相似」及「還我幼時明月珠，毋令後人增嫌忌」等句作註解了。

欲解此十一句詩，入手之處，當然在加圈又加評的「葉家小兒」四字上面。上有「無端人間橋自舉」；下有「為憐三郎行良苦」，則此「葉」必是指葉法善。新舊唐書皆有葉法善傳；謂唐高宗朝即召法善至京，歷中宗、睿宗，至玄宗時封越國公，開元年間卒，壽一百七歲。

由此可知稱方孝標為「葉家小兒」，乃由年齡對比上形容其行事幼稚；誹薄之意甚顯。葉法善曾攜唐玄宗遊月宮，今以「使舊事如創獲」這一句評語來參詳，方孝標亦可能「魯莽」到逕自領著冒辟疆去見孝莊太后；果然如此，則「為憐三郎行良苦」，孝莊「少示周旋」，乃令小宛出見，實亦情理中事。末三語亦可索解，謂宮中有宮中的規矩，旗人有旗人的習慣，破鏡雖在，重圓不可；「廣陵散闕」者已「埋骨」於影梅庵；「霓裳舞」者小宛已是大羅天上的人物。所謂「奇材秘料」，疑為如是。但自覺此種想法，近於不可思議，在未有新的確實證據發現之前，我寧持保留的態度；只是「葉家小兒」之為方孝標，則斷然無疑。

這首詩是個寓言，假設蕊珠仙子出巡，大千世界，一片清輝；月宮中亦各就各位，一切如常。不料巡行途中忽然出現一道來自人間的天橋；此用羅公遠擲杖為橋的故事，而將此神通移到「葉家小兒」身上，是即評語中的所謂「筆端另有爐錘」。

劉伯溫送張道士詩：「電掣纖和軼」；無端橋舉，仙御頓阻，此有叩閽之意；按：外臣見太后，在後世為絕無之舉；順治年間則不然。但我更相信是通過孝莊的教父湯若望的安排，在「小教堂」中謁見太后——據德國教士魏特所著《湯若望傳》中記載，由於孝莊太后的支持，湯若望在京城中設立了十四處「小教堂」，專供婦女望彌撒之用。

「葉家」以下三句，已如前解；「曇華深處召佚女」，佚女即美女，見〈離騷〉注，自是指小宛；「嫵嫵」即陳其年詩中的「嫟娟」、參看「辭接頗不殊」一語，可知小宛入宮以後，不改常度，「太陰別自有律呂」云云，乃是平靜的、理性的分析，既不矜亦不伐。

冒辟疆與董小宛的戀曲，至此已成「廣陵散」；我的考證，關於冒辟疆部分，至此亦可結束。

5 世祖、博果爾、董小宛——曹丕、曹植、甄后

以下起，考證董小宛入宮以後的遭遇。《湯若望傳》第九章第六節，有一段記載：

順治皇帝對於一位滿籍軍人之夫人，起了一種火熱愛戀，當這一位軍人因此申斥他的夫人

時，他竟被對於他這申斥有所聞知的「天子」，親手打了一個極怪異的耳摑。這位軍人於是乃因怨憤致死，或許竟是自殺而死。皇帝遂即將這位軍人底未亡人收入宮中，封為貴妃。這位貴妃於一六六〇年產生一子，是皇帝要規定他為將來的皇太子的，但是數星期之後，這位皇子竟而去世，而其母於其後不久亦然薨逝。皇帝陡為哀痛所攻，竟致尋死覓活，不顧一切。人們不得不晝夜看守著他，使他不得自殺。太監與宮中女官一共三十名，悉行賜死，免得皇妃在其他世界中缺乏服侍者。全國均須服喪，官吏一月，百姓三日。為殯葬事務，曾耗費極巨量的國幣。兩座裝飾輝煌的宮殿，專供自遠地僻壤所招來的僧徒作館舍。按照滿洲習俗；皇妃底屍體連同棺槨，並那兩座宮殿，連同其中珍貴陳設，俱都被焚燒。

此「滿籍軍人」及其「夫人」；據陳垣在〈湯若望與木陳忞〉一文中，斷為襄親王博穆博果爾及董小宛，誠然。但所謂「夫人」之說，是否能夠成立，猶待商榷；可斷言者，博果爾與董小宛之間，確是發生了如明憲宗與萬貴妃之間的畸戀。上引湯傳中的記載，對我的研究來說，最可珍貴的是這兩點：

一、世祖對博果爾，「親手打了一個極怪異的耳摑」。

二、博果爾「或許竟是自殺而死」。

凡此恰好解我屢思不得之惑。先談第一點；博果爾為太宗幼子，生於崇德六年，亦即崇禎十四年十二月二十日；當順治十二年二月封襄親王時，實足年齡不過十四歲兩個月。黎東方博士在

《細說清朝》中說，世祖曾掌摑博果爾，後來為了安慰他，封以親王。此說似乎離奇，而證以湯傳，實確有其事。但世祖怒責博果爾的原因，非全如湯傳所說；我由上述第二點所獲得的啟發，參以丘石常、吳梅村的詩，已瞭解了大部分真相，博果爾確為自殺而死，吳梅村〈七夕即事〉五律四首，即記其事。而博果爾所以自殺的原因，當從小宛初入慈寧宮時談起。

按：博果爾生母博爾濟吉特氏，與孝莊太后同族而牧地不同；太宗建號時，除清寧中宮外，另建東西四宮，惟博果爾生母稱麟趾宮貴妃，位在其他三宮之上。太宗既崩，多爾袞與豪格爭位，相持不下，仍由代善調停，另立太宗幼子；清朝此時已有家法，皇子以母而貴，其時太宗諸幼子，皇十子韜塞，生母無名，不在考慮之列；皇九子福臨生母為永福宮莊妃，身分不及皇十一子博果爾生母麟趾宮貴妃，但以多爾袞與莊妃有特殊感情，因而福臨得立，即為世祖；莊妃亦一躍而為孝莊太后。世祖尊封太妃，麟趾宮貴妃稱為懿靖大貴妃，封號特尊，即因本來位高之故。

由此可以想見，博果爾既為最幼之子，又當立而未立，則在宮中必然受到格外的優遇，則以小宛的細心體貼，富於愛心，當博果爾在慈寧宮承歡「嫡母」於膝下時，每由小宛照料此小皇子，殆為事理所必至。丘石常所說的「詔下文姬不許行」；推想是因為博果爾難捨小宛，因而已放出宮而臨時奉懿旨追回。

順治八年博果爾十一歲、小宛二十八歲；三年相處，在博果爾十四歲、小宛三十一歲時，已成畸戀，而世祖忽然正式介入。

說「正式介入」者，意謂世祖向孝莊太后提出納小宛為妃的要求。時間當在順治十二年初。

世祖於順治八年八月大婚，至此僅三年有餘，而婚姻上已發生很大的變化；元后因「奢」及「妒」兩項惡德，於十年八月被廢；降為靜妃，改居側宮。世祖在〈御製端敬皇后行狀〉中說：

朕伉儷之緣殊為不偶，前廢后容止足稱佳麗，亦極巧慧，乃處心弗端，且嫉刻甚；見貌少妍者，即憎惡欲置之死；雖朕一舉動，靡不猜防，朕故別居，不與接見。且朕素慕簡樸，廢后則僻嗜奢侈，凡諸服御，莫不以珠玉綺繡綴飾，無益暴殄，少不知惜。嘗膳時有一器非金者，輒怫然不悅。廢后之行若是，朕概含忍，久之鬱懣成疾；皇太后見朕容漸瘁，良悉所由，諭朕裁酌。故朕承慈命廢之；及廢，宮中人無一念之者，則廢后所行，久不稱眾意可知矣。

廢后所妒者，當然包括小宛在內。

元后被廢，復立廢后的姪女為后；即〈御製端敬皇后行狀〉中所稱的「今后」，時在十一年五月。此因科爾沁旗為清朝得免於後顧之憂，而必須保持密切關係的支持力量，故仍應結此一重政治婚姻。不幸世祖與「今后」，琴瑟不調如故。主要的原因是，「今后」老實無用，才不足以統攝六宮；世祖在〈端敬皇后行狀〉中說：

今后秉心淳樸，顧又乏長才；洎得后，才德兼備，足毗內政，諧朕志，且奉事皇太后，恪共婦道。

此非溢美之詞；小宛治家御眾，調和上下的才德，觀《影梅庵憶語》可知。是故平心而論，世祖之欲納小宛為妃，確有佐后內治的理智考慮成分在內。

但博果爾卻不是這樣想法；只是一味反對，以致激怒了世祖，出手掌摑。以博果爾彼時的身分、背景，這一掌可能激起極大的家庭風波。但平息之道，不僅僅是給一個「封親王」的「安慰獎」；而是作徹底化解的打算，重新建立手足間的親密感情與合作關係，期待博果爾為世祖最得力的助手，就像多爾袞之與太宗那樣。這個重新建立手足親密感情的工作，花了一年半的工夫，結果是博果爾「傷心長枕被，無意候牽牛」；在順治十四年七月初三，預定為世祖冊封小宛為「賢妃」的七夕之前四天，自殺了。

茲先舉兩證；再箋疏當時的真相：

一、博果爾的封號為「襄親王」。封號定例由內閣擬呈；有部書名為《鴻稱通用》，分上中下三冊，擬謚擬封號，皆取給於是。親郡王的鴻稱，本不列「襄」字；臣下方用襄：「闢地有德曰襄；甲胄有勞曰襄」，與《太平御覽》所收「謚法解」的條目相同。當時天下未定，是則封博果爾為襄親王，乃為敕命「大將軍」的先聲；期望他能建立如多爾袞的勳業。

二、《東華錄》順治十六年六月癸卯（廿六）諭禮部：「奉聖母皇太后諭：定南武壯王孔氏，忠勳嫡裔，淑順端莊，堪翊坤範，宜立為東宮皇妃。爾部即照例備辦儀物，候旨行冊封禮。」此為雍乾兩朝對順治實錄刪而未盡，所留的珍貴殘跡。孔氏即孔四貞；吳梅村〈仿唐人本事詩〉四首，為孔四貞而詠；其第一首云：

聘就蛾眉未入宮，待年長罷主恩空；旌旗月落松楸冷，身在昭陵宿衛中。

孟心史作〈孔四貞事考〉，認定此「為清世祖曾有刪立為妃之意」。稽考史實，殊覺不然。首先是年齡問題；其次，如謂冊封為世祖之妃，既已命禮部「備辦儀物」，則行之在即，何以未見下文？茲僅就年齡而論，《嘯亭續錄》卷二〈記孫延齡事〉云：

孫延齡孔定南婿也。定南殉粵西難，女四貞年十二，乳媼攜之遯民間，得免。

定南王孔有德殉難在順治十年，孔四貞年十二；翌年六月，四貞奉其父靈櫬回京，官書中載有其奏對之語；又《清史稿‧孫延齡傳》，謂「四貞生長軍中，習騎射，通武事。」凡此皆可證明其到京時，已不甚幼。據《嘯亭續錄》則四貞在順治十三年時，年已十五，正及婚配的年齡，是則孟心史所言：

終世祖之世，未嘗遣回給配，亦以四貞方幼，既未可給配，亦即未可冊立。

與事實並不相符。

事實是孝莊太后有意以孔四貞作配博果爾。當孔四貞到京，孝莊即視之為養女，留於宮中；「待年」者待其與博果爾之年俱長。十二年二月，博果爾封襄親王後，大興土木準備辦喜事；據瞿宣穎著《北平史表長編》載：

順治十二年（西曆一六五六）

建乾清、坤寧、景仁、承乾、鍾粹、永壽等宮。

順治十三年（西曆一六五七）

禁工程糜費。

《東華錄》：正月乙酉，工部製造庫奏，修葺襄親王府第，需用赤金四百兩為釘片鍍金之用。得旨：此乃王所暫居，又非創造，偶爾修葺，赤金四百兩安所用之？且修乾清宮時，尚須儉樸。

乾清等宮成。

《東華錄》：閏五月己未，乾清宮、乾清門；坤寧宮、坤寧門；交泰殿；景仁、永壽、承乾、翊坤、鍾粹、儲秀等宮成。

據《清宮述聞》，小宛生前住東六宮之一的承乾宮；可知冊小宛為妃及以孔四貞作配博果爾，定於十三年夏秋之際先後舉行，皆由等候工程之故。清制：皇子成婚後須「分府」；故修襄親王府，即為將成婚的明徵。《嘯亭續錄》卷三記〈京師王公府第〉，無襄親王府，不詳其址所在，但上諭既云「暫居」，可知以後將另建新第；此尤足為修葺現成房屋，以便分府作洞房的明證。

據上所考，可以斷定，十三年六月廿六日的上諭，「東宮皇妃」為「東宮王妃」的傳抄之誤。東宮不一定指太子；漢朝長樂宮在大內東隅，太后所居，亦稱東宮，見《漢書・侯勝傳》注。博果爾當時必住禁城「乾東二所」，而封王住於宮中者只襄親王一人，則稱「東宮王妃」便知為襄親王王妃，不致引起誤會。

如此疏證，梅村之詩，方字字可解，「聘就蛾眉未入宮」，即指六月廿六日一諭；「待年長罷主恩空」謂孝莊早有以四貞作配博果爾之意，故養於宮中，這才是「待年」。博果爾自殺，則此議長罷，主恩成空。「旌旗月落松楸冷」，謂世祖下葬；末句則因四貞於順治十七年以孝莊養女而封「和碩格格」掌定南王府軍事，故云。「身在昭陵宿衛中」，即「不在分香賣履中」，因有六月廿六日一諭，恐滋誤會，梅村特著此句，澄清事實，這才是詩史的史筆。

發掘出如上被湮沒了的史實，梅村的〈七夕即事〉四律，便易瞭解；而若干清史上的疑問，亦可有肯定的解答，如小宛封妃的日期，孟心史與陳垣皆謂在八月，陳垣且提出解釋，以襄親王薨於七月初三，「二十七日服滿，即為八月，故董妃以八月冊賢妃」。這樣就發生了一個疑問，

《東華錄》順治十三年七月記載：

己酉，和碩襄親王博穆博果爾薨，年十六。

壬子，上移居乾清宮。

癸丑，大赦天下。

據《兩千年中西曆對照表》，是月丁未朔，則己酉為初三；壬子為初六；癸丑為初七。時當盛暑，世祖何以突然自避暑之地的西苑或南苑移居乾清宮；七月初七又因何大赦天下？

事實上冊小宛為賢妃的典禮，仍照常於七月初七舉行；且於西苑夜宴。世祖於七月初六移居乾清宮，即因冊妃頒詔，典禮隆重，不便於離宮舉行；大赦天下的恩詔，在午門五鳳樓，由金鳳啣下，更非在離宮可頒。按：梅村其時正在京服官；龔芝麓於十三年四月由左都御史降補上林苑蕃育署署丞，未幾出使廣東，梅村有七言古風一首相送，句如「與君藉地燕山草」，今日他鄉再送君」，皆可證明〈七夕即事〉的本事，非親見即親聞，可靠性極高。

這四首詩是：

羽扇西王母，雲駢薛夜來，鍼神天上落，槎客日邊回。鵲渚星橋迥。羊車水殿開，祇今漢武帝，新起集靈臺。（其一）

今夜天孫錦，重將聘雒神，黃金裝鈿合，寶馬立文茵。刻石昆明水，停梭結綺春，沉香亭畔語，不數戚夫人。（其二）

仙醞陳瓜果，天衣曝綺羅，高臺吹玉笛，複道入銀河；曼倩詼諧笑，延年宛轉歌，江南新樂府，齊唱夜如何。（其三）

花萼高樓迴，岐王共輦遊，淮南丹未熟，緱嶺樹先秋；詔罷驪山宴，恩深漢渚愁。傷心長枕被，無意候牽牛。（其四）

題為〈七夕即事〉，當然徵七夕之典，惟第四首不盡然。梅村詩史中的隱筆、曲筆，慣用此手法，顯得格外突出，就四首詩的整個章法而言，前三首寫小宛封妃，間有一、二語涉及博果爾；最後一首則專寫博果爾自殺，但亦提到小宛的反應。

於此，我先要談一點讀詩的心得，凡大家、名家用典，以古人擬今人，都要照顧到相關的人物；特別是相對的人物，我名之為「暗擬」。如錢牧齋「擬老杜生長明妃一首」，以小宛比作明妃，即以順治比作呼韓邪單于，觸犯忌諱所不惜，甚至有意為之，聊逞一快。吳梅村筆下則極有分寸，暗擬世祖者大多為漢唐盛世之王；如「南山仍錮慎夫人」，則以漢文帝擬世祖等等。這樣，即使發生文字獄，猶得有所辯解；至如陳其年詠貞妃，「董承嬌女拜充華」，以董承擬鄂碩，即是以亡國之君的漢獻帝擬世祖，倘或出事，命其「明白回奏」，罪無可逭了。

〈七夕即事〉四首之妙，就妙在暗擬的貼切，依原詩次序，列述如下：

一、西王母：孝莊太后。

二、薛夜來、鍼神：董小宛。薛夜來原名靈芸，魏文帝愛姬，妙於女工，宮中號為鍼神，魏文帝為改名夜來。按：董小宛亦有鍼神之目；但擬之為薛夜來，則是以魏文帝暗擬多爾袞。

三、漢武帝：世祖。按：漢武帝生於七夕。

四、洛神：董小宛。擬小宛為洛神，即擬世祖與博果爾為曹丕、曹植。

五、戚夫人：指世祖的有子之妃，如聖祖生母佟佳氏等。

六、岐王：博果爾。擬博果爾為岐王，即暗擬世祖為唐玄宗。

就詩論詩，第一首第一；第四首第二；第二首第三；第三首最差，此由於七夕之典而語意雙關，可用以描寫「即事」者，搜羅殆盡，至此已形竭蹶；而詩禮有「三絕句」，無三律句，不能不再賦一首，以成偶數，因而雜湊堆砌，為吳詩惡札。但就史論詩，則有一重要的透露，即自「仙醞陳瓜果」至「齊唱夜如何」，八句確證得一事：西苑夜宴。我原以為第四首「詔罷驪山宴」的涵義是，冊妃之典照常舉行，但以襄親王之喪，賜宴妃家一節，停止舉行，後知其不然；博果爾不識國體，大殺風景，死後不諡（諡「昭」為康熙朝追諡）、不祭、不輟朝；有慶典照常舉行，可說是對他身後的一種嚴厲懲罰。死有輕於鴻毛，正此之謂。

第二首寫典禮的隆重，以及世祖對小宛恩情之深。起句突兀，天孫織錦，重聘洛神，莫非為牛郎納小星？當然不是；不過〈七夕即事〉而務極隱諱，不能不以天孫為言而已。「黃金裝鈿合」

之指七夕定情，自不待言；「文茵」即虎皮，「寶馬立文茵」則為一種珍貴的禮物，但絕非聘禮。《史記・李斯傳》，公子高上書胡亥，自言得秦始皇之寵，謂「中廄之寶馬，臣得賜之」；則知此「寶馬立文茵」，乃賜博果爾者，但不必真有其事；用意在寫世祖對幼弟多方籠絡，藉補其失小宛之憾。「刻石」、「停梭」泛寫，無可深論；末言小宛獨擅恩寵，雖有子之妃，不共遊宴。

現在細談一、四兩首。薛夜來非仙女，用「雲駢」者，基於王母侍女皆女仙的假設；「羽扇」、「雲駢」、簇擁鍼神，自天而降，寫得氣象萬千，而十五字中，有明暗兩層深意。明的一層，薛夜來由西王母親自送來，表明立小宛為妃，充分獲得孝莊的贊成。而孝莊之贊成，不盡出於寵愛，亦由繼后才德不勝中宮之任，思以小宛為佐；〈御製端敬皇后行狀〉，述孝莊太后哭小宛之語如此：

> 后崩，皇太后哀痛曰：「吾子之嘉耦，即吾女也。吾冀以若兩人永諧娛我老，茲后長往矣！孰能如后事我耶？孰有能順吾意者耶？即有語，孰與語耶？孰與籌耶？」

按：世祖親政時方十四歲，初期之為訓政，勢所必然；以後於國政大端，亦每請命而行，是則「與語」「與籌」者，不盡為宮闈之事可知。繼后的程度太差，孝莊於此冢婦，不足與語，無足與籌，痛苦亦可知。初冊小宛為妃，封號曰「賢」；繼而進位皇貴妃，在在可以看出孝莊對她的倚重。至於暗的一層，點出小宛的出身，來自睿邸。此與梅村〈古意〉第六首合看，更為明白。〈古意〉六首，容後釋。

「槎客日邊回」為「葉家小兒魯莽甚」補舉一證。如張華《博物志》所記，「客星犯牽牛」雖成過去，但於此處附帶一筆，亦是宕開一筆，不獨搖曳生姿，而且大開大闔，如老杜的「一去紫臺連朔漠，獨留青塚向黃昏」，一聯之中，幾可概括其人生平，實在是大手筆。

第二聯「星橋迥」則烏鵲填河甚勞，冊妃之事以博果爾反對，不知費卻幾許周折；「水殿」指西苑，「羊車」言望幸者多，殊不知大內已另營藏嬌之處。

按：漢武帝的集靈臺，據《三輔黃圖》，正確的名稱應為集靈宮。《舊唐書・明皇紀》：「新成長生殿，曰集靈臺，以祀天神。」梅村指的是唐玄宗的長生殿；亦即世祖新修的承乾宮，卻說是「至今漢武帝」，自是一種障眼法。

第四首主要的亦是用唐玄宗的典，起兩句可與「寶馬立文茵」合看，言世祖對博果爾友愛。「淮南丹未熟」，劉安白日飛升；「緱嶺樹先秋」，子晉騎鶴而降，皆言仙去，謂博果爾之死。六月廿六日立孔四貞為「東宮皇妃」一論，應有下文；以宮廷規制論，禮部備儀物、進儀注，欽天監擇日，行禮之期當在冊小宛為妃之前，或者竟是七月初三；博果爾既死，此論應該明詔撤銷，孔四貞方能恢復原有的身分。驪山在此處指華清宮，轉化為離宮；孔四貞封王妃，儀注中當有太后賜宴西苑一項；明詔罷宴以喻這一樁政治婚姻的「長罷」。

「恩深漢渚愁」是極緊要的句子，寫小宛的心境，反映出博果爾的死因。「漢渚」二字極費解，既解方知其曲折奧妙；此用「漢皋解珮」的故事，而又照顧到小宛與博果爾的關係，有如曹丕的甄后之與陳思王曹植。按：〈洛神賦〉原名〈感甄賦〉；萬千感慨中最主要的一端是：

感交甫之棄言兮，悵猶豫而狐疑。

「交甫」者鄭交甫，為「漢皋解珮」這個故事中的男主角。漢景帝常山太傅韓嬰作「詩內外傳」，皆有鄭交甫的記載；《韓詩內傳》：

鄭交甫遵彼漢皋臺下，遇二女，與言曰：「願請子之珮。」二女與交甫；交甫受而懷之，趍然而去；十步、循探之即亡矣。迴顧二女，亦即亡矣。

「外傳」文字微有不同：

鄭交甫將南適……遇二女，珮兩珠；交甫目而挑之，二女乃解珮以贈之。（下略同。）

「珮兩珠」句似不可通；但此為「游女弄珠」一典之由來。「游女」即此解珮二女；《列仙傳》：

江妃二女，游於江濱，逢鄭交甫。

據《山海經》郭璞注：

天帝二女，處江為神，即《列仙傳》江妃二女。

又據〈琴賦〉注：

游女，漢神也。

江漢並稱；漢神即江神。如上疏證，解珮二女為江妃之女，亦天帝之女；「處江為神」，亦漢水之神；「游於江濱」，亦游於漢濱，故稱「游女」；〈洛神賦〉：

從南湘之二妃，攜漢濱之游女。

此游女既解珮，亦弄珠；〈南都賦〉：

游女弄珠於漢皋之曲。

又何遜〈七召〉篇：

值解珮於江濱；逢弄珠於漢渚。

此為一事之分詠，解珮、弄珠既為一事；漢皋、漢渚更為一地。皋者澤也；渚者洲也，本自可通。

梅村描寫小宛當時的心境，以「漢渚」兼賅漢皋解珮及陳思「感甄」兩典，而繫以一「愁」字，表明了小宛非游女之比；小宛愁的是博果爾自覺成了鄭交甫，認為小宛是欺騙鄭交甫的游女。如果彼此沒有感情，則「我原未相欺，你自誤會，於我何干？」惟其「恩深」，則有此誤會而不知如何解釋，自必犯愁。忖度當時情事，博果爾畢竟只是一個養於深宮，長於婦保之手的少年，沒有能力，更沒有經驗來處理這種以一個高度成熟的婦人為對象，並以做皇帝的胞兄為情敵的，複雜微妙的男女之間的感情；因此，當他知道世祖將冊小宛為妃，而又公然反對無效時，惟有不斷要求小宛，勿離我而去。而小宛則在百般譬解無效之餘，只有虛與委蛇地出以一個「哄」字；這一哄，哄了一年多，於是當真相揭露，塵埃落地時，博果爾勢必產生非常強烈的受騙的感覺；要用非常強烈的手段來抗議。

「傷心長枕被」是另一種受騙的感覺，說什麼花萼樓中，友于之情；無非是打算奪愛的假仁假義；「無意候牽牛」者，不打算等到七夕，目睹冊妃之典。《湯若望傳》的記載：「於是乃因怨憤致死，或許竟是自殺而死。」應修正為：「於是乃因怨憤自殺而死。」倘若不然，則博果爾之死非疾病，即意外；如為前者，必有皇帝奉太后視襄親王疾的官方紀錄；若為後者必有上諭說明發生意外的經過，並有恤典。《清會典》規定，親王如為追封，始不予諡；已封親王而薨於位者，必有諡。如博果爾之例，絕無僅有。

6 「董承嬌女」殉葬之謎

小宛既封賢妃，冊文中不能不敘其家世；此為一大難題。恰好鄂碩充內大臣，他的姓氏為棟鄂；滿洲姓氏為音譯，漢文寫法可以變動，遂以小宛為鄂碩之女，而棟鄂寫作董鄂，藉以附會董姓，但冊文中仍逕書為「董氏」。

鄂碩有「女」封妃，復晉皇貴妃，自應「加恩」，他原來的爵位為三等精奇尼哈番，漢文為三等子；以小宛之故，晉封為三等伯。可能因為無功受祿，覺得應有報答，於是以他的一個姪女進獻，此即殉世祖的貞妃，是真正的董鄂氏。

陳其年〈讀史雜感〉第二首，即為貞妃而作，原詩如此：

董承嬌女拜充華，別殿沉沉鬥鈿車；一自恩波霑戚里，遂令顏色擅官家。驪山戲馬人如玉，虎圈當熊臉似霞；玉柙珠襦連歲事，茂陵應長並頭花。

「董承」為漢獻帝之舅，受密詔誅曹操，反為曹操所殺，並夷三族；其女為貴人，正有娠而亦不免。此處的董承，指鄂碩同祖的堂兄弟，貞妃之父輕車都尉巴度。「充華」為九嬪之一；貞妃乃追封，初入宮時位號或亦為貴人。

「別殿沉沉鬥鈿車」，須與下文合看。「鈿車」非泛指，別有典，元微之詩，〈痁臥，聞幕中諸公徵樂會飲，因戲呈三十韻〉，中有一聯：

鈿車迎妓樂，銀翰屈明儕。

「鬥鈿車」於夜色「沉沉」的「別殿」，言教坊以世祖在西苑或南苑夜宴，奉召爭以女樂侍應，「鬥」者，爭道之謂。忖度貞妃有殊色，故得與名義上為姊妹的小宛，並擅恩寵，常侍遊宴。「官家」為天子的別稱；「擅」則並擅的簡略；而並擅的由來，則以鄂碩因小宛而晉爵之故。由「恩波」、「戚里」的字樣看，董鄂氏中因小宛而蒙恩者，恐不止鄂碩一人，因另進一有色之女，既報雨露，亦以固寵。「一自」連「遂令」，文氣上的因果關係，是寫得相當清楚的。

第二聯中，典故有三：「驪山」、「戲馬」、「虎圈當熊」。此處的「驪山」與「詔罷驪山宴」的用法不同；指秦始皇陵而言。「戲馬」為「戲馬臺」的簡稱；臺在揚州，其下有路，號「玉鉤斜」，為隋朝葬宮人之處。這兩個不相干的典故聯綴在一起，可解釋為世祖崩後，有妙年宮人殉葬。

「虎圈當熊」為漢元帝馮婕妤的故事；進一步指出此殉葬宮人為貞妃。這個典故的涵義相當豐富，一謂貞妃曾從獵；一謂馮婕妤為傅太后所迫而自殺，即指貞妃被迫自裁；一謂「虎圈當熊」乃弱女子身當急難，捨己救人，暗示貞妃之殉，為其母家擋災，詳見後釋吳梅村〈讀史有感〉第三首，「從容恐殺李延年」。

七句「玉柙珠襦連歲事」之柙，「假借為匣」，見《說文通訓定聲》；《漢書・董賢傳》、《後漢書・禮儀志》，都有玉匣珠襦的記載；簡要莫如《西京雜記》：

> 漢帝送死皆珠襦玉匣，匣形如鎧甲；連以金縷，武帝匣上皆縷為蛟龍鸞鳳龜麟之象。

前幾年中共在香港展覽出土文物，有所謂「金縷衣」者，即是「珠襦玉匣」。中共管文物的

「官員」不知出處；名之為「金縷衣」，其陋可哂。

順治十七年端敬崩；十八年世祖崩，此即「玉匣珠襦連歲事」；漢武帝的「茂陵」指世祖孝陵。端敬與貞妃算是姊妹；姊袝妹殉，雙雙陪葬，此即所謂「並頭花」。

吳梅村〈讀史有感〉八首，皆詠世祖生前生後的后妃宮眷。前三首詠小宛與貞妃；先錄原詩，再為箋釋：

彈罷熏弦便薤歌，南巡翻似為湘娥。當時早命雲中駕，誰哭蒼梧淚點多？（一）

重壁臺前八駿蹄，歌殘黃竹日輪西。君王縱有長生術，忍向瑤池不並棲？（二）

昭陽甲帳影嬋娟，慚愧恩深未敢前。催道漢皇天上好，從容恐殺李延年。（三）

第一首用娥皇、女英之典，異常精切；第二首則皆《穆天子傳》中故事；第三首徵漢武與李夫人之典，意最晦澀。孟心史〈世祖出家事考實〉云：

此詩當詠殉葬之董鄂妃，首言帝之崩，翻似為妃之死，此即後來附會行遯之意。一董妃死而帝崩，帝崩而又一董妃殉，若使帝先逝，而兩董妃不知孰殉之急切也。第二首言非殉不可。第三首言不殉且有門戶之憂，或亦如多爾袞之母，有所迫也。

所言大致不誤。第一首除「此即後來附會行遯之意」一語略嫌費解外，所釋差得梅村本意；謂「第三首言不殉且有門戶之憂」，殊為卓識。惟謂第二首「言非殉不可」則大誤；此首為第一首第二句「南巡翻似為湘娥」作註腳，刺世祖不「哀民」而有殉情之意。《穆天子傳》：

天子遊于河濟，盛君獻女；天子為盛姬築重璧之臺。東征狃于澤中，逢寒疾死；天子殯姬于轂丘之廟，葬于樂池之南。

「轂丘」，春秋地名，今山東曹州。此處多陂澤，盛姬在此「逢寒疾死」，下句「黃竹」之典為一旁證；《穆天子傳》又言：

丙辰，天子遊黃臺之丘，獵於草澤，有陰雨，天子乃休；日中大寒，北風雨雪，有凍人，天子作詩三章以哀民：「我徂黃竹負閟塞」云云。

按：梅村〈清涼山讚佛詩〉第四首前段，亦言盛姬之死，應合看：

嘗聞穆天子，六飛騁萬里，仙人觴瑤池，白雲出杯底。遠駕求長生，逐日過濛汜；盛姬病不救，揮鞭哭弱水。

於此可知，「重璧臺前八駿蹄」，即「遠駕求長生」，而又包括「盛姬病不救」。質言之，此句謂世祖因小宛之死而興逃禪求解脫之意。第二句「日輪西」與「逐日過濛汜」應合看；王子年《拾遺記》：

周穆王有馬曰「超影」，逐日而行。

又，王逸注《楚辭‧天問》篇「出自湯谷，入於濛汜」曰：

言日出東方湯谷之中，西極濛水之匯也。《爾雅》云，西至日所入為太蒙。即蒙汜也。

東征而「日輪西」，則與「逐日」相背，言求長生不得。三、四兩句反跌一層而言，即使能長生於人間，亦難捨盛姬於天上，故云「君主縱有長生術，忍向瑤池不並棲？」至於澤中「凍人」，已不暇哀；自然就「黃竹」「歌殘」了。

第三首方如心史所說：「言非殉不可」；「不殉且有門戶之憂」。但多爾袞之母大妃之殉太祖，乃為太宗等所迫；而貞妃之殉世祖，則壓力來自蒙古科爾沁旗，此為「銀海居然妒女津」所引起的另一重公案，詳見下章。

7 探索世祖廢后的下落

世祖廢元后在順治十年八月；廢后之故，已見第五章引錄〈御製端敬皇后行狀〉，因「妒」「奢」兩端，為世祖所惡。平心而論，此為欲加之罪，妒為婦人天性；奢則世祖本身亦不免。此妒與奢，是否由小宛德性中的「有容」與儉樸反映而顯，雖猶未敢斷言，但廢后的自裁，為求祔葬復位，而因末命以小宛同穴，乃不能再容廢后，則為可確定的事實。由此事實推論，則廢后與小宛必不能和睦相處，乃事理之所必至；所須補充說明者，不能和睦相處，乃廢后不能容小宛；非小宛不能敬廢后。

廢后之父名吳克善，封號為「科爾沁卓禮克圖親王」，為孝莊太后的胞兄；廢后為孝莊的嫡姪，而與世祖為中表。但聘廢后，卻出於多爾袞的主持；世祖因多爾袞殺其長兄肅親王豪格、復納豪格之妻，極為痛恨；是否因此遷怒而成為廢后的因素之一，未可妄斷。但廢后既為孝莊的嫡姪，世祖廢皇后「降為靜妃，改居側宮」，而能獲得孝莊的同意，則廢后之被廢，自必有咎由自取之處；由梅村詩中參詳，世祖大婚以後，即與元后意見不合，而元后負氣、不稍遷就「積與帝忤」，因而被廢；廢後還有故事。

吳詩專詠廢后者，有〈古意〉六首；按實而言，則僅五首、第六首詠小宛與多爾袞，為第五首「南山仍錮慎夫人」作註腳。這首詩曾為孟心史帶來極大的困擾；其實是很容易明白的。茲先錄原詩如下：

爭傳婺女嫁天孫，纔過銀河拭淚痕。但得大家千萬歲，此生那得恨長門？（一）
豆蔻梢頭二月紅，十三初入萬年宮。可憐同望西陵哭，不在分香賣履中。（二）
從獵陳倉怯馬蹄，玉鞍扶上卻東西。一經輦道生秋草，說著長楊路總迷。（三）
玉顏憔悴幾經秋，薄命無言祇淚流。手把定情金合子，九原相見尚低頭。（四）
銀海居然妒女津，南山仍錮慎夫人。君王自有他生約，此去惟應禮玉真。（五）
珍珠十斛買琵琶，金谷堂深護絳紗；掌上珊瑚憐不得，卻教移作上陽花。（六）

孟心史在〈世祖出家事考實〉中，斷此六詩「為世祖廢后作」；他的釋論是：

第一首：言立為后不久即廢，而世祖亦不永年，措詞忠厚，是詩人之筆。
第二首：言最早作配帝王，至帝崩時，尚幽居別宮，退稱妃號而不預送終之事。
第三首：言初亦承恩、不堪回首。后本慧麗，以嗜奢而妒失措，則其始當非一見生憎也。
第四首：言被廢多年，世祖至死不回意。

第五首：第一句言生不同室，第二句言死不同穴，慎夫人以況端敬；端敬直死後永承恩念，廢后一無他望。

第六首：可疑！若非董小宛與世祖年不相當、幾令人思冒氏愛寵、旋納宮中為或有之事矣。

除第二首的釋論，完全正確外，此外多少皆有錯誤；而第三首則無一語道著癢處。

先說第一首。起句即極費解，「天孫」為織女，自是指廢后；但何以謂之「爭傳婺女嫁天孫」？查《星經》釋婺女云：

須女四星，一名婺女。

又《史紀・律書》：

東至于須女。《索隱》曰：婺女名也。

由此可見，婺女雖為須女四星之一，但可代表全體；易言之，婺女即須女；而須女為二十八宿之一，劉向《說苑》：

北方曰：斗、牛、須女、虛、危、營室、東壁。

此言二十八宿的玄武（北方）七宿：須女、營室、東壁三宿，簡稱為女、室、壁。女宿即須女；須女即婺女，則婺女即女宿。丹元子〈步矢歌〉釋女宿云：

女，四星如箕，主嫁娶。

原來婺女指廢后之父吳克善。《世祖實錄》：

順治八年正月乙丑，上初聘科爾沁卓禮克圖親王吳克善女為后。至是，卓禮克圖親王送至京；和碩親王滿達海等，請於二月內舉行大婚禮。

此為滿清入關後，第一次辦大喜事；吳克善送女到京，妝奩儀從，亦必極盛，轟動一時，故云「爭傳婺女嫁天孫」。第二句「纔過銀河拭涙痕」，則新婚時琴瑟即已不調。三、四兩句，最可玩味，宋人稱天子為「大家」；「長門」則用漢武陳皇后之典；《樂府解題》：

「長門怨」者，為漢武陳皇后作。后退居長門宮，愁悶悲思，聞司馬相如工文章，奉黃金百斤，令為解愁之解；相如作〈長門賦〉，帝見而傷之，復得親幸。後人因其賦而為「長門怨」。

按：陳皇后與漢武為表親，以擬廢后，殊為貼切。以詩意推測，當時亦必有如司馬相如者，在為廢后作挽回之計，且已有了初步效果；假以時日，可望能迴天意，復加親幸，無奈世祖不永年，故有「但得大家千萬歲，此生那得恨長門」之嘆。

第二首言世祖崩時，廢后未能送終，極是。第三首則言失寵之故；世祖好行獵，而廢后對此不感興趣；「怯馬蹄」者曲筆，生長游牧之地，何得憚於騎馬？只著「玉鞍扶上卻東西」，可知廢后原能控御，只為負氣，故意背道而馳；如不善騎，而為從者牽馬以行，那就自然帝行亦行，帝止亦止，步趨相隨。「長楊」謂漢長楊宮，有射熊館，為行獵之地，指南苑；「一經輦道生秋草」，謂車駕不至，世祖已崩；而「說著長楊路總迷」者，因為既無御馬作「指標」，即不能復辨東西；此極言廢后事事與世祖反對。

第四首言廢后愧悔，惟以情乞憐於世祖。「九原相見」，明言廢后在泉下；但前言「可憐同望西陵淚」，則當世祖崩時尚在世，其死在世祖既崩未葬之間。

第五首第二句「南山仍錮慎夫人」，心史謂「慎夫人以況端敬」，世祖與廢后「死不同穴」甚是；而以第一句「言生不同室」，則不知他何以有此與字句絲毫扯不上關係的看法？按「銀海」謂陵寢，典出《漢書・楚元王傳》：

秦始皇葬於驪山之阿，水銀為江海；黃金為鳧雁。

故杜工部〈驪山詩〉云：

鼎湖龍去遠，銀海雁飛深。

「妒女律」應稱「妒婦津」；梅村易婦為女，亦是求隱諱之意。《酉陽雜俎》載：

臨清有「妒婦津」；相傳言，晉大（太）中，劉伯玉妻段氏，字明光，性妒忌；伯玉常於妻前誦〈洛神賦〉語其妻曰：「娶婦得如此，吾無憾矣！」明光曰：「君何得以水神美而欲輕我！吾死何愁不為水神？」其夜乃自沉而死；死後七日，託夢語伯玉曰：「君本願神，吾今得為神也。」伯玉寤而覺之，遂終身不復渡水。

段明光所企求者，與劉伯玉死後復為夫婦；廢后的願望，與段明光相同，然則如何得能達成願望？計惟身殉，得孝莊垂憐，以懿旨復其位；既復位元后，自必祔葬。由此以論，孝陵豈非廢后的妒婦津？誰知「南山仍錮慎夫人」；祔葬者依舊是端敬。段明光所妒的是洛神；廢后所妒的是小宛，而當小宛初封妃時，梅村曾擬之為洛神，巧的是卻有妒婦津一典可用。

第三句言世祖與小宛有來生之約；末句則設為規勸之詞；《唐書・后妃傳》：

玉真公主字持盈，天寶三載，請去公主號、罷邑司，帝許之。

是則「此去應知禮玉真」謂廢后應學玉真公主的謙退。這個正面的解釋，無甚意味；應從反面去看，廢后為爭名分，不惜殞身，則此爭之激烈，可想而知；爭而不得會發生什麼事，更可注意。

按「七出」之條，有輕有重；元后之奢與妒，並非婦人重大失德。就常理而言，被廢已為極重的懲罰；世祖崩而自裁殉葬，更為無可再重的自贖的表示，而況太后又為嫡姑，無論從那一方面看，都應該讓廢后復位祔葬，而竟不能償其所願，必因世祖遺命堅囑以端敬同穴；有端敬即不能再容廢后，否則泉下亦不得相安。此在世俗的看法上，是十分重視的一件事。但對廢后來說，又何能瞑目？

今以〈讀史有感〉第三首參證，廢后母家必然提出抗議，引起很大的風波；以科爾沁旗的地理位置及其在蒙古的勢力而言，此事不能善罷，清朝將有後顧之憂，所以結果便是董鄂氏家亦死一女，表示為枉死的廢后償命；「催道漢皇天上好，從容恐殺李延年」，逼殉甚急，可以想見當時事態之嚴重。而廢后之死，怎麼樣記載都不合適，以致史料竟付闕如。清史專家陳捷先教授，及清太祖嫡裔的金承藝教授，在談到世祖廢后的歸宿時，亦都認為是很值得研究的一個問題；希望我提出的解釋，能有助於他們找出廢后的真正下落來。

8 小宛之死與世祖逃禪

董小宛於順治十三年七夕，冊封為賢妃後，在剛滿五個月的十二月初六，晉封為皇貴妃。清朝後宮之制，皇后下皇貴妃一；貴妃二；妃四，小宛的晉位，是越次升騰。可能當時世祖已有第二次廢后的打算；其事至一年後始發，〈御製端敬皇后行狀〉云：

> 十四年冬於南苑，皇太后聖體違和，后朝夕侍奉；廢寢食。朕為皇太后禱祀於上帝壇，旋宮者再；今后曾無一語奉詢，亦未曾遣使問候，是以朕以今后有違孝道，諭令群臣議之，然未令后知也。後后聞之，長跽頓首固請曰：「陛下之責皇后是也。然妾度皇后，斯何時，有不焦勞憂念者耶？特一時未及思，故失詢問耳。陛下若遽廢皇后，妾必不敢生。陛下幸體察皇后心，俾妾仍視息世間，即萬無廢皇后也。」

繼后因此而得不廢；但世祖仍於十年正月初三，下詔停止繼后箋奏。其時小宛已生子兩月；如繼后被廢，則小宛必正位中宮，歷史會不會因此改寫，是個很有趣的疑問。

小宛之子生於十月初七；至十五年正月廿四夭折，在世只三月有餘，尚未命名；但三月甲子，追封為和碩榮親王，並為之建造墓園。其前兩日，復繼后箋奏；顯然的，此亦為小宛所提出的交換條件；即世祖欲封殤子，小宛辭謝，而世祖必欲追封，小宛因以先復皇后箋奏為請。這雖是我的假設；但有多方面的跡象，顯示小宛深懷器滿則盈的戒慎恐懼之心；生子而殤，尤為極大的打擊；〈御製行狀〉云：

后於丁酉冬生榮親王，未幾王薨。朕慮后愴悼，后絕無戚容，恬然對曰：「妾產是子時，遂懼不育致夭折，以憂陛下。今幸陛下自重，弗過哀，妾敢為此一塊肉，勞陛下念耶？」因更勉慰朕，不復悼惜。當后生王時，免身甚艱，朕因念夫婦之誼，即同老友，何必接夕，乃稱好合。且朕夙耽清靜，每喜獨處小室，自茲遂異床席。即后意豈必己生者為天子，始慊心乎？是以亦絕不縈念。

此為世祖稱道小宛賢德；而實際上並非如此，金之俊〈端敬皇后傳〉云：

后患病閱三歲，懼瘁已甚，仍勉謂無傷，料理諸務，周詳中禮，始終如一。

「閱三歲」謂前後三年；小宛歿於順治十七年，則起病在十五年，必因殤子而憂傷成疾。前引〈御製行狀〉中，深可注意者有兩點：

一、所謂「即后意豈必已生者為天子，始慊心乎？」可知世祖已許其生子，當立為東宮；否則小宛不會有此想法。由此而論，小宛所失者非獨子，而為未來的天子；這是關係何等重大之事！

二、世祖對小宛的愛情，確可當「偉大」二字；事實顯示，這份偉大的愛情，乃由於小宛人格的感召而生。不過，這是以後，尤其是小宛身後方知世祖情深如此，當「異床」時，在自以為以色事人的小宛，不能無色衰愛弛之懼；陳其年〈水繪園雜詩〉第一首（見第三章所引）結句：

妾年三十餘，何以擅恩寵？

旁人都有此看法；本人可想而知。

綜合上述兩點，試作進一步推論，以小宛的出身，到這樣的地位，其為親貴命婦所嫉視，乃必然之事；一旦失寵，落井下石之人甚眾，下場恐不止於打入冷宮。「異床」為「愛弛」之始，維繫恩情，不能不寄望於子；所生之子如在青宮，則地位更有保障。那知生子未名而殤，希望落空；而且既已「異床」，不復再能生子，亦就是斷絕了希望。在這樣的心情之下，小宛何能不憂，何能不病？

小宛歿於順治十七年八月十九日，越二日諭禮部，奉懿旨追封為皇后，謚曰「孝獻莊和至德宣仁溫惠」端敬皇后。據張宸《青瑣集》記：

端敬皇后喪，命諸大臣議謚，先擬四字不允，而六字、八字、十字而止；猶以無「天聖」二字為歉。

孟心史論此節云：

所加端敬皇后謚號，除「端敬」二字為皇后上應有之識別，其謚則為「孝獻莊和至德宣仁溫惠」十字；猶以無「天聖」為歉。歷代嫡后皆有「承天輔聖」等字；非嫡子而為帝者，有「育聖」等字，端敬既不以嫡論，亦不得以子嗣帝位而得一「聖」字，是誠歉矣。

按：清朝謚后，初謚最多為十二字，第一字必用孝字；最後四字，如為嫡后或有子為帝者，則如孟心史所云。是故嚴格而言，所謚僅七字；而以孝字下繫的第一字為主，如高宗元后富察氏，生前曾表示，身後望能謚「賢」，高宗如其所願。小宛之子，原定繼承皇位，四月而殤，不得謚「天聖」字樣；世祖以為歉者，乃憾於小宛終不能有子而為帝。但謚至「十字而止」，加稱號「端敬」，仍為十二字；十字之謚，除孝字外，尚有九字，已踰禮制，而由四字至六字，至八字，至十字，每一次「不允」，必有一番爭議，亦可想而知。

我以為議謚小宛的經過，可以解答一個疑問，何以董小宛入清宮為世祖之妃；以及世祖因小宛之死而逃禪的故事，流傳如此之廣且久？小宛入宮經過，起初僅江南少數士宦之家知其事，欲留真相於文字，亦辛苦經營，務極隱諱，則口舌之不敢宣揚，深恐賈禍，不難推想。至於小宛生前在宮中受孝莊的倚重；世祖的敬愛，須看〈御製行狀〉方知；在小宛未死時，宮闈事秘，民間不得而聞。若謂由董鄂家傳出，亦不可能，因為小宛時有告誡，務諱其出身，〈御製行狀〉云：

初后父病故，聞訃哀怛，朕慰之；抆淚對曰：「妾豈敢過悲，厪陛下憂？所以痛悼者，答鞠育恩耳。今既亡，妾衷愈安；何者？妾父性夙愚，不達大道，有女獲侍至尊，榮寵已極，恐自謂復何懼，所行或不韙，每用憂念。今幸以時終，荷陛下恩卹，禮至備，妾復何慟哉？」因遂輟哀，後復有兄之喪，時后屬疾，未使聞；后謂朕曰：「妾兄其死矣，曩月必再遣妾嫂來問，今久不至，可知也。」朕以后疾，故仍不語以實，慰安之；后曰：「妾兄心矜傲，在外所行多不以理。恃妾母家，恣要脅，容有之；審爾，詎止辱妾名，恐舉國謂陛下以一微賤女，致不肖者肆行罔忘。故夙夜憂懼，寢食未敢安；今幸無他故歿，足矣！妾寧用悲為？」

唯恐「父兄」招搖，竟以「父兄」之死為幸；則董鄂家之不敢談小宛，由「幸無他故」一語，可以推知。

因此小宛在日，連詞臣亦不知宮中有此特殊人物，是無足為奇的事。乃自議謚開始，一連串自漢唐以來對妃嬪所未有的異數哀榮，勢必驚異天下，爭相詢問：八旗中何得有此賢媛，能令天子如此傾倒？及至發掘真相，越令人難信，越能成為熱門話題。這重公案經康雍乾三朝，極力掩飾，而民間傳說如舊；實因世祖當時的舉措，驚世駭俗，予人的印象深刻難磨。

當時情事，仍賴詩證。梅村〈清涼山讚佛詩〉，一代詩史，重要性過於〈圓圓曲〉、〈永和宮詞〉等，只以本事隱秘曲折、用典深奧晦澀，不比「慟哭六軍俱縞素，衝冠一怒為紅顏」等句，易於琅琅上口，因而削弱了這四首詩在梅村詩集中應有的地位。茲分段錄引原詩第一、第二兩首，並加箋注；所據吳詩為吳翌鳳注本。

西北有高山，云是文殊臺；臺上明月池，千葉金蓮開，花花相映發，葉葉同根栽。
王母攜雙成，綠蓋雲中來；漢主坐法宮，一見光徘徊。

第一段六句寫清涼山，即山西五台山、「文殊臺」、「明月池」，皆五台山地名；「金蓮」亦五台山名花；所指甚確，則第二段四句，寫世祖初見小宛，自當在五台山，而實不然。孝莊太后在世祖生前，足踰未履五台；故知第一段與第二段不可連讀。

第一段為泛寫，比興之體，「千葉金蓮開」三句，暗喻皇室婚姻關係的複雜密切，或一帝娶姑姪姊妹；或兄弟、叔姪而為連襟。但此種複雜密切的婚姻關係，在皇室而言，可以增強聯繫，而不致破壞團結；「花花相映發，葉葉同根栽」為讚美之詞。按諸清朝開國史，此亦為事實。

第二段吳翌鳳於「雙成」注下加案語：「此著其姓。」可知在當時即以「雙成」暗喻董鄂氏，不知實為董小宛；雙成為王母侍兒，正合此時小宛與孝莊的關係，如雙成為董鄂氏，則言其十八歲冊立為妃，不當用雙成之典；更不當隨侍太后而非扈從世祖。

「漢主坐法宮」的「漢主」，自是指世祖；「法宮」謂「路寢正殿」，見《漢書・鼂錯傳》注：「路寢」即行宮，此言見小宛之地。「一見光徘徊」句，吳翌鳳未注；後為漢陽葉繼雯鉅眼看出，「光徘徊」中藏一典；在我看來，得明此典出處，極其重要，《後漢書・南匈奴傳》：

昭君豐容靚飾，光明漢宮，顧景裴回，竦動左右，帝見大驚。

「裴回」即「徘徊」；世祖一見小宛，如昭君和番陛辭，漢元帝驚豔的光景。此一段雖只四句，情事甚顯，孝莊攜小宛至某處行宮，世祖初識小宛，一見傾心。我所謂某處，疑為北平西山；西山有「小清涼」之號，正合詩題。但此非要點，不必深考。以下第一首第三段：

結以同心合，授以九子釵；翠裝雕玉輦，丹髹沉香齋；護置琉璃屏，立在文石階，長恐乘風去，舍我歸蓬萊。

此八句寫世祖一見傾心後，所予小宛的寵遇。「同心合」典出《隋書・后妃傳》：文帝崩，太子廣以金合封同心結貽宣華夫人；「九子釵」則趙飛燕的故事，飛燕為后，以紫玉九雛釵為其妹昭儀簪髻，作許其入宮的表示。由首二句看，當是先徵得小宛同意，方請懿旨冊封。三、四寫對小宛的寵遇，為之置儀駕，繕宮室。「翠裝雕玉輦」者，飾玉的雕輦而張以翠羽之蓋，語出張衡〈東京賦〉。「沉香齋」即沉香亭，為遷就韻腳，易亭為齋；《唐兩京城坊考》，興慶宮中沉香亭下注：「在池東北」，池即興慶池，亦名龍池。據此，可斷定在西苑修一處宮殿，供小宛專用；請參看梅村〈七夕即事〉所寫。

「護置」以下四句，在珍惜中帶出小宛體弱恐不永年之意，為第二首作伏筆；「琉璃屏」典出《侍兒小名錄》，本用以障「垢汙」，轉變為避風寒。以下第一首第四段：

從獵往上林，小隊城南隈，雪鷹異凡羽，果馬殊群材。言過樂遊苑，進及長楊街，張宴奏絲桐，新月穿宮槐。

此寫在南苑行獵後，回西苑夜宴。「上林」即指南苑，在明朝稱為南海子，又名「飛放泊」。

「雪鷹」為純白之鷹；高越〈詠鷹〉詩：「雪爪星眸世所稀」；極言世祖以珍異寵小宛；「果馬」為在果樹下可乘騎的小馬，這是小宛從獵的明證，因為她嬌小纖弱，生長江南水鄉，從未習騎；乘果馬則雖傾跌亦無大礙。進一步看，小宛從未騎過馬而奮勇相隨；生長大漠的廢后，偏以「怯馬蹄」為託詞，不願從獵，兩相對照，寵廢之由，更為明顯。

「言過」兩句，指出方位地點，頗為明確。《三輔黃圖》記「樂遊苑在杜陵西北」；而杜陵在長安以南，故「言過樂遊苑」為由南苑向西北方向行進。「長楊」指長楊宮中的「長楊榭」，據《三輔黃圖》記：「長楊榭在長楊宮，秋冬較獵其下，命武士搏射禽獸，天子登此以觀焉。」因此可以確定，開夜宴是在西苑中海的「平臺」，明世宗建以閱射之處；後改名紫光閣。「街」者大道，「長楊街」即紫光閣前走馬的馳道，「張宴奏絲桐」則正「別殿沉沉鬥鈿車」之時，兩相參看，情事彌出。以下第一首第五段：

> 攜手忽太息，樂極生微哀，「千秋終寂寞，此日誰追陪？」「陛下壽萬年，亡命如塵埃；願共南山槨，長奉西宮杯。」披香淖博士，側聽相驚猜，今日樂方樂，斯語胡為哉？待詔東方生，執戟前詼諧，熏爐拂黼帳，白露零蒼苔；吾王慎玉體，對酒毋傷懷。

此寫世祖與小宛的生死之約。第四段末句為「新月穿宮槐」言私語之時與地；「攜手忽太息，樂極生微哀」寫世祖忽興無常之感；「千秋」兩句與「陛下」四句，為世祖與小宛對答之詞，觀語氣自知，因加括弧，以為區別。對答之詞，譯為語體，大致是：

世祖：「泉下寂寞，到了那天，不知道誰來陪我？」

小宛：「皇上壽算還長得很，不比奴才命薄，塵土不如。果然到了千秋萬歲以後，倘或許奴才亦進地宮；那就夜夜可以伺候皇上喝酒了。」

於是「披香淖博士，側聽相驚猜」，以出語不祥；「待詔東方生」亦上前勸解，夜深露重，勸世祖歸寢，「淖博士」謂淖方成；「東方生」謂東方朔，皆指近侍。

第二首可分六段；以第一首結句「傷懷」二字起頭：

傷懷驚涼風，深宮鳴蟋蟀，嚴霜被瓊樹，芙蓉雕素質；可憐千里草，萎落無顏色。

上一首結尾處，以時屆白露，秋風多厲，勸君王珍攝；此首開頭即寫入氣候時序，似乎果然「玉體」不慎，而致違和，不意竟是「可憐千里草，萎落無顏色」！在緊密中突生變幻，彌見筆力。「千里草」切董字，與雙成之典合看，其為小宛，彰明較著。以「驚涼風」三字推測，小宛當是感受風寒而致疾。以下寫小宛喪儀：

孔雀蒲桃錦，親自紅女織；殊方初云獻，知破萬家室。瑟瑟大秦珠，珊瑚高八尺，割之施精藍，千佛莊嚴飾；持來付一炬，泉路誰能識？紅顏尚焦土，百萬無容惜。

按：當時詞臣記世祖崩後，先焚「大行所御冠袍器用珍玩於宮門外」，謂之「小丟紙」；出殯時，如「綾綺錦繡、帳房什器」、「金壺、金瓶、金唾壺、金盤、金碗、金盥盆、金交椅、杌等物」，凡「大行所曾御者」，盡付一炬，謂之「大丟紙」，上引第二首第二段，即描寫小宛歿後的「大小丟紙」。陳垣〈湯若望與木陳忞〉一文，謂死後火化為滿清「國俗」；在佛家名為「荼毘」。文中引《湯若望傳》云：

湯若望對於董妃薨後之記載，曾云按照滿洲習俗，皇后皇妃底尸體，連同棺廓，並那兩座宮殿，連同其中珍貴陳設，俱都被焚燒，據此則董妃亦曾施行荼毘者也。（標點據原文）

《湯若望傳》第九章第六節敘小宛種種，已見本文第五章引錄（《聯合月刊》第十四期第一百頁）；今據「割之施精藍，千佛莊嚴飾」之語，知所焚者非宮殿，而為建於大內或離宮的佛堂，甚至是正式的寺院。殊方所獻的文錦、來自大秦的夜光明月珠、八尺高的珊瑚等等珍物，原施捨於精藍者，此時連房屋一併焚毀。「紅顏尚焦土」兩句，謂紅顏尚且化為焦土，身外之物更何所容惜？此為小宛火葬的確證。以下第二首第三段：

小臣助長號，賜衣或一襲。只愁許史輩，急淚難時得。從官進哀誄，黃紙抄名入，流涕盧郎才，咨嗟謝生筆。

此一段中有六個典故，皆與皇室喪儀有關，盧郎指北齊盧思道；謝生指六朝謝莊，皆善作輓歌誄詞，其中最重要的是「只愁許史輩，急淚難時得」；「許史」指外戚，見《漢書・蓋寬饒傳》；「急淚」典出《南史・劉懷慎傳》：

宋武寵姬殷貴妃薨，詔有哭之哀者，當加厚賞。醫術人羊志哭甚哀，或問志：「卿那得此副急淚？」曰：「吾自哭亡妾耳。」蓋志亦新喪愛姬也。

「許史」既為外戚，不能不哭；且以小宛之得寵，哭之不能不哀。但小宛不過頂了鄂碩家的一個姓，名為至親，實同陌路；如果要哭之哀，除非像羊志那樣傷心人別有懷抱，但這是可遇而不可求之事，故云「急淚難時得」。以下第二首第四段：

尚方列珍膳，天廚供玉粒，官家未解菜，對案不能食。

宋人稱天子為「官家」；「解菜」典出《南史・齊東昏侯紀》：

潘妃生女，百日而亡，蔬膳積旬，不聽音伎。左右直長閹豎王寶孫諸人，各營肴羞，云「為天子解菜」。

此言世祖思悼小宛，竟致廢食。

我前面說過，梅村筆下極有分寸，凡擬世祖之典，大致為漢唐盛世之主；惟有「解菜」一典，擬之為南齊東昏侯，實因世祖於小宛之喪，逾情越禮，太嫌過分。當時大旱而國庫空虛，賑款無所出，特開捐例籌款；但為小宛治喪，百萬亦無所惜，此與東昏侯的行徑，有何不同？拙作前言中，「精藍百寶，甘付劫灰；枯骨千家，但開捐例」，正寫梅村之悲憤；不惜冒「大不敬」的罪名，用「解菜」一典，實為春秋之筆。

小宛喪儀之鋪張，海內皆知，尚可談一事，補梅村詩筆之不足。蒲松齡《聊齋志異》逸稿，有〈吳門畫工〉一篇，為通行本所不載，原文是：

吳門畫工某，忘其名。喜繪呂祖，每想像而神會之，希幸一遇；虔結在念，靡刻不存。一日，值群丐飲郊郭間，內一人敝衣露肘，而神采軒豁。心忽動，疑為呂祖；諦視覺愈確，遽捉其臂曰：「君呂祖也。」丐者大笑。某堅執為是，伏拜不起。丐者曰：「我即呂祖，汝將奈何？」某叩頭，但求指教。丐者曰：「汝能相識，可謂有緣。然此處非語所，夜間當相見也。」再欲遮問，轉盼已杳，駭嘆而歸。至夜，果夢呂祖來，曰：「念子志慮耑凝，特來一見。但汝骨氣貪吝，不能為仙。我使子見一人可也。」即向空一招，遂有一麗人躡空而下，服飾如貴嬪，客光袍儀，煥映一室。呂祖曰：「此乃董娘娘，子審誌之」既而又問：「記得否？」答：「已記之。」又曰：「勿忘卻。」俄而麗者去，呂祖亦去。醒而異之，即夢中所見，肖而藏之，終亦不解所謂。後數年，偶遊於都，會董妃薨，上念其賢，將為肖像。諸工群集，口授心擬，終不能似。某忽觸念夢中人，得無是耶？以圖呈進。宮中傳覽，皆謂神肖。由是授官中書，辭不受；賜萬金。於是名大譟，貴戚家爭遺重幣，乞為先人傳影，但懸空摹寫，罔不曲似；浹旬之間，累數鉅萬。

據《聊齋志異遺稿輯注》作者劉階平考證：「吳門畫工為當時民間流傳清帝福臨哀思董妃事」。乾隆三十年浙江嚴州知府趙荷村初刻時，以此篇觸犯忌諱，因而刪去。《聊齋志異》頗記時事；而清宮對后妃的稱呼，最初沿明之舊，稱為「娘娘」，直至世祖既崩，革「十三衙門」，由上三旗包衣組成內務府以替代，始用八旗舊俗，稱為「主子」。蒲松齡所記，事之有無不可知；但敘背景則不誤。這是董小宛入宮的又一確證。以下第二首第五段：

黑衣召誌公，白馬馱羅什，焚香內道場，廣坐楞伽譯；資彼象教恩，輕我人王力。微聞金雞詔，亦由王妃出。

此寫世祖在禁中開道場，作佛事，並體小宛之意願，頒詔大赦，藉為其冥中延福。「誌公」、「羅什」等高僧，皆有所指；《湯若望傳》於小宛既死後記：

此後，皇帝便把自己完全委託於僧徒之手。他親手把他的頭髮削去，如果沒有他的理性深厚的母后，和湯若望加以阻止時，他一定會充當了僧徒的。但是他仍還由杭州召了些最有名的僧徒來。那些僧徒們勸誡他，完全信奉偶像，並且把國家底入款，浪費於廟宇的建築上。

世祖削髮屬實，但非親手所為；〈湯若望與木陳忞〉第二章第三節，引《續指月錄》云：

續指月錄云：玉林到京，聞森首座為止淨髮，即命眾聚薪燒森。上聞，遂許蓄髮乃止。

據此，則是茆溪森為上淨髮，非上自削之也。玉林語錄載十月十五到皇城內西苑萬善殿，世祖就見丈室，相視而笑。世祖謂師曰，朕思上古，惟釋迦如來捨王宮而成正覺，達摩亦捨國位而為禪祖，朕欲效之何如。師曰，若以世法論，皇上宜永居正位，上以安聖母之心，下以樂萬民之業。若以出世法論，皇上宜永作國王帝王，外以護持諸佛正法之輪，內住一切大權菩薩智所住處。上意欣然聽決。

此文最可注意者，為相視而笑四字，蓋是時上首已禿也。雖許蓄髮，而出家之念未消，故復以為問。

玉林者玉林通琇。通琇為法名，玉林為別號；法名上一字通為禪宗五家最大的一派，臨濟宗下龍池法派排行的輩分。當時方外的稱呼，非常世俗，師弟以父子論，除卻「先師」不稱「先父」外，其他皆與俗家人無異；故法號亦如士大夫之字與名併稱，惟略去輩分一字，玉林通琇稱玉林琇。而木陳忞則為木陳通忞的簡略，與玉林琇為同祖的堂兄弟。

茆溪森者茆溪行森，為玉林琇的弟子。通字輩下為行字輩。世祖亦為玉林琇弟子，法名行癡，與茆溪森為師兄弟。玉林琇於順治十五年九月奉召；次年二月到京，未幾還山，遺茆溪森入侍。當順治十七年七月並召玉林琇，而尚未到京時，小宛病歿；茆溪森奉旨在宮中「開堂」，勸世祖免宮人殉葬，見於玉林琇另一弟子骨巖行峰所著《侍香紀略》；亦見於《湯若望傳》及〈御製行狀〉及金之俊所作〈端敬皇后傳〉；湯傳中且曾舉出人數。

世祖因小宛之死而欲逃禪，削髮由茆溪森主持。及至玉林琇到京，知有此事，大驚亦大怒；如此膽大妄為，將為整個佛教帶來不可測的災禍，故「命眾聚薪燒森」。可想而知的，此舉是為了平息孝莊太后及滿漢大臣對釋家的高度不滿。以下第二首第六段：

高原營寢廟，近野開陵邑，南望倉舒墳，掩面添悽惻；戒言秣我馬，遨遊凌八極。

此為終結小宛一生。孟心史〈世祖出家事考實〉云：

詩又言營廟、開陵二事，營廟事所必有，今已不見著錄。開陵即世祖後葬之孝陵；世祖有二后合葬，一端敬，二為聖祖生母孝康……「倉舒墳」者，以魏武帝子鄧哀王比端敬子榮親王。……（《東華錄》順治十五年）四月辛巳，「禮部奏：和碩榮親王墳園圈丈地內，所有寺廟墳墓，宜全遷移。得旨，民間年久墳墓，及供奉神佛之寺廟僧道等，為朕稚子建立寢園之故，俱全遷移，朕心實為不忍。況群黎百姓，莫非朕之赤子，所有墳墓寺廟，不必遷移，仍著照舊存留。禮部尚書恩格德，可作速前往，將榮親王新園附近，墳主眷屬，並寺廟僧道等，傳集曉諭，俾知朕體懷民隱之至意。」此即所謂「倉舒墳」也。

解說「倉舒墳」一典不誤。但以為「開陵即世祖後葬之孝陵」，則不無商榷的餘地。細味詩意，「高原營寢廟」係為端敬皇后單獨立廟；「近野開陵邑」，亦是單獨建陵，「近野」即近郊，音韻不協，故用野字；「南望倉舒墳」，則陵在榮親王墓園之北，衡情度理，相去應不遠，而此墓園中有寺廟，亦為地在近郊的明證。

因此，這六句詩應解釋為世祖在為董小宛營陵寢時，身至其地，既已悲不自勝；復見殤子墓園，更增悽惻，突興無常之感；因而為玉林所勸遏的出家的念頭，復又萌生。命駕五台山究竟只是禮佛，還是出家，縱難有定論，而此時有逃禪之心，則可斷言。陳垣以為「順治出家之說，不盡無稽；不過出家未遂而已。」最為持平之論。

9 餘波蕩漾「長生殿」

《長生殿》作者洪昇，字昉思，號稗畦，杭州人；雖為在國子監讀書的太學生，而名動公卿。康熙二十八年以「非時演劇」被斥革侘傺終身。清人筆記中，記此事者甚多；以梁紹壬《兩般秋雨庵隨筆》較詳：

黃六鴻者康熙中由知縣行取給事中，入京以土物及詩稿遍送諸名士，至趙秋谷贊善，答以柬云：「土物拜登大作璧謝」。黃銜之刻骨，乃未幾而有國喪演劇一事，黃遂據實彈劾。朝廷取長生殿院本閱之，以為有心諷刺，大怒，遂罷趙職，而洪昇編管山西。京師有詩詠其事，今人但傳「可憐一曲長生殿，斷送功名到白頭」二句，不知此詩原有三首也。其一云：「國服雖除未滿喪，如何便入戲文場？自家原有些兒錯，莫把彈章怨老黃。」其二云：「秋谷才華迥絕儔，少年科第盡風流，可憐一齣長生殿，斷送功名到白頭。」其三云：「周王廟祝本輕浮，也向長生殿裡游。抖擻香金求脫網，聚和班裡製行頭。」周王廟祝者，徐勝力編修（嘉炎），是日亦在座；對簿時，賂聚和班伶人，詭稱未遇，得免。徐豐頤修髯，有周道士之稱也。是獄成，而長生殿之曲流傳禁中，布滿天下。故朱竹垞檢討贈洪稗畦詩，有「海內詩篇洪玉父，禁中樂府柳屯田，梧桐夜雨聲淒絕，薏苡明珠謗偶然」句。樊榭老人，嘆為字字典雅者也。

黃六鴻江西新昌人，字正師，號思齋，順治八年舉人；初任山東郯城知縣，轉任直隸東光，頗有政績。所著《福惠全書》為州縣官的教科書。此人為功名之士，而康熙三十二年，軍力正壯時，忽然乞休；我猜想是為了「長生殿」一案，不容於清議之故。

梁紹壬所記，稍有未諦之處。洪昇獲罪後，斥革太學生，驅逐回籍，而非編管山西。至於獲罪之故，名為「非時演劇」，其實不然；毛奇齡序〈長生殿院本〉云：

洪君昉思好為詞，以四門弟子，遨遊京師。初為「西蜀吟」；既而為「大晟樂府」；又繼而為金元間人曲子，自散套雅劇以至院本，每用作長安往來歌詠酬贈之具。嘗以不得事父母，作「天涯淚」劇，以寓其思親之旨。應莊親王世子之請，取唐人長恨歌事，「長生殿院本」，一時勾欄多演之。越一年，有言日下新聞者，謂長安邸第，每以演「長生殿」曲，為見者所惡；會國恤止樂，其在京朝官，大紅小紅已浹日，而纖練未除，言官謂遏密讀曲大不敬，賴聖明寬之，第褫其四門之員，而不予以罪；而京朝諸官，則從此有罷去者。

毛奇齡與洪昇，皆為李天馥弟子，以同門而為之作序，其言必可信，據以分析與他說所不同，或他說所未及者如下：

一、《長生殿》係洪昇應莊親王世子所作。

二、「邸第」及「勾欄」皆演此劇。

三、「越一年，有言日下新聞者」，即指洪昇、趙執信演劇事；則《長生殿》作於前一年，亦即康熙二十七年。

四、所謂「國恤」指康熙二十八年七月，孝懿皇后之喪；喪期百日，而服制則以日代月，二十七日服除。所謂「國服雖除未滿喪」，可知演劇之期在二十七日以後，百日以內；據「大紅小紅已浹日，而纖練未除」之語，更可進一步推定，演劇之期在二十日加十日（浹日）為孝懿皇后崩後四十天左右。孝懿皇后崩於康熙二十八年七月初十，則演劇當在中秋以後；或者即是為補慶中秋而演。

五、洪昇雖被劾「大不敬」而獲罪甚輕；但「京朝諸官，則從此有罷去者」，則黨爭之說，不盡子虛。黨爭的雙方，一面是明珠、余國柱；一面是徐乾學、徐元文兄弟，及高士奇、王鴻緒、陳元龍等。洪昇久受余國柱禮遇；趙執信則為徐氏兄弟所惡，故黃六鴻之劾洪昇，不無受徐氏兄弟指使之嫌。其時又有左都御史郭琇「特奏近臣植黨營私，招搖撞騙」，高士奇、王鴻緒、陳元龍因而休致回籍；毛奇齡所說「京朝諸官則從此有罷去者」，即指此三人。

六、「長安邸第，每以演《長生殿》為見者所惡」，此語曖昧不明，最可注意；細參毛奇齡的語氣，有人在王府看了《長生殿》大為不滿，而無可如何；適有人為了黨爭參劾洪昇非時演劇，便正好借題發揮。然則此人是誰？

問題的核心在此！王府演劇而能「見者」，此人當然非比尋常；見而「惡」，試問所惡者何在？且既有所惡，大可不再寓目；而文中著一「每」字，似乎不能不常有所見，這個為王府「強迫」看戲的人，除了皇帝以外，再無第二人。

推測當時的情況是，洪昇應莊親王世子之請作《長生殿》院本，風行一時；王府奏請臨幸，每演此劇。聖祖是極講是非的人，《長生殿》既有根據；洪昇亦非蓄意誹謗，自然不能禁止。且亦不便表示厭惡，因為這一來勢必研究原因，則唐明皇及楊貴妃恰好影射世祖及小宛的秘密，就會暴露，豈非欲蓋彌彰？

這就是毛奇齡序文中所透露的真相。以後《長生殿》付刻，未收此序；亦以「見者」二字有忌諱，洪昇之獲罪，誠如朱竹垞的詩句：「薏苡明珠謗偶然」。但洪昇亦有自取之咎；李天馥送洪昇被逐回鄉的長歌中有四句：

無端忽思譜豔異，遠勝唐宮百首詞；斯編那可褻里巷？慎毋浪傳子竟傳！

原來做老師的李天馥曾告誡洪昇，《長生殿》會觸犯忌諱，不可輕付勾欄。洪昇如能聽勸告，民間沒有《長生殿》的本子，就根本不可能發生「非時演劇」的違禁事件。

10 董小宛年表

年分	年齡	事件
明天啟四年甲子	董小宛生，一歲 冒辟疆十四歲	
明崇禎十二年己卯	董小宛十六歲 冒辟疆二十九歲 清世祖兩歲	冒辟疆初識董小宛於蘇州半塘。

明崇禎十五年壬午	董小宛十九歲 冒辟疆三十二歲 清世祖五歲	春，董小宛病中晤冒辟疆，始有委身之意。 初夏，董小宛送冒辟疆至鎮江，偕遊金山。 小宛欲從辟疆至如皋，辟疆力辭。 九月，冒辟疆鄉試下第，董小宛從之如皋，辟疆堅拒不納。 十二月，錢牧齋為董小宛清償債務，送至如皋；先居別室。
明崇禎十六年癸未	董小宛二十歲 冒辟疆三十三歲 清世祖六歲	初夏，董小宛歸宅與大婦同居。
明崇禎十七年甲申	董小宛二十一歲 冒辟疆三十四歲 清世祖七歲	三月十九之變董小宛隨冒辟疆逃難。
清順治二年乙酉	董小宛二十二歲 冒辟疆三十五歲 清世祖八歲	董小宛隨冒辟疆逃難浙江海鹽。 方拱乾、方孝標父子與冒家共患難。冬，董小宛隨冒辟疆至江蘇泰州。 辟疆大病，小宛侍疾，艱苦備嘗，五月如一日。

清順治三年丙申	董小宛二十三歲 冒辟疆三十六歲 清世祖九歲	董小宛隨冒辟疆回如皋。
清順治四年丁亥	董小宛二十四歲 冒辟疆三十七歲 清世祖十歲	夏，冒辟疆又病，董小宛侍疾六十晝夜。
清順治六年己丑	董小宛二十六歲 冒辟疆三十九歲 清世祖十一歲	秋，冒辟疆疽發於背，董小宛三侍危疾，計百日。 冬，冒辟疆赴揚州。
清順治七年庚寅	董小宛二十七歲 冒辟疆四十歲 清世祖十三歲	正月初二，董小宛為多爾袞部下所擄。 初夏，冒辟疆回如皋，始知生變，旋即北上查訪。 十二月，多爾袞病歿。
清順治八年辛卯	董小宛二十八歲 冒辟疆四十一歲 清世祖十四歲	春，多爾袞死後獲罪，董小宛沒入辛者庫，冒辟疆請求發還，先允後不許；冒辟疆痛哭而回，乃偽言小宛病歿，葬於影梅庵，並作「憶語」。 董小宛為孝莊太后拔入慈寧宮，照料世祖幼弟博果爾。

清順治十二年乙未	董小宛三十二歲 清世祖十八歲 博果爾十五歲	二月，世祖欲冊封小宛為妃，博果爾反對，世祖掌摑幼弟，旋封之為襄親王，藉為安撫。
順治十三年丙申	董小宛三十三歲 清世祖十九歲 博果爾十六歲	六月，太后懿旨以孔有德女四貞作配襄親王博果爾。 七月初三，博果爾自殺，不輟朝，不諡。 七月初七，冊封董小宛為賢妃，行赦典。 十二月，晉封董小宛為皇貴妃。
清順治十四年丁酉	董小宛三十四歲 清世祖二十歲	十月初七，董小宛生子 冬，清世祖以繼后有違孝道，將廢，董小宛力求始免。
清順治十五年戊戌	董小宛三十五歲 清世祖二十一歲	正月初三，清世祖廢繼后箋奏；董小宛以皇貴妃攝中宮事。 正月初四，董小宛之子夭折，追封為和碩榮親王，並建墓園。 董小宛憂傷成疾。
清順治十七年庚子	董小宛三十七歲 清世祖二十三歲	董小宛病歿於八月十九日，追封為皇后，喪儀大事鋪張。 深秋，清世祖將逃禪，由玉林琇弟子茆溪森為其削髮。玉林琇至京將殺茆溪森，世祖乃允留髮。

清順治十八年辛丑	清世祖二十四歲	正月初六，清世祖崩。廢后自裁，貞妃迫殉。
清康熙二年癸卯		六月，清世祖葬孝陵，董小宛以皇后身分祔葬。

原載《聯合月刊》十四—十六期

「詩史」的明暗兩面

拙作《高陽說詩》，承聯副推薦，角逐本屆中山文藝獎，謬膺「文藝理論」之選，慚感交併之餘，更深感有一份責任，必須闡明《高陽說詩》之何以可視之為「文藝理論」？易言之，我必須指出《高陽說詩》中，有些什麼「文藝理論」？

首先我要聲明：拙作只是若干篇讀詩心得的結集，初無意於在詩的理論上有所創建；但結集問世後，有一位朋友向我說：「由你的分析來看，中國傳統的詩，可通過運用典故的手法，來隱藏歷史的真相或者個人的感情與秘密。這是任何國家的詩，所辦不到的事；同時也是擴展了中國傳統的詩的內涵與功能。」

真是所謂「不識廬山真面目，只緣身在此山中」；亦就是成語所說的「當局者迷」。我脫離《高陽說詩》作者的地位，來看《高陽說詩》，自覺對詩的理論法則，不無闡發，我在無形中提出了一個有關中國傳統之詩的功能的看法，如我友所言：「通過運用典故的手法，來隱藏歷史的真相，或者個人的感情與秘密。」

以詩與歷史的關係來說，像杜甫那樣：「善陳時事，剴切精深，至千言不少衰，世號『詩史』。」乃是以詩的形式來寫歷史。寫史本有直筆、曲筆、隱筆之分；杜甫的詩史，類多直筆，間有曲筆，但另有一種用隱筆來寫的詩史，古人以吳梅村為巨擘，近人則陳寅恪獨步。如果個人的感情與秘密，因其特出的成就與特殊的地位，亦可視之為歷史的一部分，則李義山的詩更值得我們珍視，他的刻意隱藏真相，使得他的詩具有一種罕見的深邃幽窅，綽約朦朧之美，而又能寄託無限深情，為詩的藝術上的一種偉大的創造。

於此可知，所謂「詩史」有明的與暗的兩面。我不敢說，這是我的創獲，因為古人原有「寄託」之說。不過，至少我已用具體的例證，表明了在這方面的理論，大有探索的餘地，甚至可發展為一套完整的體系。當然，我現在只不過是為這套理論體系建立了一個立足點。

下面就我在《高陽說詩》中，可以尋繹出來的理論，作一概略的序言。

首先，我們要問，為何要將真相與秘密隱藏在詩中？當然是有絕不能秉筆直書的原因在內；而此原因不外乎：怕觸犯時忌而賈禍，或者公開個人的秘密，會傷害到某一個人，不得不有所隱諱。前者如吳梅村的〈七夕感事〉；後者如李義山的〈無題〉。

〈七夕感事〉是一首五律，寫鄭成功與張蒼水在順治十六年，率義師入長江，攻金陵的「江上之役」；此役為反清復明功敗垂成的一大恨事，遺民志士無不痛心。如直書其事，立即便有殺身之禍，因此，吳梅村用赤壁鏖兵的故實來紀事抒感。義師與清軍的兵力為十七對一之比，與曹操征吳相似；結果優勢兵力的一方大敗亦相似。起句「南飛烏鵲夜」，典出曹操〈短歌行〉；結句「眼見孫曹事，他年著異聞」，以孫曹的故事，掩護中間兩聯所寫的鄭成功兵敗的真相，復又寫出欲哭無淚的心情，卻只得一首五律四十字。詳見拙作〈『江上之役』詩紀〉。

李義山的〈無題〉詩，關於七律部分，其實是難以命題，暫時從缺，非製題有一體曰「無題」。義山曾有與妻妹熱戀，而又遭受誤解的難言之隱，「牡丹」詩中的「朝雲」，原指「小姑居處本無郎」的巫山神女；而嫉義山者讒於令狐綯，說是與他的姬妾有染，由於南北朝洛陽有巨家歌伎名朝雲，所以令狐綯不能無疑。李義山如果公開了真相，自可闢謠，但那一來會傷害已嫁的妻妹，且反坐實了「儇薄無行」的惡意指責。此為難以標題的苦衷；而詩中描寫的事實固甚清晰，其次序如下：

一、「牡丹」一題：此為義山極自賞之作，故自長安寄隨姊而居於其家的妻妹，以冀見賞。

二、「相見時難別亦難」：歸洛陽知妻妹將嫁，且為其妻所隔離，因作此詩，命婢女致意。

三、「來是空言去絕蹤」：片面訂後約，並望與妻妹一晤，竟無回信。

四、「鳳尾香羅薄幾重」：由遙見趕製嫁衣寫到次日送嫁，知妻妹已變心。

五、「重帷深下莫愁堂」：送嫁之日，回憶往事而失眠。

六、「昨日」一題：妻妹既嫁，則夫婦琴瑟復調，慰妻亦自解之作。

七、「颯颯東風細雨來」：事後方知妻妹迫嫁的真相。當義山在長安作「牡丹」詩時，其家有年少者作客，妻妹與通；義山之妻因作主許妹為此人次妻，趕製妝奩遣嫁，俾絕後患。

以上分析，略見於拙作〈〈錦瑟〉詳解〉，並又另作玉谿〈〈無題〉詩案〉一文，收入《高陽說詩》增訂本中。從來以為李義山的「無題」詩，寫其不遇自傷；而不遇之故，在於他「叛牛投李」，致為令狐綯所棄；義山是「東閤無因得再窺」的小官，何致牽涉及於有關朝局的「牛李黨爭」？但因「無題」詩中所描寫的情事，無由索解，以致千古傳疑。如果詩史明暗兩面的理論能夠發展為完整的體系，則不僅豐富了詩的內涵，開拓了史的領域，而且據此理論去詮釋古來的詩中名作，欣賞的層次提高，將益顯李、杜以來大詩人的萬丈光芒。得獎的原因，不外肯定其成就；鼓勵其未來兩者。對我來說，當然是鼓勵；但使行有餘力，我將從考據唐宋以來詩的本事，研究運典的技巧，來說明詩史的明暗兩面。但願有一天，我有足夠的學養在中文系中開這樣一門課。

原載七十三年十一月十一日《聯合報》副刊

附錄
墮胎可以入詩嗎？——讀李商隱〈藥轉〉詩有感

水晶

鬱金堂北畫樓東，換骨神方上藥通。
露氣暗連青桂苑，風聲偏獵紫蘭叢。
長籌未必輸孫皓，香棗何勞問石崇。
憶事懷人兼得句，翠衾歸臥繡簾中。

李商隱的七律〈藥轉〉，是一首相當大膽的詩，所謂大膽，是詩人吟詠的題材，跨越了尋常詩題的界限：一方面不再抒情浪漫，而效小說家所為：微諷寫實；另一方面也就是最突出的一點，是詩人選擇了一個尷尬的題目來吟哦：墮胎，也有人解成是「如廁」，或是「專賦婦人月事」。像這種不堪入目的抒寫對象，李商隱在九世紀中葉的唐朝，居然敢筆之於詩，真是像他的一位解說人張采田所言：「此等詩題，可謂創千古所未有矣！」

李商隱是一位常常引起爭論的詩人。他的無題詩寫情細膩，曲折委婉，自是好的。讀李商隱常常使我想起法國象徵派先驅詩人波德萊爾（Baudelaire, 1821-1867），兩人同樣是頹廢的，寫過不少情詩，有時亦可稱之為慾詩，因為兩者甚難劃清界限，像李的佳句「星沉海底當窗見，雨過河源隔座看。」令人乍見之下，有海枯石爛的感觸，像極了波德萊爾的〈前生〉（La Vie Antérieure）：

J'ai longtemps habite sous de vastes portiques
Que les soleils marins teignaient de mille feux,
Et que leurs grands piliers, droits et majestueux,
Rendaient pareils, le soir, aux grottes basaltiques.

有許久了，我一直住在巨大的走廊下，
為海底的落日所烘照，
而走廊的柱石，垂直又瑰偉，
看來在向晚時，像是玄武巖的石洞。

同樣是廣袤無垠的宇宙洪荒，同樣是天翻地覆的海底奇觀，然而其中有情，呼之欲出。又像波德萊爾的慾詩〈異香〉（Parfum Exotique），主要詠唱的是性交後的酣暢曼怡，薰薰欲醉，也就是古人所說的欲仙欲死的境界：

Guidé par ton odeur vers de charmants climats, Je vois un port rempli de voiles et de mâts Encor tout fatiqués par la vague marine.

靠著妳的香氣指引，我來到了美妙的天候，
我看到港內林立的桅杆和帆檣，
即或我仍然因顛簸的海浪
而感到委頓——

李商隱筆下的慾情，卻是恣肆猖狂的，是男歡女愛的噬咬進攻，絲毫不留餘地：

紫鳳放嬌銜楚珮，
赤鱗狂舞撥湘絃。（〈碧城〉第三首）

但是李商隱顯然不是一個均衡發展的詩人，他的詩作時好時壞；壞的時候很壞，好的時候很好，因此不入很多時評家的眼，像紀昀便很不喜歡他，一會兒譏之為「漸近潑調」，一會兒又斥責他「意格俱卑」、「惡劣」、「毫無思致」、「近於靡靡之音」等等，皆因為李商隱寫過許多首劣詩所致。又像曹雪芹，亦曾在《紅樓夢》中，藉林黛玉之口，抑貶過李商隱，黛玉說她最討厭義山的詩，單單只欣賞他的一句「留得殘荷聽雨聲」。這些反應當然稍嫌過分，不過我也並不喜歡李商隱多數的詩作，所以這篇小文並無意替玉谿生作翻案文章。紀昀許多求全之論，我大半是贊成的。我只不過想趁討論〈藥轉〉這一首七律的機會，探討一下詩人對於題材的反應，以及一般詩人的靈感，有否受到題材的限制，稍稍發揮一下個人的看法，如是而已。

藥轉一上來，以「鬱金堂北畫樓東，換骨神方上藥通」開篇，李商隱詩另一評家何焯云：「此自是登廁詩。」朱竹垞則說：「題與詩俱不可解。」張采田以為：「馮氏（浩）則謂是詠閨人私產者；余謂若云專賦婦人月事似亦可通。」不過張采田後來又說：

碧城詩云「月輪顧兔初生魄，鐵網珊瑚未有枝。」又云「檢與神方教駐景。」「顧兔」「生魄」，謂有孕也。「珊瑚未有枝」謂未產也。「檢與神方」謂用藥墮胎也。與此詩相合。

換句話說，參照〈碧城〉第三首，藥轉所詠的主題，是女人墮胎之事。現在為了幫助讀者了解〈藥轉〉，我且把〈碧城〉第三首抄錄於後：

七夕來時先有期，洞房簾箔至今垂。
玉輪顧兔初生魄，鐵網珊瑚未有枝。
檢與神方教駐景，收將鳳紙寫相思。
武皇內傳分明在，莫道人間總不知。

我同意張采田的看法，〈藥轉〉所詠，是婦女之墮胎，因為開始兩句，不言可喻，但是第二聯：

露氣暗連青桂苑，
風聲偏獵紫蘭叢。

所吟為何？令人瞠目不知以對。因為它既不像寫景，亦不似暗喻，託物比興。是說打胎的女子故意聲東擊西——她本來是和青桂苑有瓜葛的，但外面的傳聞（風聲）卻偏要在紫蘭叢中去追獵？這樣一解釋，似乎一點餘味都沒有，太過於按圖索驥了。李商隱「不耐讀」之處就在這裡，像「荷葉生時春恨生，荷葉枯時秋恨成」（〈暮秋獨遊曲江〉），朱竹垞評曰：「已似花間。」紀昀更說之曰：「漸近潑調。」又像「世間花葉不相倫，花入金盆葉作塵。」（〈贈荷花〉）紀昀批為：「不耐讀。」我都覺得評得很是貼切，因為這些對句，太死太滯，太著痕跡，豔則豔矣，然而只是耶誕節的一棵掛滿紅線菓子的聖誕樹，應景而已，本身充其量只是裝飾品，談不上藝術的韻味。這「露氣暗連青桂苑，風聲偏獵紫蘭叢。」不但死滯，壞在不知所云，所以我只好跳過去，看第五、六句：

長籌未必輸孫皓，
香棗何勞問石崇。

這一雙對句是可解的，孫皓是三國時吳主之孫，根據《中文大辭典》，此人「性麤暴驕盈，好酒色，晉兵南下，出降，廢為歸命侯。」石崇則是晉代巨富，詩人婉諷微旨的言外之意是：墮胎的女史謀略與孫皓一般糟糕，墮胎的靈藥（香棗）何必非得求自富家，即使購自一般藥房，不也一樣有效嗎？這一聯的口吻，極盡揶揄之能事，所以張采田說：「觀結語可見其詞務極輕薄，必非暗賦所觀之人也。」頗足徵信。

最後一聯「憶事懷人兼得句，翠衾歸臥繡簾中。」上聯似係詩人自述，下聯又回復到墮胎的佳人身上，意指事畢以後，悄悄回到繡簾幕後，在翠衾中休養生息，然而此一事件，卻已成為詩人「憶事懷人兼得句」的題材了。

〈藥轉〉一詩，每一聯遣詞造句，鬆懈平常，無警句，第三、四句不知所云，第七、八聯敘事觀點跳動太快，令人很難適應，這些統統不值一論。可堪注意的是詩人在挑選詩材上表現的新穎大膽，即使在二十世紀的西洋詩人中，也找不到差堪比擬的類似作品——至少我個人未曾識見過。

但是，被批評家威爾遜（Edmund Wilson）譽為「詩人」的小說家喬埃斯（James Joyce, 1882-1941），在他的長篇巨作《尤力昔斯》（*Ulysses*）中，處理某些生活細節時，有一點卻與李商隱發生了不謀而合的巧合。《尤力昔斯》是二十世紀批評家一致公認的大小說，該書出版於一九二一年，故事假設發生在愛爾蘭的首府都柏林，日期是一九〇四年六月十六日星期四，時間包括一天一夜，因為本文主旨不是討論《尤力昔斯》，所以不想多說故事。

我僅想指陳一點：喬埃斯像李商隱一樣，將一般人（尤其是十九世紀後半期，所謂英國維多利亞女皇時代）認為不堪視聽的題材，統統帶入小說，予以露骨描寫，並且成為小說中的「大模題」（motif），像是男主角布隆（Leopold Bloom）的大便、手淫，女主角摩麗・布隆（Molly Bloom）的臭屁、月經；書快結束時，兩位男主角，一同在布隆的後院中，相互小便等，不但驚世駭俗，同時替二十世紀後來的小說家，開拓了一條前人未有的新路，儘管後人力有未逮，不能達到喬埃斯的這種成就，或者像喬埃斯在這些汙穢事物上所賦予的象徵意義，例如該書十八章〈潘娜樂比〉，女主角摩麗（即希臘史詩中之潘娜樂比）月經來潮，象徵女主角的蓬勃生機，並非「沙礫地」；而兩位男主角的相互小便，亦係暗示與播種有關的施肥儀式等等……總之，喬埃斯承先啟後（集自然主義與象徵主義大成）之功不可沒。我說此話，並無意在這裡鼓吹猥穢文學，何況喬埃斯的這種描寫，主要是喜劇性的，意博讀者一粲耳！

但是李商隱的態度，比起喬埃斯來，是更堪我們注意的。像〈藥轉〉這首詩，他並不想開當時「假道學家」的玩笑，他只是很嚴肅地詠唱了這件事，也許帶一點兒嘲弄微諷，但是他實在已經突破了儒家「非禮勿視、勿聽、勿言」的偽善傳統，而向千年以後的讀者，展示了當時社會上可能經常發生的一種現象，這種坦白、明朗、開闊的精神，不但令人驚奇，而且可佩！我們知道，喬埃斯的《尤力昔斯》，一直不能在英國出版（因為開了一記愛德華七世和維多利亞女皇的玩笑），也不能在愛爾蘭通行；即連在新大陸的美國，也是延挨到一九三三年十二月六日，才正式由民事法庭宣布解禁，就是因為書中這些露骨坦率的描寫，再加上紳士淑女聽來刺耳的三字經，使當時社會上的一般讀者不能消化接受。

那麼離開喬埃斯一千年前的唐朝社會，他們至少接受了（或者容忍了）李商隱這樣徹底大膽的詩作，儘管這首詩寫得不算成功，儘管李商隱贏得了一個「千古無行」的口實，但是詩人在題材掇拾的突破上，在反抗傳統詩題範圍的頂撞上，至少是一位前無古人、後無來者的創新者，一位「革命家」！可悲的是，李商隱這種毫無忌諱、敢說敢為的作風，到了後代，並沒有在詩歌的領域中，得到發揚。也就是說，後世的詩人，還是墨守著《詩經》以來的創作傳統，目不斜視，像墮胎、月經、如廁這種題材，遂永遠被擯斥於詩國門外，在這一點上，李商隱是古今中外詩人中，唯一的獨步者，他的蒼茫寂寞，簡直和偷吃了靈藥的嫦娥一樣，寫到這裡，怎不令人思之悃然。

一九七七年八月三日，加州柏克萊

原載六十六年九月十五日《聯合報》

附錄
李商隱〈藥轉〉、〈碧城〉二詩之謎

邢杞風

九月十五日的「聯合副刊」登載「水晶詩話」一篇，題為〈墮胎可以入詩嗎？〉，其中除討論李商隱的〈藥轉〉詩外，並提到他〈碧城〉詩第三首，以為佐證。原詩如下：

藥轉

鬱金堂北畫樓東，換骨神方上藥通。
露氣暗連青桂苑，風聲偏獵紫蘭叢。
長籌未必輸孫皓，春棗何勞問石崇。
憶事懷人兼得句，翠衾歸臥繡簾中。

碧城第三首

七夕來時先有期，洞房簾箔至今垂。

玉輪顧兔初生魄，鐵網珊瑚未有枝。
檢與神方教駐景，收將鳳紙寫相思。
武皇內傳分明在，莫道人間總不知。

這兩首詩，歷來被人誤解，水晶先生引何焯評〈藥轉〉詩時說：「此自是登廁詩」；又引張采田的評論：「馮氏（浩）謂是詠閨人私產者，余謂若云專賦婦人月事亦可通。」後來張采田又有一個解釋：「碧城詩云『月輪顧兔初生魄、鐵網珊瑚未有枝』，又云『檢與神方教駐景』，『顧兔』、『生魄』謂有孕也。『珊瑚未有枝』謂未產也。『檢與神方』謂用藥墮胎也。與此詩相合。」

水晶先生同意張采田的看法：「〈藥轉〉所詠，是婦女之墮胎，因為開始兩句不言可喻。」但是他又說：「第二聯所吟為何，令人瞠目不知以對」，「不但死滯，壞在不知所云。」至於第三、四聯，他自然認為與墮胎有關，但是他自己似乎也覺得在解釋上有些勉強，所以說這兩聯「敘事觀點跳動太快，令人很難適應」。他的總結是：「這些統不值一論，可堪注意的是詩人在挑選詩材上表現的新穎大膽。」

我首先贊同水晶先生的看法：「李商隱顯然不是一個平均發展的詩人，他的詩作時好時壞。」這個看法並不新鮮，事實上幾乎每一個詩人都犯了同樣的毛病。就律詩而論，我們可以找到很多名句；但是假如我們不盲從附和，可以說很難找到幾首句句精煉結構緊密的名篇。至於李商隱的律詩，有些真是不敢恭維。不過如果說他的某些詩或某一首詩的某幾句壞到「不知所云」

的地步，那就等於說李商隱寫詩時有時竟像一個白癡，這個評語未免太過分了。我認為朱竹垞對〈藥轉〉的評語「題與詩俱不可解」比較公平，本來李商隱的詩素以隱晦見稱，〈藥轉〉和〈碧城〉二詩只不過更加隱晦而已。

因為詩意隱晦，讀者就只好猜謎。認為〈藥轉〉詩是詠墮胎的理由，是因為第二句「換骨神方上藥通」。他如「登廁」、「閨人私產」及「婦人月事」等解釋，亦皆與此句有關。但無論照其中那一個解釋，這一句同以後各句都扯不上關係（尤其扯不上孫皓、石崇），因而解釋起來也就不能自圓其說。張采田用〈碧城〉第三首來印證〈藥轉〉，雖然頗費心思；但是何以「顧兔」、「生魄」一定是指「有孕」，「珊瑚未有枝」一定是指「未產」，「檢與神方」一定是指「墮胎」，他並沒有提出令人信服的說明。如果進一步追究這些字句與原詩上下文的關係，他的解釋就更顯得勉強。例如「檢與神方」既然是指「墮胎」，為什麼要接上「教駐景」？難道墮胎可以駐景嗎？第七句「武皇」分明是指武則天，如果張采田的解釋是對的，那麼還要考證武則天偷情、懷孕、墮胎等等情形，否則〈碧城〉最後兩句又像水晶先生所說的壞到「不知所云」的地步了。

作為猜謎人之一，我在這裡也想提出我自己對〈藥轉〉、〈碧城〉二詩的解釋。首先，我們應該注意李商隱寫了很多意義明朗的詩，所以他寫隱晦詩一定有不得已的理由，而這正是我們所要猜的謎。

我認為李商隱的詩謎，很可能與當時的風氣有密切關係。原來唐代崇奉道教，道觀很多，女道觀尤成時尚。可能是由於當時某些高層政治人物的心理變態，年輕貌美的女道士竟成為他們偷情的對象。武則天在太宗死後，一度削髮為尼，實則與不削髮的女道士沒有什麼不同，所以後來又輕易的蓄髮還宮，且一變而為高宗的皇后。楊貴妃原亦為女道士，有人懷疑她在馬嵬坡投繯，是高力士的障眼法。實際上是楊貴妃由宮女替死，她自己則混到下等的道觀做私娼去了。（這個猜測，在白居易的「長恨歌」裡面確有跡象可尋）。不過，儘管當時的風氣是那樣，那些高層政治人物同女道士偷情究竟不能算是「大雅」，因而偷情時真的要偷偷摸摸，這樣反而成為詩人的上好題材。據說李商隱本人曾經戀過女道士，他寫的那些纏綿悱惻的「無題」詩可能有一部分是以這一類的故事為背景。這種猜測是否可信，不得而知。不過我認為關於〈藥轉〉、〈碧城〉二詩的解釋，確實用得這種猜測。

魏晉以後，文人對「服食」迷信已漸普遍。到了唐代，方士們進一步利用人性的弱點，施展燒丹煉汞的魔術，使人相信這些丹藥不但可卻病駐顏，甚至能脫胎換骨，長生不老（其實這個魔術早已施於秦皇漢帝）。這些丹藥正是〈藥轉〉詩第二句提到的「神方上藥」（亦即靈方妙藥）。不過這句詩的原意並不在說明藉「神方上藥」「通」達「換骨」的境界，更不是指「墮胎」，而是李商隱賣弄玄虛，諷刺當時某一重要政治人物大顯神通，潛入道觀與女道士偷情，終於偷天換日，如願以償。關於偷情，已由最後一句「翠衾舊臥繡簾中」明白點出。

但是何以見得是與女道士偷情呢？對這個問題的答案，不但由第二句可以意會，第一句的暗示更為具體。「鬱金堂」顯然不是普通的地方，按「鬱金」原指「鬱金香」，其花黃色，從前大概非常珍貴，《梁書・諸夷傳》說「國人先以上佛寺」，同時可用以製成香粉和彩色，後者用於染黃，道觀的顏色尚黃，故「鬱金堂」可以解釋為用鬱金塗成黃色的道觀，既極其珍貴，又因其有香味，所以李商隱用以影射道觀的浪漫色彩。也許有人認為，王侯的府第也可能用鬱金塗成黃色。不過我認為在這裡把「鬱金堂」解釋為王侯府第不大妥貼，因為女道士進入王侯府第投懷送抱，較之達官貴人潛入道觀偷情更難逃避耳目，而且「偷」的情調也減少了很多，這由第三、四句也可以證明。

我猜測與女道士偷情的人是某一高層政治人物或達官貴人，一方面是因為當時高層政治人物確有這種風氣，同時我特別注意「青紫」兩個字，我認為三、四兩句安置這兩個字絕非無意。「青紫」在古代一向是指高官，照漢朝的制度，官的印綬，公侯用紫，九卿用青。假如我猜得不錯，李商隱筆下暗指的高官可能不是公侯九卿以下的人物，甚至可能是皇親國戚，但是他很技巧的把這兩個字分開對仗，讓它們各自融化在兩句代表高度神秘而富於浪漫氣氛的詩裡面，絲毫不著痕跡。

這樣解釋，〈藥轉〉的前面四句就緊密的聯繫起來了。這四句詩的大意是：某一達官貴人大顯神通潛入道觀與女道士偷情，終於同她（或她們）暗通款曲，而且恣意狎玩（「偏獵」）。儘管詩意看起來十分曲折，其所諷的人與事說穿了就是這麼簡單。

至於〈藥轉〉的後四句詩，我猜想是由於李商隱對某一女道士亦有所戀，後來卻被上面提到的那位達官貴人霸占去了。在敢怒而不敢爭風吃醋的處境下，他只好對他的情敵盡情加以揶揄，說他像孫皓一樣凶暴驕淫，雖然工於心計，將來未必有好下場。又說他窮奢極欲，就連最珍貴的「香棗」（可能是指春藥一類的仙丹）也不必問石崇去要；這裡值得注意的，是石崇生活奢靡，後為趙王倫（即晉朝掀起「八王之亂」的八王之一）所殺。所以第五、六兩句詩再一次證明他的情敵位在公侯以上，而且他懷疑，這一位大人物可能心懷異志，將來也許不得好死。由這兩句詩隱含的語氣，可以想見李商隱對他的情敵怨恨之深。然而，儘管滿懷怨恨，他卻感到無可奈何。因而最後兩句話歸結到失戀的悲哀。看他眼巴巴的望著鬱金堂和畫樓，憶事懷人，只好作詩排解，在百般無奈的情懷中，仍然回憶他自己曾經睡在（「舊臥」）那棟畫樓繡簾後的錦被裡面的情景，我們不難想像李商隱在寫這首詩時極度痛苦的心情。

依以上的猜測，我認為〈藥轉〉雖然不能算是一首好詩，但是通篇順理成章，絕無「不但死滯、壞在不知所云」之處。

現在我想談談〈碧城〉詩第三首，這首詩影射的人物，可能與前詩相同，也可能另有所指。不過他一定也是位列公卿乃至王侯的達官貴人，或是接近宮廷的皇親國戚；而且詩的背景也同前詩差不多。如果關於前詩的猜測可以接受，那麼「碧城」詩也就很容易了解。

這首詩的第一、二兩句雖然是整個故事的關鍵，但是毫不晦澀，大意是：幽會以前老早就約定了日期，進了香巢以後至今還留戀不捨。「七夕」二字一方面點明幽會，但是在這裡卻同時刻劃幽會期間的起點，再由第三句才看出逗留香閨的時間究最多長。七夕只有一彎新月，溫柔鄉裡不覺流年暗中更換，月兒已由一彎而為玉輪，再由玉輪而為缺玉（「月魄」即月缺部分的陰影），算起來總在十天（或十夜）以上。儘管如此荒唐，香閨裡面的旖旎風光卻如第四句所形容的「鐵網罩著的珊瑚」，在外面一點也看不出「枝節」。然而時光易過，所以第五句說「要用道法駐景」。這麼一來，時時刻刻（或夜夜）有伊人在抱，因而第六句接著說：「再也不必多費紙筆表達相思了」。這句詩裡面「鳳紙」二字特別值得注意。按《事物紀原》：「後趙石季龍，置戲馬觀，觀上安詔書，用五色紙，銜於木鳳口而頒之，今大禮御樓肆赦，亦用其事，自石季龍始也。」看了這一段文字，我懷疑李商隱暗示「鳳紙」來自宮廷；如果再看第七句「武皇內傳」四字，李商隱的筆鋒竟像刺諷「今上」。這個假設似乎不近情理。而當時接近宮廷的人物偷偷摸摸狎玩女道士卻並非不可思議，所以我認為李商隱筆鋒所指的可能是一個地位很高的達官貴人或皇親國戚，甚至可能指某一皇子，照這個解釋，「武皇內傳」四字只不過借武則天蓄髮還宮前的一段豔史反面襯托那個要人與女道士偷情的荒唐行徑，並不一定要假設這個女道士的政治分量大約與武則天相當。也許有人認為：如果將「武皇內傳」解釋為武則天寵孌張易之兄弟的故事，「碧城」詩似可解。不過像這種涉及宮廷緋聞的事，雖然不能說完全沒有可能，但是與前六句詩所描寫的氣氛似不相稱。交代了這個問題，最後兩句詩的含意幾乎不用闡釋。女道觀裡的風流豔事究竟「紙包不住火」，那裡能夠掩盡外人的耳目呢？

由上文的猜測，我認為〈藥轉〉、〈碧城〉二詩句句可解，但是無論如何扯不上墮胎。李商隱「在挑選詩材上表現的新穎大膽」，似乎與墮胎沒有關係，不過我也只是猜測，也許正如盲人摸象一樣。因此衷心希望對李商隱詩有深刻研究的行家提出一套令人信服的解釋，不要讓我們繼續瞎摸下去。

寫於香港新界沙田之秣川

原載六十六年十一月二日《聯合報》

高陽作品集・史筆文心系列

高陽說詩 新校版

2024年5月三版　定價：新臺幣平裝380元
精裝580元

著　　者　高　陽
叢書主編　黃榮慶
校　　對　吳美滿
　　　　　吳浩宇
內文排版　菩薩蠻
封面設計　兒　日

出 版 者　聯經出版事業股份有限公司
地　　址　新北市汐止區大同路一段369號1樓
叢書編輯電話　(02)86925588轉5307
台北聯經書房　台北市新生南路三段94號
電　　話　(02)23620308
郵政劃撥帳戶第0100559-3號
郵撥電話　(02)23620308
印 刷 者　世和印製企業有限公司
總 經 銷　聯合發行股份有限公司
發 行 所　新北市新店區寶橋路235巷6弄6號2樓
電　　話　(02)29178022

副總編輯　陳逸華
總 經 理　陳芝宇
社　　長　羅國俊
發 行 人　林載爵

行政院新聞局出版事業登記證局版臺業字第0130號

本書如有缺頁，破損，倒裝請寄回台北聯經書房更換。
電子信箱：linking@udngroup.com

ISBN 978-957-08-7350-4 (平裝)
ISBN 978-957-08-7349-8 (精裝)

國家圖書館出版品預行編目資料

高陽說詩 新校版/高陽著．三版．新北市．聯經．2024年
5月．340面．14.8×21公分（高陽作品集・史筆文心系列）
ISBN 978-957-08-7350-4（平裝）
ISBN 978-957-08-7349-8（精裝）

1.CST：中國詩 2.CST：詩評

821.8 113004896